不凡之镜 Bufan Zhi Jing

时代出版传媒股份有限公司
安徽文艺出版社

王方晨，山东省作协副主席。

1988年开始发表作品。著有长篇小说《老大》《公敌》《芬芳录》《背后》《老实街》《大地之上》《花局》，作品集《凤栖梧》《不凡之镜》《王树的大叫》《祭奠清水》《北京鸡叫》《背着爱情走天涯》等，共计900余万字。

作品入选多种文学选本及文学选刊，并被译介为多国文字。

曾获《中国作家》优秀短篇小说奖、《小说选刊》年度大奖、百花文学奖等。

当代名家精品珍藏

Dangdai Mingjia Jingpin Zhencang

不凡之镜

Bufan Zhi Jing

王方晨 著

时代出版传媒股份有限公司
安徽文艺出版社

图书在版编目（CIP）数据

不凡之镜/王方晨著. —合肥：安徽文艺出版社,2022.9
（当代名家精品珍藏）
ISBN 978-7-5396-7402-5

Ⅰ. ①不… Ⅱ. ①王… Ⅲ. ①中篇小说－小说集－中国－当代②短篇小说－小说集－中国－当代 Ⅳ. ①I247.7

中国版本图书馆 CIP 数据核字(2022)第 009988 号

出 版 人：姚 巍　　　　　策 划：朱寒冬　岑 杰
责任编辑：张妍妍　姚爱云　　装帧设计：丁 明　徐 睿

....

出版发行：安徽文艺出版社　　www.awpub.com
地　　址：合肥市翡翠路 1118 号　邮政编码：230071
营销部：(0551)63533889
印　　制：安徽新华印刷股份有限公司　(0551)65859551

....

开本：880×1230　1/32　印张：10.25　字数：240 千字
版次：2022 年 9 月第 1 版
印次：2022 年 9 月第 1 次印刷
定价：49.00 元(精装)

....

(如发现印装质量问题，影响阅读，请与出版社联系调换)

版权所有，侵权必究

目录

处处金枝 / 1

不凡之镜 / 78

女病图 / 149

大陶然 / 208

神马飞来 / 259

处处金枝

1

公元1980年,一定发生了什么不寻常的事情,让一个女人几十年来频频回望。

在我身边,处处都是1980。星月湾1980,中心村1980,贵宾厅1980,两年一度由豪姐一手操办、影响力日增的全国性美展"泉·1980",甚至她那宽大气派的老板台上都刻有这串看似平淡无奇的数字。她近乎执拗地把这个年份展露给世人,却又对个中缘由绝口不提。七年前,我受邀入住星月湾的中心村1980,她毫不顾及其他画家的感受。老实说,这些人名气都比我响亮。若非有她在场,他们十有八九会对我视若无睹,而他们背后对我怎样诋毁总能够传到我耳中来。最初也是基于这种现实,我对豪姐提出了办班的设想,豪姐一口否决:

"你就画你的画!"

如若我的画艺取得非凡成就,那么离不开豪姐对我的无私襄助,而如若我终将一事无成,那也是豪姐毁了我。

本来我对自己远离北京的圈子心生悔意,却从我所投奔的朋友那里听到了这样一个消息:北京某拍卖公司拍卖会上,某画作爆出中国美术史上最高价。

"又见冤大头。"朋友刻薄地说道。

说得没错。那幅产生于特定历史时期、肤浅图解主题的画作不值这个价,而且终将为历史所淘汰。

几天后,这位绰号"挪威粒子"的画家朋友兴奋地打来电话:"想得到吗?拍得最高价画作的阔佬就在本城,是一家房地产公司的老板,名字叫作金桂美。"

"哪个金桂美?"

"就是圈子里人称'豪姐'的那个。"朋友说,"别看是个女人,但为人豪侠仗义。你懂的。"

电话里朋友没有觉察到我的沉默。第二天,他开车来接我去看高新区一个叫梁园1980的楼盘。不是自尊心作怪,也不是清高,我其实一点也不想去接触金桂美,但又想着朋友不过是去踩个点儿,不至于一去就能见上她,自己权当陪衬。

果然,在梁园1980,我们见到的只是建筑工地和售楼处。朋友冒充购房客户,被导购小姐热情接待,一点儿破绽没露。临走,我俩各自拿了一堆购房资料,而对豪姐公司的情况,已摸了个大差不差。

梁园1980是他们在本城最先开发的楼盘。看来他们对本城房地产市场超有信心,在东部奥体区域也已高价拿下了两处绝佳地块,其中一块位于被热炒的所谓龙脉宝地,就是后来的德玺1980。

整一年时间,我的这位朋友表现得极为狂热。他不厌其烦地向我抛售他的"粒子捕手"理论。京城名利圈就如同一个吸引力巨大的黑洞,往往只有真正有质量的粒子才有可能逃逸出来。他的重点不在于阐明自己就是那个能够逃逸而出的粒子,而是阐明在京城之外,也会找到超级的财富拥有者。

相对于密度极大的黑洞,在黑洞的外围有更多机会遇上真正有质量的粒子。经过梳理,我认为他的理论核心大体如此。通俗说法,不过是"捡漏儿"。

我无意贬低他的理论。事实上,我像是为他所蛊惑,随之而来。

这不,一个肯出数亿元人民币购买一幅"破纸片子"的高质量粒子,就要被他捕获了。要他不激动,做不到。

表面看我是个忠实可靠的听众,但每次听过他的鼓噪,都会深感愧疚。说我厚道,却又可恶。为什么不戳破他的美梦,告之以实情?我确实又觉得残忍。自打与他交往,我向来不习惯对他的言行发表异见。一个重要原因是,他在我面前是座高山。你拿到他的名片就会知道,上面写满了他的艺术经历:曲阜师范大学美术系毕业、南京美术学院油画系进修、徐州师范学院任教,发起"江苏凡·高艺术研究会",参加各类画展并获奖,组织宋庄"挪法中交流展",接下来将与海伦娜·亚瑞唐多女士结婚,以后又是各种画展、艺术展、邀请展,包括个展。而我连他四分之一的成绩都没有。

不说别的,就说娶个牛高马大的挪威女人,我这辈子都不可能做到。

那个挪威女人,有见过的,极言其美。还有说她是挪威船王的女儿。不知怎么回事,两人只在一起生活了一年半。人不见了,绰号却留了下来。

从绰号上也看得出,他没少跟人兜售他的"粒子捕手"理论。

我不能臧否他的言行,另一个原因是,就像久入鲍鱼之肆而不闻其臭,是已经从心里不以为怪。人前光鲜,跟人后落魄,一点都不冲突。奖杯固然金光灿烂,没谁总捧在手中。放下奖杯的手,不比别人多半截指头。况且他的其他各种状况都比我好太多,有车开,也不缺钱花,隔三岔五就有画作卖出去。租的房子在闹市区,超大,敞亮。卧室、画室、会客室、客房,一应俱全。据他讲,主人是个副厅级干部。他喜欢闹市,不像我是被逼无奈,在启明街的一个大杂院租了间平房,过得像个寒酸的学徒。

不料,冬天到了,我去他住的十亩园小区找他,门都没能敲开。打电话关机。跑楼下去喊,没人应声,人就像凭空消失了。

十天之后收到噩耗,他从本城中心医院病房楼的九层纵身一跃,结束了四十七岁的生命。

"中国知名画家'挪威粒子',真实姓名蒋高凡,肺癌晚期。"

网络上,至今还能找到本城主流媒体的相关报道。

按照蒋高凡兄的遗嘱,存款皆留给尚在乡间的父母,其他所有财产,包括收藏和他本人的遗作,均凭我处理。十亩园的房子我可以搬进去住。

真是一个旷世奇人的做派,那房子他一把交了十年房租。最后不忘幽了我一默,水电气暖费,由一个叫孟海洋的人自付。

孟海洋就是我。

火化后蒋高凡兄被安葬在了玉顶山公墓,这也是他的遗愿。这些年我一个人去他墓前很多次。半夜里突然想起他来,就很难受。

在蒋高凡兄的追悼会上,我遇到了豪姐。

2

截至上高中之前,我应该是家庭的骄傲,这可以从我父母向人说起我时绽放的笑容看出来。除了稳定在中上游的学习成绩,我还比邻居、同学多了一项技能——涂涂画画。自打上了小学,几乎所有课本、练习本的空白处,我都没放过。父母一度筹划通过熟人关系登门拜访那些年享誉京城的北京二十九中美术名师赵世淼。为显示儿子的能耐,父亲还把我带到工厂,免费给工厂画过一幅又夸张又幼稚的广告:背景是林立的楼群。在广告中,为突出楼群高耸,我错误地使用了透视。以后相当长一段时间,每次我想起这幅广告,后背都冷飕飕的,而父亲却把它当成了绘画杰作,时常提起工友怎么喜欢、厂领导怎么满意。从这里也可看出父亲和他周围人的普遍的美术素养。想想这个,你就不奇怪那幅类似于宣传画的作品怎么会被拍出史上最高价。

考入高中后,我对绘画越加痴迷,但这显然不符合父母对我的发展的预期。实际上他们骨子里就缺乏对画家的足够信任。每个父母对后代寄予过高的期望,都会形成一种伤害。最切实的爱护是帮助后代拿到一只能"端得住"的饭碗。对一个普通工人家庭的子弟来说,艺术未必不是饭碗,问题是,这"饭碗"又大又滑,似有还无,"端不住"。考清华北大,进国家机关,那是好,但能在职业学院学个有别于艺术的一技之长,也不错。基于这种认识,父母对我的表现开始忧心忡忡。他们从来没有像那几年一样,跟我的头发过不去。

印象中理发没俩星期,不是父亲就是母亲,抬头就会说:

"海洋,该推头了。"

课桌上被我搔掉的头发,超过一寸就是奇迹。

但我们班上却有一个长发飘飘如少女、有时还扎朝天小辫儿而且从不见老师干涉的特殊男生。

父母百密一疏,没想到我一有空就去这位同学家,是去接受他对我实现梦想、追求的帮助。虽然我没亲眼看见,但是我仍相信自己曾经受到追踪。同学所住的那个大院,是一个普通工人走不进去的,因为门口站着岗哨。也许正因走不进去,反倒让父母对我有些放心,他们潜意识中认为我小小年纪结交了权贵。

除了第一次走进那个大院时有些腿软,以后就觉得平常了。大院里很多人穿制服,特别是严肃起来让人望而生畏。我没见他们表情轻松过。但在同学家里就不这样,我遇上的每个家人都很随和。

关键是,同学很喜欢光大膀子,一到夏天,身上就穿一条内裤。80年代,即便同学这样的家庭,也还享受不到空调。有一个人如此对你袒露,你还会觉得他高不可攀吗?

渐渐地,父母看我的目光里有了新内容。就像他们不断提醒

我理发一样,一旦几天不去同学家,他们也会提醒:

"同学在一起学习可以相互促进。"

似乎他们从没想过打听一下我这位同学的底细。大院里的一切,他们想都不敢想,自然什么都好,自然放心。

自始至终,同学都没让我感到是在受人施舍,实在是因为他们家每个人都像我同学一样,真诚地视我为绘画天才。天长日久,连我自己也觉得蛮像回事儿。

大约是在高二上学期,我发现来同学家的人明显增多。起初还以为这些都是他们的亲戚,后来发现,不少人只是转弯抹角的关系。要么是他姐姐同学的表弟的同学,要么是他妈妈同事的姐姐的同事的表哥的女儿之类。东城区、西城区、海淀区、朝阳区,都有。我记得还有一个来自河北延庆的。

他们走进同学的房间,脸上无不带着好奇的神色。同学的房间是一个琳琅满目的绘画世界,墙上贴的都是世界名画的印刷品和同学的习作。他们为之好奇,并不意外。

像是怕打扰了我们的学习,他们不过是看几眼就退了出去。

对我来说,十月天气穿单衣,有些凉了。

那天我和同学各执画笔,各自临摹英国著名风景油画《金枝》。因为颜料共使,两支画笔常常会同时伸到颜料盒里去,我们也便相视一笑。那种默契的感觉,让我们都很享受。

房间里的气氛安静而神秘。

命运三女神、女预言家、从圣树上砍下的金枝、镰刀、大蛇、湖水、光和空气、氤氲的水汽……

不知不觉,我们沉浸在油画的意境中。

"天才呢?天才呢?"

一连声的问询,像把我们从梦中惊醒。回过头,还没来得及把心底的恼怒流露到脸上,就看到了一个跟我们差不多大的女生,留着女生常见的齐耳短发。她给人的第一感觉是白,就像《金枝》中女预言家和命运三女神那样的非常细腻的白色。而且,那口爽利的京腔,可比我和同学的地道多了,好像她祖上还是猴子的时候,就已在北京居住生活。

"天才在哪儿?"她的目光从我脸上掠过去,又去看我同学。

令我惊异的是她表情的沉静,看到我同学的时候也是这样。

"就是这位啊。"同学的姐姐介绍说。

她重又把目光移回来,大大方方地向我伸出手。

"我叫金桂美。"

"他是秃子!"我同学突然抢话,"你叫他'小秃'好了。"

"我叫孟海洋。"我忙在身上擦了一下,才把手伸给她。动作笨拙的原因是,我几乎还从未正式地跟人握过手,而且是跟一个同龄女生。

"你好,海洋。"

她气定神闲,礼貌有加,跟刚才的同学相比,修养高多了。

"他叫'花瓶'!"不顾同学对我有恩,我决定予以猛烈反击,"周'花瓶'。"

话一出口,我觉得很痛快,而且想到同学父辈的素质也不见得一定优于我父,不然哪会给儿子起"周萍"这个名字?

或许,他父辈压根儿就没听说过《雷雨》这出戏,尽管他家不用担心搞不到戏票。

两个男生就这样突然要打起来。也不知我是不是由此给周萍留下了睚眦必报、忘恩负义的印象,幸亏周萍的姐姐笑着解了围:

"我弟叫周萍。我们都叫他'萍子'。"

而金桂美也没有很特别的反应,并无厚此薄彼之分,随即跟周萍问了好,还善解人意地加了一句:

"你们都是大天才。"

空气里不安的气氛神奇地消失了,我这才意识到自己的失态,忘了自己的来历:这可不是我家。

我们又开始练习。金桂美却不像以前的客人,看上几眼就走开。她挨着周萍坐下,静静地看他画。

我怕自己再次冲动,紧盯着画布。

女预言家希贝尔手持镰刀和刚被砍下的金枝,站在阿韦尔诺湖之前。

命运三女神的权柄超过一切。

我那只与金桂美握过的手,刚刚经历了死亡和神秘。我无法回忆跟她握手是什么感觉,它在两手分离之际,就已经神秘地死亡。

画笔不受控制地在画布上戳了一下,我打了个激灵。目光一瞥,就瞥见了周萍的后背。

那个一动不动的后背,汗津津的,发着亮。

在他家与他相处这么久,我从来没有因为他光膀子而感到不自在。

这时候,我恨不得一步跨出门去,逃离这种尴尬。可是冥冥中一个声音告诉我,绝不可离开,不能把与金桂美单独相处的机会拱手相让。

金桂美很安静,即便不去转头看她,我也能确认她坐在周萍一旁。

实际上,我的继续停留,是对金桂美的保护。

周萍后背上不断渗出的汗珠彻底出卖了他。但同时,我也无奈地承认,自己同样是个身体的欲望蠢蠢欲动的少年。

画笔还在我的手上,但一直到金桂美说要走开,我都只是两眼紧盯画布上未完成的大蛇,一笔没画。

3

那天,金桂美走出周萍的房间,周萍并未起身相送,他就像被魔咒定在了凳子上。相反,我的表现还算礼貌,好歹站了一站,也因而赢得了金桂美对我的回眸一笑。她去找周萍的姐姐聊天了,我呆呆地重新坐下来。

周萍可能跟我一样,都没想到掩饰自己迷乱的表现。两个人一起呆坐着。

等金桂美一离开,我一会儿也没耽搁,简单收拾一下,也没跟周萍说一声,随即离开了。但我不是为了去追金桂美,就是要远离周宅而已。

我对自己产生了一股无名怒气,怎么会跟一个留着长头发、整天光膀子的人独处一室?太恶心了。"花瓶"的称呼,我张嘴就来,虽即兴而起,但多么贴切啊!那长头发,那小腰儿,那透露生活优渥的嘴脸,叫他"花瓶"一点不委屈他。

回到家里,母亲问我:"你脸花了吗?"我蒙头蒙脑,以为颜料弄到了脸上,跑到水龙头前去洗,忽然发现手上沾着颜料,就一愣。金桂美主动跟我握手,肯定被我玷污了。我一心疼,这时候才意识到自己犯了一个错误。

既然我和她前后脚走出周宅,我就理应追上她,问清她的基本情况,哪个学校的,家住哪儿。

很快,父母就发现了我的异常,因为我有段时间没去找周萍了。

"海洋,该推头了。"他们提醒我。

"烦不烦啊!"

在周宅,周萍不是第一次叫我"秃子",但我从来没觉得是种伤害。那天我反应激烈,完全出于本能。我不认为我是错的。以前没有恶意,不代表当时没有,这跟他是否不由自主无关。虽然我明白两个好兄弟的关系受到冲击,是因为一个女生,但我也不想继续保持过去的形象,被人叫作"秃子""小秃""海洋秃"之类。

事实上,我听到有叫我"海洋秃"的了。

头发超过了一寸。

"怎么不去找周萍了?"父母直言。

"烦不烦啊!"

这跟过去我找周萍拉都拉不住,简直有天壤之别。有一次,吃饭时听父亲说,他从周萍家住的大院经过,发现岗哨换了,无意中暴露出来他去过那里。我只是白了他一眼,没戳破他,他也当没看见。

近朱者赤,近墨者黑,环境对人的影响真是巨大的。与周萍交往日久,我浑然忘了自家门第。出入大院我早没了忐忑,即便走进更高级的场所,也颇能安之若素。我想都没想在我和金桂美之间会不会横亘一道阶层的鸿沟。周萍姐姐跟周萍不在一个学校,我认为可以在周萍姐姐的学校找到金桂美。不料去过之后我就失望了,因为我还没有足够的勇气去向人潮中的某个陌生人打听一个女生。

那时候我确实还只是一个少年,怀揣隐秘的心事却无计可施,任凭头发猛长。而当我发现自己不能再被叫作"秃子"的时候,我冷不丁向父母转过脸去。

父母当时的表情,我记忆犹新。两张嘴同时张了张,一句话也没说出来,就转过头去,相互怔怔地看着对方,好像认不出对方是谁。

我已做出决定去周萍家。

"孟海洋,你甘愿去当秃子吗?"我自问。

面对惊慌失措的父母,我非常反常地点点头。

我相信自己可以很卑微。一种坐看风云变幻的从容气度,突然就被我感受到了。可以讲,我像一下子长大了许多。

事不宜迟,我必须尽快走进周萍家里,不光是因为只有在那里才可能遇上金桂美,还因为那里充满了危险。想想周萍快要崩开的身体,我坐卧难安。

课间操的间隙,周萍主动向我走来:

"海洋,去我家吧。"

就像之前什么事情也没发生过,我和周萍一起练习绘画,共用颜料。他还是光膀子。这个时节北京下过雪了,我家里冷得像冰窟,而周萍家温暖如春。我家安暖气是在一年后了。我考上了中央美院。

其实我潜意识里也是希望能光膀子的,特别是在大冬天。人前人模狗样,人后原形毕露,有时倒也不失为一种派头。可惜这不是在我自己家里。在家里进进出出我包裹得比他严实,以至于邻居还夸我像个"大先生"。

没想到周萍把我吓了一跳。突然,他丢开画笔,向我猛扑过来,紧紧抱住我,呜呜哭了。我误以为他为我们友情的修复而激动,也没多想,马上回应了他。手上像被电了一下。姥姥的!这高层人家子弟的皮肤,太光滑了。过去我从没碰过他,但其实暗中观察过,他脸上、身上,连颗芥子大的痣疣都没有,怪不得他对裸露身体这件事这么自信。这样的身体我有点抱不住。他却又一把推开我。干吗?他去穿衣服了。衣服穿上了,这情绪还能接上吗?接得上。他重又抱住我,呜呜哭着说:

"白活了白活了!"

我顿觉不妙。他白活了,我还不该去死?

"给我个皇帝我都不干。"他满嘴胡话,"小秃子小秃子我的小

13

秃子你想不出来你想不出来。"

我的身体开始战栗。

他闭着两眼,脸上湿的果真是泪水,露出陶醉的表情。

"闪电!雷霆!让我粉身碎骨!"

他的完全没有自制力的疯狂表现把我弄傻了。

我脑中一片空白。他好不容易才放开我,泪水已为自己的热情烤干,而我却直不起腰,全身颤抖,好像再也停不下来。

怎么回到家去的,我想不起来了。

母亲叫我吃饭,我说我先去推头。

看着头发茬儿飘落,我决定与周萍绝交。

其实我又开始仇恨金桂美。当时她口口声声说来看"天才",最后却只坐在周萍身边看他画画,心里哪有我的位置?我是自作多情了。

如此势利的女人,会是"好货"?为了平衡自己的心态,从那以后,我在心里没少往她头上泼污水。

确确实实,还没有经过成人礼,我就已经不想年轻了。

二十多年后,在莲花山殡仪馆的追悼会场,我虽然没能确定跟我握手的就是金桂美,但身上就又开始不争气地战栗起来。

来送蒋高凡兄最后一程的,前前后后不过十个人。我站在他的亲人行列,神色悲哀肃穆,目光低垂,接受来宾的慰问。一只女人的绵软的手伸到我的手中。是她!我抬起眼睛,看到的是一个保养很好、看似不到四十岁的女人,围着条黑色的大纱巾,露出雪白的面孔,一身黑衣,应该说没有比她的衣着更端庄隆重的了。她眼里静静流露的哀戚,也一点不用怀疑。当时我不敢断定她也认出了我。她随着哀悼的人离去。等我有空走到外面,人已经不见踪影。

空气干冷,阳光亮堂堂的,却没有温度。这一回,她不会又像二十多年前那样鬼魅似的消失吧?我眯着眼,不由得想。

过了半个多月,我来到十亩园小区,独自坐在蒋高凡兄的租住房里,盘算怎样处理他的遗物。我不过是他生前的一个朋友,没有资格享有他的财产。为尽朋友的情义,我能做的顶多就是代为保管。那些画作,交到他父母手里,十有八九会被当废品处理,或者一把火烧掉。想来想去,我感到最好是给他做个展室,至少维持到租期结束。

房间里的制暖效果很好,我觉得热了,就开始慢慢脱衣服。脱着脱着,我突然感到了不妙。已经没有什么能阻止我光起膀子来。

不,不要。我在抵抗……

敲门声响起。我却像用尽了全身的力气,有气无力地站起来,平抑着虚弱的喘息。

打开门,外面站着豪姐。

4

想过很多次,豪姐如此眷顾我,跟那天我的表现不无关系,但我确实不是故意的。此生坎坷,我倒是从没人前装可怜。当时豪姐看清是我,一个箭步上前,将我扶住,手上可是有把劲儿。

"这咋说的这咋说的?"她还是一口道地的京腔。

在她的搀扶下,我坐在了沙发上。她又忙着给我找水杯,去厨房清洗。看墙角有个满的水桶,她就挪到电茶炉旁,换下旧水桶,开始熟练地操作起来。我一再阻止都没用,还招来她的埋怨。

"男人啊,就不会照顾自己。"说话的时候,没影响她做事情,"坐着别动。看,抖了吧?不会是打摆子吧?"她把手放在我的额头上,"有点发烧。身体不舒服不能硬扛。"

她这一连串动作,行云流水,使人想到在家里她一定是个能干的好主妇。

我的确在抖,管不住似的。豪姐看我的那眼神,充满了焦急和怜惜。我也乘机看清楚了,她是个风韵犹存的中年妇女,很容易让人想到母亲而不是别的。二十多年前的少女杳然已去。如若支撑不住倒在她怀里,我也只是想酣然入睡。

喝了热水,我才好多了。

"刚才你的脸色让人害怕呢。"她说着,也慢慢放下心来。

经过这么一番折腾,我们就不知从何说起了。半晌,豪姐开口:

"别人告诉我有个叫蒋高凡的四处打听我。我调了监控,看到了你。"

我有点不好意思,讷讷地说:"见笑。"

"你没变。"豪姐盯着我说。

"秃子?"

"你从来就不是秃子。"

我低下头,表面平静,脑子里万马奔腾。

"几个月前你就知道我在这座城市。"我说。又要喘息。接下去的话,我知道说出来就是刻薄寡恩:蒋高凡死了你才来找我。我不能说,因为这没道理。我笑了一下:"蒋高凡看中了梁园的楼盘。"

"其实我还有个星月湾1980,在南部山区,靠着老虎山水库,风景优美,是休闲度假的好场所,但不卖。"豪姐告诉我,并发出邀请,"那里住了很多画家。去我那儿住吧。"

"星月湾1980?"

我很纳闷,这么重要的情况蒋高凡怎么没打听到?果然,逃逸到本城的"挪威粒子"不过是个微不足道的边缘人物。他连圈子在哪儿也还不晓得呢。我不禁又感到一阵悲凉。

"梁园1980,德玺1980。"豪姐眼睛深处开始闪现光泽。

"1980?"

"对,1980!"

豪姐重重点头。

入住星月湾1980,是在来年开春。因为我的情绪一时很难从丧友的哀伤中走出来。

十亩园小区与启明街相距不算远,一路溜达着就过来了,不用打车、开车、坐公交。蒋兄的那辆车还停在小区里。我没学开车。学会了我也不开。几乎每天,我都会赶来坐坐。

附近护城河边有个黑虎泉,蒋兄生前常像本地的普通市民一样,悠闲地拎上水桶去黑虎泉打水。沿着他走过的路,我也做了体验。

一天深夜,我没回启明街。拉上窗帘,光起了膀子,耳边隐隐传来泉水喷吐声,我在沙发上坐到天亮,被冻得够呛。

出乎意料,第二天,情绪莫名其妙地好了起来。

在我入住星月湾1980之前,豪姐已经签下了十二名卓有风格和影响的画家。不光是本地的,来自辽宁锦州的阚大心就是画坛当红的21世纪野逸派代表人物。我不认为我有资格入住。可是我甚至没做更多了解,就一口答应了豪姐的邀请。如果有人不理解,那肯定是没经历过生活的绝境。什么尊严、品格,有时在严酷的现实面前一文不值,真不如爽快地承认自己的落魄为好。尸骨未寒的蒋兄在世时处心积虑捕捉逃逸"粒子"的情形历历在目。他好歹也是个知名画家。我要说他曾有过那样近乎低劣的作为,谁会相信?

星月湾共十五套别墅,每套都有名字。就像是命运的安排,豪姐还留着位置最好的一套,就是中心村1980,紧邻她住的那套。平时办公她也在星月湾。

豪姐把中心村1980给了我。我们比邻而居,朝夕相处。她几乎一有空就来我的画室,静静地坐在一旁看我作画。

那是我生活中最幸福的时光。想当年,我理想的生活也不过如此。

豪姐从不打扰我,但我还是会走神。那倒不是我对豪姐想入非非。她没有家庭,而我也单身。孤男寡女独处一室,做出点什么事也不意外。

我想的是周萍,那个人前人模狗样、人后原形毕露的大院子弟周萍。你也可以说我扭曲变态,但确实是因为当年的周萍对我的影响深入骨髓。我有宽敞的画室,有同龄中年美女相伴,但我没有长头发,也没光膀子。

星月湾1980的画家在工作时无一不会暴露自己的怪癖。那位阔大心兴浓之际,常常将画笔一掷,攥起自己的胡须上阵。他有一部长长的浓须,自号"美髯山人"。蓬头垢面的家伙也有好几个。几乎唯有我孟海洋,短发,每日剃须,干干净净,像个民国"大先生"。

作画光膀子,是在身体里埋藏很深的冲动。那天在蒋高凡兄的故居,我释放过一次。你会说,一个典型的单身汉,背地里什么见不得人的事没做过,光膀子算什么?但它对我来说是难的,特别是在豪姐跟前,尤为艰难。

人性这么微妙,这么无法解释。一件看似很小的事,往往也能成为对人性的一个考验。

豪姐操办美展,我是助手,轻车熟路。一些场合,豪姐总会带我参加。除了去北京,豪姐外出,也总会带上我。如果不说明我是画家,一般人不会把我往画家上去想。但豪姐向人介绍我的时候,都是如实说来。

"一个天才。"她会强调,语气是那种慧眼识人的自豪和优雅。

相应地,我被人在背后叫作"小软"。更刻薄的是,还会把我叫作"小软1980",进而我成了"1980"。

"1980嘛,天才加引号。"

十亩园小区蒋高凡的租住房还空着。去整理蒋兄的遗作,我越来越没有信心。以四十七岁的生命,留下这一堆破纸破布,究竟有什么意义?也许蒋兄所托非人,反正我对他遗作的价值产生了怀疑。

在他四处散发的名片上,印着他发起成立"江苏凡·高艺术研究会"的光辉经历。一百多年前,几万里之外的欧洲大地,有一个艺术的灵魂在孤独寂寞、穷困潦倒中受尽煎熬,但他欣赏大文豪左拉的作品,认为会"使人更明事理"。这人哪里是俗世眼中的疯狂?而是生命经过一次次挫败、碾压,以至卑微到不如一双弃置于墙角的鞋子。最终他被那些生前卖不出去的画作拯救,但我不相信数年之内蒋高凡兄也会摊上凡·高的幸运,尽管作为他世上唯一可托付的朋友,依他的理论,我已成为"粒子捕手"。

我敢断言,豪姐给予我的特权,就是信任。

与其把蒋兄的遗作一张张挂在墙上,不如把它们继续堆放在一起抱团取暖。我有了这个古怪的想法,也就决定放弃为他布置展室,而且对自己的将来也产生了消极的情绪。

十亩园小区地处闹市,居民集中。蒋兄的租房阔大,用来举办美术特长班很合适。教育培训市场火爆,不是一天两天了。虽然我名气不够,但中央美院的牌子在社会上还是有吸引力的。

考虑妥当之后,我将想法说给豪姐。

被豪姐否定不出意外,但我想坚持的话豪姐否定也没用。实际上,我从豪姐眼中捕捉到了一丝慌乱,好像她马上就要失去我一样。

我虽不能自言善良,但我确实不是记仇的人。为着那丝慌乱,我也可以作为对她当年冷落我的报复,离开星月湾。蒋高凡兄的去世,让我越来越看清自己:我可能不具备杰出艺术家那种独特的素质。豪姐每次对人介绍我是"天才",我都感到是在给我的精神加上一道魔咒。

说来可笑,对豪姐,我心里竟有了不忍。

如果我父母亡灵有知,一定会为他们的儿子变得这么实际、这么理性而感到安慰。过去我确实不会这么考虑问题。我从中央美院毕业后,顺利进了首钢,很符合父母对我未来的预期。安逸的生活铺展在我前面,可是,他们不知道从入职首钢的头一天起,我每天最盼望的事就是被开除。

我在首钢的工作不是画各种广告就是做广告设计。那段时间,我谈了第一个女朋友,终于体验到了周萍所说的那种感觉。虽然没被粉身碎骨,却每天萎靡不振,身子像被抽空了一样,常常坐着坐着就睡了过去。

父母很担心,说我七分像鬼三分像人。

我照过镜子,哪里是三分像人?眼红得滴血,完全就是个鬼!

即便这样,首钢老总也还仗义地坚持不开除我,好像在说,使劲糟蹋吧,我就要你这种真爷们儿。硬,软,化。化,软,硬。固体,液体。液体,固体。这才是首钢嘛。

眼看被开除无望,我主动离开了首钢。

5

那时候,我这个"先锋艺术家",就像冲出了可怕的牢笼,插上了自由的双翅,睡梦里也洒满了金色阳光。那是没有昼夜之分的,简直像每天都不会困倦,满血复活了一样。

前脚辞职,女友后脚就跟我拜拜,一点也不拖泥带水,但这并不能影响我的心情。只是忽然感到身体特别需要,就想到跟女友和平分手,而且分手时间不长,念在曾经的情分上,或许能痛快帮个忙。互助互利嘛。我过去卖命,感觉她也是蛮享受的。她果真被我约了出来。我预先在杨庄大街开了房。她表现得很是顺从,让脱就脱,让躺就躺,但自始至终身体硬邦邦的,阴沉着脸,扭着头也不看我,当我是空气。

有这一次,我就死了心。

在女友身上记着的,是一块淬火钢。我的火力显然不够。

好在我一心作画,没把有没有女人放在心上。开了戒了,身体的需求如洪水猛兽,一发不可收,不免也接触一些女人,还跟一个女画家同居过一段时间。无聊的时候也会想起,她们都没能超出头一个女友。一个是身材相貌,另一个从组成家庭方面讲。我没把她们带到父母跟前,父母一准看不上。谁会要这样的儿媳妇啊?论正经过日子的,还是第一个。

鱼找鱼,虾找虾,乌龟找王八。这也说明,我走的不是一条过日子的人生道路。

一贫如洗的时刻,在1994年的春天到来。

春天不是希望的季节吗?

我去了趟沙滩。中国美术馆正在举办"拉美艺术国际巡回展",有我喜欢的弗里达·卡洛,还有一个华裔维弗雷多·林。

画展带给了我心灵的震撼,延伸到肢端,就是不时的战栗,跟我那年在周萍家的表现差不多,类似羊角风。

岩浆般的创作冲动即将爆发,需要我赶紧回到画布跟前。

当时,迎面向我走来的人,一定能从我眼里看到这句名言:

"一个幽灵,一个共产主义的幽灵,在欧洲徘徊。"

那幽灵对我来说,是一部惊世之作。

回到圆明园画家村住处,发现屋门大敞,屋内被洗劫一空。

穷鬼不怕偷,没什么可偷。把画笔、画布给我留下来,我就不算一无所有。窗下躺着一只被踹扁的牙缸,我捡了起来,心想,这小偷对我有多恨啊!

没办法,报了警。

查看,询问丢失的物品。我极力回忆着,无意中一瞥,警察手中记录的笔停了下来,他对我紧皱着眉头,一言不发。我不说了。

过了很久,应该是9月了,一个瘦瘦的警察骑着自行车赶来找我。我跟着他来到圆明园后面一个小树林里的空地,他指着地上的一堆灰烬说:

"结案了,孟海洋。"

原来他们在调查一个杀人案的时候,发现了这堆历尽风雨的残灰,以为是毁尸灭迹的现场,细致检查之后确定是我的失物。

我没点头,也没否认,但脸腾地就红起来,因为我的隐私全在这堆灰烬里。好在警察修养极高,佯装不见,就说了句:

"这事算翻篇儿了。"

他走了,我又在小树林站了一会儿,也没靠近灰烬。

当天晚上,在小酒馆跟人吃饭时,我说"春天的案件结束在了金黄的秋天",还以为倍儿有诗意。

一个朋友沉默下来,眼瞅着桌上的一盘醋熘白菜。

"海洋啊,以后别再说自己是中央美院的了。"

他很郑重地警告我。

我一愣,恍然大悟。这是有人要开除我的学籍,因为我配不上我那"高大上"的母校。而我在首钢那么胡作都没被踢出去,我只不过在简历上写到、口头上说到自己是中央美院毕业,就要被开除了。

"您的恩情比山高比海深。你以为你是孟海洋,可跟人心比,海洋算什么呀?"

说这话的朋友,就是蒋高凡。

可是我即将迎来给母校增光的时刻。元旦前一日,我首先收到了我的油画《马车》在"全国首届镜像新思维画展"上获得银奖的通知。这是我首次获得的正式美术奖项。作品深受弗里达的启发,虽然我没见过马车,但我仍把一驾马车画了出来:疾驰的马车就要飞到天上去了。可想而知,我是如何激动。当时我一点也不想跟人分享内心的喜悦。从画家村出来,我一口气走了三四里路,也不看到哪儿了,想坐公交了就上公交,想下就下。公交、地铁、步行，反复轮着来。我就像那驾没有马匹的马车一路飞驰，华灯初上的时候，竟然到了国贸那一带。于是，我毫不犹豫地走进国贸大厦。

　　人在膨胀的时候，心理没法控制。等落座在当时最高层的库珀酒吧，目光往窗外一扫，那气势像是能把国贸大厦买下来似的。

　　谁的苦其心志不是为了取得最终的成功？反正人逢喜事精神爽，一个人在那儿喝，却像有成千上万人陪着。连着几杯下来，人就像站在了万众瞩目的舞台上，掌声呼啦一阵，呼啦一阵，暴风骤雨一般。但我还算是清醒，一扭头就看见了一个熟悉的身影。

　　没错，是周萍。不记得多少年没见过他了，我还能轻易认出他来，虽然他已没了那头长发。高考那年他弃考美术学院，而考入另一所名校。之后就再没有了联系，我也几乎没认真想过他。事实上，他也没主动联系过我。

　　如果不是今天有了喜事，我肯定会装作不认识。管不住自己一样，我脱口叫道：

　　"周萍！"

　　那身影晃了晃，看样子喝了不少。他循着声音看到了我。

　　朦胧的光线中，酒意的控制下，我仍然看到他眼中一亮。

　　"天才！"他大步跑到我跟前，一下子把我从座位上拉起来，"小秃！秃子！海洋秃！"

　　我也跟着叫他"花瓶"，忍着不让泪掉出眼眶。他不让我坐，硬把我拉到他的包间，然后对里面的人说："帮我招待一下，我的好同学。"

他匆匆走开了。我猜他是内急。

包间里坐着两个女人,她们客气地给我让座。我抬眼打量这一个,没见过,去看那一个,当然也不认识。我有点失望。

周萍回来了,刚问我要喝点什么,酒吧里的小哥就随后把我那位子上的酒具拿到这边来。周萍说:"兄弟同心,其利断金。换!我们喝一样的。"然后又向那两个女人介绍我是绘画天才,科班出身的画家。

"知道你去了首钢。"他说。

我欲言又止。

"真快。老喽。"他感叹,没有对我的身份有疑问的意思。毕竟能到这里来的,多少都有点底气。

"你不老。风度更好了。"我诚实地说。

"心老喽。"他爽朗地笑着。

我不由得瞄了对面的两个女人一眼,颇觉不以为然。

"干杯!"他提议,"以酒助兴。"

我一口喝尽了。他分了两次喝尽。喝了第一次看我尽了他才尽。女人随意。

"酒量大增啊。"他夸我。

的确,在圆明园那里,吃饭、喝酒、聊天、弹琴、唱歌、画画,是大多数追梦者的日常。我被熏染着,也把酒量锻炼出来了。

按说我刚看见他的时候是兴奋的,等坐在一起,却有些沉默。那两个女人可能觉察了出来,各自找理由提前告退了。等他们一走,我第一句话就是:

"金桂美呢?"

6

虽然我早已不是清纯的少年,我的心却还是清纯的。当时我先入为主,认为两个女人中的一个就应该是金桂美。没想到他不可能总把妻子金桂美带在身边。

周萍直接告诉我,他们差不多分手三年了,而他在毕业后又去加拿大麦吉尔大学读了管理学硕士,还要攻读博士,不打算回来了,但这些年小试身手,已在国内拓展了不少业务。当然,他讲这些是轻描淡写的,还带着他大院子弟对社会观念满不在乎的习惯。我本来还想责备他玩够了就抛弃金桂美,他特有的不失诚恳的语气却化解了我内心的不忿。

刚才喝的酒不知哪儿去了,我越来越冷静,冷静的后果是又看到了自己目前的窘况。

"为什么要分手?"我嘟囔道,像嘟囔给自己听,"就为出国?"

"一言难尽。"周萍说,呷一口酒,朝黑咕隆咚的窗外看一眼。

此刻,所谓美丽的夜景不过是黑暗里几点寥落的灯火。

我也不想再问了,再问就像我对她的企图是真的了。

"首钢……"

"你跟别的同学有联系吧?"他转头问我。

"不多。"我又不想提首钢了。

"你应该多跟同学联系。"他像个兄长似的教导我,"都在国内,多少有个照应。"

我点点头,像个乖小弟。

"元旦期间我组织个聚会,你觉得怎么样?"他征询我的意见。

"当然好了。"

"那就定了。"他告诉我,他还住在父母家里。

临走时发现他把我的账一起结了。那不是个小数目,我暗自庆幸。

乘上地铁,我感到阵阵莫名的轻松。周萍像个影子一样从我眼前消失了,他甚至没问我的联系方式,但我得到了金桂美的消息,尽管它也让人沮丧。我可没认为自己等到了机会。自从在周萍家里见过她一次,她就再没有出现在我的视线之内,但我已经了解到她住的地方更是我难以随便走进的,据说高墙内每户一个四合院。周萍跟她相好都是高攀,更何况平民孟海洋。我还没疯到自以为能冲破那堵高墙。

回到住处,我没跟任何人说我获奖的事。

凌晨两点,我在画一个女人。天亮了,我还在画这个女人。

元旦过去了,这幅女人坐在马车上的画作接近完成。我给它取名《金桂美》。

没人来找我参加任何聚会。即便我在房间里冻馁而死,也没有任何人知道。可是等我虚弱地走出房间觅食时,我发现世界仍旧没有一点变化。

周萍是个聪明人,他只是提到了"首钢",没追问我的现状,估计已有耳闻。当时画家村的名声并不好,在人眼里不过是盲流的聚集地。他也没问我的联系方式,可能明知我提供不出来。他操办聚会是真心的。如果我诚心参加,不会跟他联系不上。

后来得知,他去我家找过我一次。

事实上,自我从首钢辞职,跟父母的关系就闹到了决裂的地步。自从去年我搬到画家村,只在过年、五一和10月份回过家三次。父母对我爱搭不理的,我一点不觉得苦恼。

这个冬天变得温暖起来,我常常半夜坐起,守着《金桂美》咬烟。不是抽烟,是把烟丝放嘴里,一点一点咬着玩儿。当然,不是中华、大前门。朋友们抽得最多的是威龙和都宝。

我能把威龙烟丝咬出茶叶末子味儿。

大年三十,心中一软,又想去看父母。回到家里,见房门紧锁。邻居告诉我,父母回老家了。我一惊,我祖籍河北,父亲出生在北京,老家没什么人了啊。想来想去,才想起父母可能去了我姑姑家。

我有个姑姑跟父亲感情特别好,嫁到了天津。

慢慢溜达着,我走到了臆想中的金桂美家附近。

一些小车子从古香古色的大门口进进出出,悄无声息,神神秘秘。看了一会儿,我止不住光往车里装着金条珠宝、山珍海味上想,颇觉无聊,就走开了。

还没出正月,命运的打击便突如其来。

从一张报纸的屁股上,看到了"全国首届镜像新思维画展"主办方涉嫌重大诈骗的消息,我头一蒙,就躺在床上人事不省了。

不知过了多长时间,我睁开眼睛,还是一个人待在凄凉的房间里。

我强撑着出了门,本想着去前面的熟食店弄口吃的,却收不住脚步,摇摇晃晃,辗转往家去了,一进家门,又扑通栽倒在了床上。

我病了整仨月。

病好了,去画家村一看,画家们都走光了。

在我生病期间,像经历了世界末日似的。

去找蒋高凡兄,房东似笑非笑地告诉我:

"他呀,正在昌平筛沙子呢。"

我证件齐全,又是本地人,谁也撵不走我。而且我还有个念头,我不能走,我得等到蒋兄回来。这期间,听说很多人都搬去了更偏远的宋庄。

等了一星期,蒋高凡回来了。污浊的长发齐腰,像披了张破麻袋片。

我倾尽所有给他接风,不料他刚吃第一口就开始哇哇呕吐,心肝都要给吐出来。

他也迁到了宋庄,而我却在原地坚守了四年。

回想起来,那却是我最安静最悠闲的时光。

我决心苦画几年,避开同行,在孤独中以图精进。但我接受周萍在库珀给我的忠告,作画累了或懒怠了,也会主动出去找同学玩,感觉是换口味,还为此买了传呼机。

从同学口中,我得知周萍的确在那年的元旦期间组织了一次同学聚会。参加的人并不多。

周萍的成功却引起了同学们关注。

高中、大学时期,同学中间就纷纷传言,周萍家政治联姻,找了个出身比他还高的女朋友。周萍一入高三便剪去了长发,就是证明。

年少轻狂,出言不逊,情有可原。

几年后,女朋友被踹,她的名字理应就此从同学中间消失。她本来就不是我们任何一个人的同学。可是,也正是周萍的成功,唤起了同学们邪门儿的热情,大家想方设法又对她做了更深入的了解:

原来女朋友不过是那户人家的保姆。

保姆也算不上,是保姆的外甥女。当保姆的大姨遇上了品德高尚的好人家而已。

寄人篱下也能让人起公主范儿。地位越高的人就越没架儿,一点不错,因为你只够到人家鞋底的一点子泥。

如果这是真的,相信周萍不会不知。他与她最终分手,顺理成章。

问题是,金桂美绝非等闲之辈。没考上清华北大,但人家也没落榜,上的学校也是可以的,毕业后进了一家投资公司,数年内已做到中层。

大约是在我也搬去宋庄的那一年,听说金桂美南下深圳。这是我在北京最后一次听到她的消息,当时没想到她的传奇也才开始。

尽管我从来就没有真正走近过她,但我仍感到她已杳然远去。

随后,我暗下决定,断绝跟同学的所有联系。

不到十年时间,大家选择的道路越来越靠拢不到一起。

简单地说,大多数人都在急于套现。

衡量成功的标准,不过是套现了多少。

我穷不是?但你若问我自认为画得最好的画卖不卖,比如《金桂美》?那我回答你:

扯犊子!

在我们这个圈子,宁愿卖身不愿卖画的家伙,可不止孟海洋。

7

在星月湾,我亲眼看到了豪姐那幅拍得最高价的国画藏品。

真迹强于印刷品太多,不愧出自大师之手。我却在想,不知道画家有没有那样一幅一生中自认为最好的画作。若有,肯定至死也不会拿出来售卖。也就是说,我面前的这幅画,绝对不是他最好的,但我不可能实话实说。

听到夸赞,豪姐不能免俗,得意溢于言表。可恨蒋兄不在人世,若他看到这种情景,一定会为"粒子捕手"理论的落地生根而激动。

凭良心说,我绝对不会欺骗豪姐,尽管我秘藏的《金桂美》已跟眼前这位出手大方的豪姐丝毫挂不上号。如果我是她的收藏顾问,断不会让她去做这全国性、历史性的"冤大头"。获知拍卖会拍这种历史垃圾,连她去瞧两眼我都会想法阻止。

星月湾的绘画收藏很丰富,豪姐专门建了个收藏馆。她没告诉我是不是北京还有。以行家的眼光来看,里面问题很多,主要都跟欣赏水平有关。但是这么大规模的收藏,也不可能全凭豪姐一个人头脑发热,定有参谋、顾问在她身边。可以想见,我若过多发表看法,必然会引起一些人的敌意。

过了一段时间,我已藏不住了,因为豪姐对我的信任明摆在人们面前。于是,我决定旧账不提,只一心把眼前的事情做好。

一月之中,我和豪姐能外出个两三次。每到一处,豪姐都会抽空带我去当地的画廊或美术馆。

其实在梁园项目动土之前,豪姐就开始筹划美展"泉·1980",地产项目也就成了本城文化招商的一个成功案例,被政府官员反复拿来宣讲,也成为一些官员进阶的资本。看她对历届画展的态度,我不认为这仅是一种商业炒作行为。而对星月湾的画家,她也给予了充分尊重,不止一次说:"画家就该住这地方。"什么意思?星月湾依山傍水,还有个俗名儿叫"神仙沟"。能抢下这块地来,也得有只神仙的手。

乍来星月湾,如入仙境。画家住在了神仙住的地方,不就是神仙了吗?她就差明说自己崇拜画家。

豪姐对绘画的兴趣令我起疑。她给我的感觉,不像是在欣赏一幅画作,倒让我觉得像一位厨师走进了厨房,面前摆着各式厨具,她却绝对不会伸手去碰一碰。也就是说,她跟那些画作,其实并没什么关系。

她在走进我画室的时候,也不会去碰我的画具。她只是坐在一旁,更像是在静静守望。

有一次,我突然回头对她说:

"您好像生活在一个热爱绘画的家庭。"

"爸爸……"她明显一愣,张口就说,却打住了,接着她平复下来,微微一笑,"我学不来。你们都是天才。"

大多数时候,她是谦和的。女富豪身上的飞扬跋扈,确实不大容易从她身上找到。

如果不是对她的身世有所了解,我肯定会继续跟她探讨这个话题,而她对此也很少提及。明知道我和她同来自北京,在周萍家也有过一面之缘,但她回京,从来不会叫上我。刚才我的问话,只是一个无伤大雅的试探,也不无恭维。

"您要拿起画笔,必将独步天下。"

"我有自知之明。"豪姐坦然应对。

一个月后,我被豪姐叫到办公室。

"海洋,十亩园的房子我买下来了。"她亲切地告诉我,老板台上放着一沓购房合同,"你可以实施你的计划。"

这回该我愣了。对十亩园小区的房子,我有什么计划?办美术班不是被否决了吗?办蒋高凡兄的展室……我提起过吗?

但我已经克制不住万分激动起来,简直不知说什么好。

"豪姐……"我叫了声,马上意识到失言。这只是人们背后给她起的绰号,不无调侃,甚至还有点儿恶意。我随即改口,"您……"

"你可以叫我'豪姐'的。"她从老板台后面站起来,并没有生气。"'豪姐'?"她爽朗地笑出声来,"我是要做个'豪姐'。今天我去北京一趟,你制订个方案给我看。"

豪姐这一去就是十天,我也在十亩园小区待了十天。

方案做了出来,很详细。

毋庸讳言,我做了一件自作聪明的事。文案上"蒋高凡展馆"的后面,赫然连缀着"1980"这串数字。

坐在老板台对面,我暗暗紧盯着她的反应。尽管很微弱,她嘴角的那一丝掣动还是被我捕捉到了。我等待她发表意见,但她看完后就把文案放在一边,问起别的事来。

说实话,我有一万个理由把蒋兄的展馆做好,在这上面并不想要小心眼儿。我不会昏聩到贪天之功。没有豪姐的仗义,那房子能放多久也还不一定。连缀"1980",也是揣摩豪姐心理后的所为,不能算作莽撞。

可是,几乎半个月过去了,我也没收到豪姐的反馈。她没有再理会我,去外地至少两次,并没带我。

一个周六的上午,从本地电视台上,我偶然看到她跟阚大心做了一期艺术访谈节目。电视镜头里的她,光彩照人,没怎么说话。阚大心美髯飘飘,志得意满,在那里侃侃而谈。一旁的她雍容华贵,目光柔和仁慈,看上去就像一尊艺术的守护神。

我心里开始有些乱。电视上的阚大师让我再次意识到与成名画家们的差距。我第一次感到自己答应入住星月湾有些轻率了。我还占据了中心村1980,其实就是"德不配位"。尽管我也并没有纯粹画画,而是跟着豪姐做了不少公司的事情,却改变不了被养着的实质。

谋生容易而生活很难。星月湾给我的,恰恰是一种生活。

毕竟我虽落魄,但自尊心也还是残存了一些的。

如果我存心去捕捉"粒子"豪姐,那是另一回事。

我心生退意,退出这种被养的生活,退到谋生。好比去办班,做一个美术老师,或者要求离开星月湾,去十亩园专门负责蒋高凡的展室,做个忠于职守的管理员。

在这个想法之下,我迎来了一个雷雨交加的夜晚。巨大的雷声好像是巨石从山顶上滚下来,震耳欲聋,地面都跟着颤动。水库里的波浪也被雷声唤起,把四周的堤岸拍击得一晃三摇。

我已有好几天没作画,好几个夜晚睡不着觉。好不容易得到的安逸生活,若要抛弃,还是有些不舍的。

不怪我会听不到楼下的敲门声,即便我走到门后,还是不能确定。开门一看,豪姐站在大雨中,没穿雨衣,也没打雨伞,淋湿的衣服全裹在身上。她几乎冲了进来,竟然还光着两脚。二话没说,她就往我的画室走去了。身后留下两行水渍。

等我走过去,她已盘腿坐在了往常她坐的椅子上,手里拿着一只斟满的酒杯。她还带来了一瓶红酒。那肯定是好酒,我叫不出名儿。她将另一只酒杯向我递过来。

"Producteur Comande 1855。"她口音标准地说,"坐下。"

说实话,这个风格让我手足无措。

"康曼笛。"她重复了一句译音。

我接过酒杯,但没有坐。端着杯子去卫生间找了条浴巾,让她擦去身上的雨水。她颇为固执地把浴巾往地上一丢,抬手拢了拢湿漉漉的头发。

"干杯。"她说。

见状,我也只好随她的便。嘴唇碰碰杯沿,发觉嘴唇在抽搐。

"1855。"她像是被红酒美妙的口感征服了,陶醉地摇了一下头。

这个有别于"1980"的数字,却让我下意识地凝聚了一下心神,不由得想到她有一个秘密,跟"1980"有关,已经在她心底压抑了很久,借着康曼笛红酒,在这个暴雨之夜,就要倾诉给我听了。

"贵公司成立于1980年吧?"当初陪蒋高凡兄去梁园售楼处,他就向售楼小姐提出过疑问。当时售楼小姐回答我们:

"这是改革开放的时候。"

没记错的话,十一届三中全会召开于1978年。当时我们感到大差不差,因为并没有购房的诚心,也便不去深究。或许大多数人会忽略过去,只认为是一串美好的数字符号。这跟像我一样密切接触豪姐的人不同。

我显然猜错了,豪姐只是瞪大眼睛看着我,我不敢肯定那眼里会是深情。还有雨水从她头发上滴落,甚至流进了她的眼眶。她久久不说话,我很快不自在了。

为了掩饰,我喝了一口。对我来说,再好的红酒都不过是一杯微甜的糖水。

"海洋。"豪姐终于说话了。

她在叫我的名字。

一声惊雷在窗外炸响,闪电掩去了屋内的灯光。我真是无法理解自己的举动,我忽然从椅子上站起来,走向画板,就那样一手拿着酒杯,一手拿着画笔画了起来。

8

至今我都不会认为过高看待自己的才华是一种错误,那可能是一个人成长中必经的阶段。但他一大把年纪,磕磕碰碰无数次之后,仍旧不知天高地厚的话,那就不仅是滑稽,而且是荒谬。

早在十年前,我就开始怀疑自己的激情,能否让我创作出有价值的作品。我不是第一个,也不是最后一个,蒋高凡兄在我面前渐趋狂热地谈论如何卖出更多的画或者如何把画卖出个好价钱,而我却对此并不反感。

圆明园时期,有人视自己的画作为圣物,有人将自己的画作视为商品,我也没觉得矛盾。那些把自己的画作以几十万卖出去的画家,会通宵请客。我非异类,不是去凑热闹,而是发自内心为朋友们高兴。实际上在那个时期,很多人走上了创作的巅峰。功成名就的人,也没忘穷弟兄。有一个叫束力钧的成名画家,隔三岔五就会把一个外国人带来看货,试图把朋友们的作品推向国外。

去了宋庄,情况却好像不如在圆明园那块儿。当然,仍旧会有人出名,有人的画卖出了大价钱,却不是我。

蒋高凡兄先到几年,他有一定的积累,就租了个小院。院子里不种花草,只种蔬菜,墙上爬满了丝瓜、吊瓜、眉豆、葫芦。还养了一只大白鹅,专门弄了几块砖,砌了个鹅池。因为是死水,很快就发臭。臭水被他用来浇菜,循环利用,院子里的植物也就长得格外蓬勃。秋天的时候看不到墙体,全被植物覆盖。

听他给我讲解院子里的"科学",我莫名其妙地激动。

这几年我的确跟他一点联系也没有,我没来过宋庄,他也没去过圆明园。等我带着大批画作出现在他跟前时,他看我的眼神就像我是从另一个世界归来。他问我这些年去了哪里,我说我一直在圆明园。他一点也不相信。他告诉我他曾向很多人打听过我,都不知我的消息。

"你不觉得那是噩梦里的地方吗?"他问我。

我蓦然想起他在小酒馆呕个翻江倒海的情景。

四年不见,他已经过了与挪威女人海伦娜·亚瑞唐多短暂婚姻的人生阶段。

头几天我与他同住。他在画室作画,我就独自坐在院子里,凝望那只宠辱不惊的鹅和那些幸福生长的蔬菜,身心倍感宁静。

当时我想到的也是尽快找到一个这样的小院,我也要在院子里做一个鹅池,利用臭水种植蔬菜。

这个愿望达到了。吃着从院中采摘的蔬菜,我才发现自己骨子里也是一个极为务实的人。一年租期不到,周围房租普遍涨价。我看房东脸色难看,也不跟他争辩,主动退了房,租了间前后临街的房子,开门就到了街上。

省了钱,清静没了。那只鹅被我暂寄在蒋兄家里,不料两只鹅很快难解难分,一直到蒋兄离京,两只鹅还会夜夜交颈而眠。

蒋兄自己需要卖出更多的画、更高的价钱,也常常把我引荐到画商、艺术家圈子，鼓励我参加画展，甚至还特意帮我在798操办过一次"绝非"个展。而我自己也不是不努力，名声却依旧很平常，这使我非常苦恼，实际上，我从来没有随便去画过任何一幅画。即便是一幅普通的静物图，我都在试图表现出那种光影和事物的内在的美妙。为了具备独创性的品质，即便发现一丝一毫与他人的相似，都会推倒重来，坚决避免步人后尘。从我床底下无数的废稿上就可以看出，我对自己的要求有多么严格。对我来说，艺术的标准就是绝对的独创性和接近神性的精妙绝伦。

也是在那次个展上，我无意中听到了蒋兄向一个画商推荐我时那画商说的话：

"有待观察。"

我已经无法言说自己的失望。创作时每每感受到的欣喜若狂，难道都是假象？那么，我自己又生活在哪里呢？

其实比我还惨、几年卖不出一张画的人也有。人总得吃饭啊！赶大集，摆地摊，开小卖部，都无可厚非。我屋前屋后，常有人鬼哭狼嚎。我不出门，也能知道是哪位画家。突然，撒酒疯似的走过去了。因为无聊到极点，一个来自湖北黄冈的画家，从旧货市场买来一辆破摩托，每天骑着在街上来回胡窜，嘴里大呼小叫。而且，还不断有人并非故意地在我窗下撒尿。

天长日久，尿骚味儿使我开不了窗。蒋兄不忿，跑到屋后，用石灰水在墙上写下了几个狰狞大字：

"在此小便×××！"

不久，屎臭味儿飘进屋里来了。

蒋兄又要去写"在此大便××××××",我拦住他。我说,你想想有用吗?他不吭声了。那些人怎么会害怕断子绝孙?

我倒想过,写什么都不如写"在此大小便,你能画出个屁"。

骂别的可以,但不能说我画不好。说画不好要我命。这可能是大部分画家的心理。

在这前后临街的房子里,我一口气住到我追随蒋兄而去。什么原因?我就怕找不到生活的感觉。在嘈杂的市声里,在尿骚味儿的包围中,我觉得自己还是活着的。对蒋高凡兄顿悟而来的"粒子捕手"理论,我怎么会有抵触?

黄冈画家突然时来运转,一组3.8米×1.2米的大画,爆出天价,被一神秘人士购去。从此,画家住上了大房,破摩托换成了越野车,装束也变了,五冬六夏一身黑,上门买画的人时常见,更不缺女友。

你说这是神话,可就在人眼前。

多年以后,黄冈画家已与早先的束力钧名声相当,在京城画界颇能呼风唤雨。星月湾1980的阙大心与之相比,还只是个地域性的人物。

面对别人的成功,谁也不能肯定自己心态不受影响。

黄冈画家每周组织一次艺术沙龙,蒋兄蹭的次数比我多。沙龙上谈论艺术,谈论成名之道,谈论行市,并行不悖。其实,宋庄街上早就流传着这样的顺口溜:

卖不掉画怎么办,

画点行画试试看；

画了行画还不行，

拉帮结伙试试看；

拉帮结伙还不行，

找个评家试试看；

……

我坚决认为是黄冈画家神话般的成功促进了蒋兄"粒子捕手"理论的新鲜出炉，同时也使我更加看清了自己的真实处境：

疲于谋生。

在离京之前，我请村民帮我宰杀了两只鹅，把锅支在街上，纯用劈柴烧火，炖了一大锅鹅肉，呼朋引伴来享用，没感到一丝不安。

后来一见蒋兄，我油然想到他会不会问到他托付给我的那只老鹅。蒋兄并没问，我以为他忘了。

一次小酌，蒋兄却突然开口：

"那两只鹅呢？"

"已被我放归野外。"我意外地不动声色，对蒋兄应声撒了个弥天大谎，但有生以来最大的罪恶感像大山一样向我压来。

"唉！"蒋兄一声长叹，颇惋惜似的，"吃鹅肉，喝泉水，品小酒，从十亩园遥望十里青山，多美好的生活啊！"

跟蒋兄在一起，我像那谎言中的两只老鹅，暂时回归了有别于谋生的生活。

9

星月湾的雷雨之夜,我没有走向豪姐,而是转身面对画板。

那时候,我知道这就是我在中心村1980最好的谋生手段,远胜于去办美术班做老师。

如果我毫不迟疑地向她走过去,将她变回二十多年前的金桂美,是不是更好?一对孤男寡女,独处一室,还有可能发生别的吗?

的确,她已轻声叫出了我的名字。

不是她缺乏足够的魅力,而是惊雷中的闪电让我看得一清二楚,她的目光穿越了我的身体和夜晚的雷雨,通向了岁月深处的一个什么地方,那里幽暗莫测。我就知道,这个女人近在眼前,远在天边,就像她神秘的身世一样。

"粒子捕手"的故事已经结束了,结局只能是一个名叫孟海洋的无名画家,禁闭在本城星月湾1980的中心村1980,日复一日地站在画板前,以固定的姿势,重复描画一幅永远不可能让人欣喜若狂的平庸之作。旁边,一个阔绰女人坐着观看、出神。

这样的场景甚至比画作更奇妙。不变的构图,将两个曾经痛苦的灵魂严密掩藏,只有真正敏感的心灵才能有所觉察。

雷雨停歇,我们都好像发现对方格外平静。她很自然地将手中的酒杯放在了一张小桌上,并吩咐我别忘收起来,甚至还说再来喝酒就不用带杯子了。然后,她轻轻松松站起身,身上竟然全干了。我要将她送出房门,她一回头,默默看我一眼,就赤脚消失在了雨意丰沛的夜色中。

等我把丢在地上的浴巾捡起时,我才开始回味那种从长时间的试探、迷惑、疑虑中走出来的快感。

浴巾柔软、滑润,被我带到了床上。睡觉时,浴巾须臾未曾离身。

第二天没能见到豪姐。又过一天,她主动把我叫到办公室,给我安排蒋兄展馆的事情。我的方案她完全赞同,并坦白承认自己非专业人士,不应该胡乱发表意见。

从她的神态上看,根本就没发生过那天晚上的事。

蒋兄展馆的装修、布展,用了两个月。豪姐又出差了,临走告诉我她计划回来后给展馆举行个隆重的开馆仪式,让我不要着急。她好像忘了过去出门总要带上我。不料这一去就是一个多月。我差不多每天都待在十亩园。

展出的画作不到蒋兄遗作的三分之一,却已经挂满了墙壁。我独处其中,感受到一种从未有过的冲击。说实话,我敬佩蒋兄的绘画,但从来没有像现在这样,认为它们充满纯粹而敏锐的感受性,不落俗套,引人遐想,每一幅都无可取代。

显然,它们的价值尚未没被人充分认识。只要时机一到,它们就将从世界的角落照射出夺目的光彩,而我似乎已经看到了。

在展馆待得越久,我心头的感情就越加神圣。渐渐地,我觉得自己使命在肩,那就是即使付出残生,也绝不能让这满屋子的绘画杰作被无情的时光和俗世的无知所埋没。那甚至也可以称作一种生活的力量,而能够从一个沉落在人生低谷的人身上,激发出强大的力量来,这还不是伟大的艺术吗?

此时,我认为我就是一个被征服的人。征服我的,是蒋兄的被埋没于世的遗作。我俨然忘记了自己也是一名画家,像是满足于做一个捍卫蒋兄绘画成就的人。

在蒋兄画作面前,我羞于说自己是画家。偏偏在展馆,我接到了豪姐的电话,她让我速速携带自己中意的画作,飞抵杭州。

走出展馆,我才重新慢慢成为自己。为了不至于出差错,我专门走到一个偏僻处,让自己冷静下来。

冷静的结果是,我选择了十幅自认为水平在中上的画作。我的理智还表现在每幅画上我都临时写下了"作于星月湾1980"的字样。

既然豪姐让我速速赶到杭州,我一刻也不能迟缓,带上画作就去乘高铁。当晚十点,我走出杭州站,就被接到西湖山庄。

没想到这个点儿了,豪姐还在一个装饰豪华的房间里跟人一起等我。我进去的时候他们一起站在窗前往外望风景。那个人背影高大,还没看正面,我就判断其风流倜傥。待他转过脸来,果然仪表堂堂。我略略感到有些周萍当年的样子,区别在于跟我一样,是个中年人。

"这是唐先生。"豪姐向我介绍。

唐先生平易近人地跟我握了握手。

"我们来看画吧。"豪姐说。

我刚一进门就有人把画作接了过去。我们走到一张书案前。有人帮忙将画作小心翼翼地一一展开。唐先生不慌不忙,看得很仔细,但微笑不语。我不由得有些紧张,管不住自己,变成了胆怯的小学生。

唐先生抬了抬身子,我的心咯噔一下。

"有日子没见老爷子了。"他只是慢悠悠地对豪姐说。

"上次念叨你是在正月里。你能去趟北京也是稀罕。"

"其实我两周前就去过。"他诚实地说,"去烦他我也不忍心。"

"那你跟他说去。"

他重又专心看画,眼里开始有了赞赏之意。忽然,他的目光在画作上停了下来。

"星月湾1980。"他沉吟道。

"都是我在星月湾完成的。"我说。

他微微颔首。"你在不停回望,"他对豪姐说,"而且,从不同的地方。"

"是的。"豪姐说。

"了不起的画家,了不起的作品。"唐先生轻声发出赞叹。他吩咐别人,"收起来吧。"

"给孟先生准备一些夜宵。"豪姐对侍者说,然后转向我,"让他们把你领到房间休息。明天也不要急着回去,在杭州转转。"

我被人领出去了,但我还想再看唐先生一眼。那种从容不迫的气度,太迷人了。前后只跟他在一起待了不到半小时,我就被比成了渣。

妈的,我还有什么不满足的?

听从豪姐的安排,我在杭州停留了两天,我的个人账户上多了五百万。我从来没有像现在这样富有,而且是用我的绘画换来的。坐在返回的高铁上,我不由自主地一阵阵傻笑,自己都不知道脑子里在想什么。

一回到本城,就直奔十亩园小区。

站在蒋兄的遗像跟前,我头一句话就是:

"我有钱了,蒋兄。"

"真的吗?"

"真的。"

蒋兄脸上那种高兴的表情难以言喻。

"能够好好过日子了。"

"是啊。"我说,"我终获自由。"

忽然,我发现自己又坐进了高铁车厢,向着前方的北京疾驰。没跟蒋兄告别吗?这让我有些伤感,好像此去再也不回来似的。

一个多小时后,我走上了故地的大街。我回到父母生前的房子里。

自父母去世后,我几乎没来过。

房间里落满灰尘,我独自静坐在破旧的沙发上,想到五百万虽然不是个非常巨大的数字,但我在北京有房,这些钱也差不多能让我简朴而悠闲地度过余生。

想着想着,我歪倒在沙发上,沉沉睡去。

10

满打满算,我入住星月湾1980两年零三个月,留下三十幅画也还说得过去。

这三十幅画中,就有唯一不是在星月湾创作的、被我珍藏了整整二十年的那幅《金桂美》。它虽是少作,但我认为它仍不失为我的最佳作品。把它留给豪姐,我觉得应该更有意义。

不能说我将与过去的生活做一次彻底的切割,但至少,我是不想再画新作了。将来我也不会再去宋庄,虽然我已经不用把自己关在狭窄的小屋里困守愁城,或像野狗一样,半夜去空寂的街头东游西荡。我是要回到让父母生前伤透了心的家里,那寒碜的两室一厅,与绘画再无关联。为满足父母的遗愿,或许,还会给自己找个像我头一个女友那样的老婆。过去画坛无我名,将来也不会有人听到我的名字。

这是我从北京回来的第二天。豪姐不在星月湾。我想象怎么跟她道别才合适,根本无心做什么。

多年来我过的是单身汉日子,习惯了省烦从简。我那两只大皮箱,就能把我所有的画作装下,除此之外,似乎没有什么要从星月湾带走。

无聊之中,我咬起烟丝来。可是,我竟有了一些作呕的感觉。嗅一嗅,霉味缕缕。不奇怪,上次买烟是在十亩园,已过去了半年之久。

我走出屋子,看了一会儿院子里的几株芭蕉,又从院子里走出去。

平时我很少出门,你知道的,我从来就不是很爱凑热闹,而且也不怎么受欢迎,毕竟与人家的差距明摆在那里。怎么来这里的,自己也明白。人家常常宾客盈门,而中心村天天冷冷清清。如果他们得知我刚刚卖出五百万的画作,不用猜他们会做出什么联想。

我准备到水库边上打发一下时间,不料迎面碰上了跑步回来的阚大心。我以为他只会礼节性地点个头,他却张口就说:"海洋,去杭州了?"

跟他一起跑步的是个年轻人,一看就知他们是父子。我回答"是的",他就跟他儿子说:"叫孟叔叔。"那年轻人也便叫了一声。

"你有空去向孟叔叔求教。"他说。

他儿子又答应了。

"哦,对了,你孟叔叔中央美院毕业的。"他说,"你们校友。"

他们向前跑去了,我感到那个做儿子的又回头看了我一眼。

离开了星月湾1980,我像忘了自己要去哪里,漫无目的地踯躅了半天,才走上水库堤坝。这水库是本城人口的主要水源,水面浩荡,宛若大海。周围景色旖旎,建有不少休闲娱乐场地。从东南部汇入的几个河口处,草木葳蕤。对岸的老虎山连绵数里,趴伏在波光粼粼的水面之上,像在目不可及的天际,超然世外地沉睡。

我没有停下来。行走的样子让我看上去是在欣赏风景,其实我眼前迷乱,每一步都充满着如失足落水一样的危险。

很多年前,受蒋高凡兄提醒"别再说自己是中央美院的了",我的确很小心也很少使用这个名头,就像它已经逝去。可是,显然我一辈子也没能摆脱掉它。今天阚大心在儿子面前对我的介绍,再次验证了它已经成为我整个人生的基因组合。

一旦截取这段组合,我还是我自己吗?

是不是有些经历永远不可能摆脱？

为什么要去摆脱它？难道它就是我人生痛苦、倒霉、失败的起源？

我想象着去掉了浓密黑发和岁月外壳的阚大心。

老一代还没全身而退,新一代已经接上了。

阚大心的儿子,那年轻的人,在以怎样审慎的目光偷偷打量我？

不知不觉,我沿着一条小道,来到了水库边的一个树林里。

往日,我曾漫步于此。

光影斑驳。脚下是松软而不至于陷落的腐殖质丰富的土壤,草丛里野花点点。我的到来将小飞虫惊起。水库里的细浪轻轻吻着树林边缘的水岸,好像无数深情的舌头。如果不会想起被冲到林中沟壑里的苍白或腐烂的溺死者,这里倒是个令人心旷神怡的好地方,而我纯粹是心不在焉。

陡然一声鹅叫,让我收住了继续深入的脚步。定睛一看,恰好两只白鹅从树丛后面探出长长的脖子。它们像是认识我,而且叫出了我的名字：

"孟海洋！"

没错,它们又在叫我了。

"你好！"

我毛发奓起。

那两只横死京郊宋庄街头又惨遭无情炖煮的鹅的灵魂,追索过来了！它们额头鲜红,通身洁白,一尘不染,而且一点也不惊慌,等候在我前面的树木之间,就像在一扇命运之门下等了很久。只要我跨过门去,我们就可以一笑泯恩仇,把酒言欢。

在迷人的老虎山水库岸边,在清幽的小树林里,在一个我肉眼看不见的地方,美酒佳肴已经备齐。

我倒退了两步,一转身,就往回走。

鹅叫声又起,好像在安慰我不要害怕,又好像在大声嘲笑我的无礼:

"别跑,那胆小鬼!"

我踉踉跄跄地跑出了小树林,来到堤坝上。低头看见脚底沾了厚厚的泥巴,但我顾不得了,一刻没停就快步走回了星月湾。

我冲进了画室,支起画板,拿起画笔,喘息着。双手控制不住地颤抖,耳中似乎还能听到水库边鹅在声声嗥叫。

豪姐没有惊动我。她在两天后返回星月湾,晚上来看我画画。那时候,我聚精会神,安安静静,几乎没有觉察到旁边有人。

以后,每天也都是安静的。我会陪着豪姐出门,两三年内跑遍中国。

世界著名的巴塞尔艺术博览会、弗雷兹艺术博览会、法国当代艺术博览会、欧洲艺术博览会、日本青荟艺术博览会,我们都双双赶去观摩过。

蒋兄画馆经过媒体宣传,也获得了一定名气,虽然不至于红火起来,但也开始每天接待好奇的游客。豪姐让我出任画馆负责人,其实负责画馆日常事务的,是一位来自省艺术学院的青年老师。

更多的时候,我待在中心村 1980 安心作画。

去年,我考了驾照,为自己买了辆价格适中的宾利。

蒋兄的那辆车因为常年不使用,损坏严重。有一天,我发现它在原地不见了。去问物业,物业回答,旧车无主,已被人拉出去报废了。

被什么人拉了出去,我懒得问。

开着车,从后视镜里,我看到自己头发长了。给我理发的是时代广场的源氏美容院,因为豪姐也在那里消费。本想掉转车头去源氏,却打消了主意。

一个月后再说。

11

秋天,我的头发还没长到能扎小辫儿的长度。我专门赶到北京,去中国美术馆看了场墨西哥当代艺术展,因为少不了弗里达。她惊世骇俗的绘画艺术给我的震撼一如既往,但这次展出的还有她的一些生前物品,包括服装、矫形背心、珠宝和眉笔。与她的画作放在一起,让我获得了一种奇怪的感觉。也许因为又增加了许多的人生经历,我从美术馆走出来,不像第一次看到真迹那样,被唤起强烈的创作冲动,而是就想一个人走在大街上,永远走下去,走到世外。

这是10月的一天,弗里达好像来错了季节。她应该选择酷热的夏季,更巴适地将她画作中热带雨林的景象移植过来。但我就像把她抛到了脑后,我只看着我的脚尖,带我往前走。

一片树叶,远没有焦枯,它失去了昨天的分量,从我头顶飘落到我的脚上。我踢开了它。它向一旁翻过身去的时候,展示了丰富的色彩。黄颜色吞噬了大部分的绿颜色,死亡的黑颜色悄悄蔓延。

走在大街上,不是回家,不是去学校,去单位办公室、出租屋,也不是去少年宫、公园、酒吧、广场、体育场。

我往前走,不用有目标,像游离于人世。

此时我感到天气有些凉了,因为我穿得有点单薄,贴身一件棉布衬衣,而夹克无棉。

又一片树叶飘落下来,是那种北京常见的悬铃木树叶。毕竟是因衰老而凋落,掉在地上已没有弹性,啪嗒声发脆。

我踢树叶的动作熟练。不像绘画,需要艰苦的练习。动作与生俱来,不知不觉中重复了无数次,压根儿就不需记忆。很久没有这样了。现在,那感觉陌生而熟悉。树叶从脚尖飞起的声音也一样。树叶也如老朋友,不需你的等待。有的正在飘落,而有的已铺在脚下,尚未被清洁工扫除。它们有很多,一下子就让我走进了过去的岁月。而当它们从悬铃木树叶,变成槐树叶、榆树叶、柳树叶,或者哪一种落叶占了多数,我就知道我已从一条街道,走进了另一条街道,从五四大街、北河沿大街走入了纳福巷、五仁巷、帘子库胡同。不同的树叶悄悄向我讲述着时光的故事,死亡、离别、磨难、伤害、忠诚,执着和彷徨,爱和温柔,根本不用我刻意去回忆什么。光线渐趋昏暗,路灯亮起,才让我意识到时间的流逝。而且,我知道,父母家已近。

脚步沉甸甸的,已不能将树叶踢起。

这时候,像是一片旧日的落叶飘下,一个声音从几十年前传来:

"海洋,是你吗?"

我首先朝朦胧的空气里打量,什么也没有看到。我转过身。

周萍走出树影。他可没有一点意外相逢的样子,好像他在这里走过很多次了,但他显然是欢喜的,沉稳地上前,有力地搂住了我。

"变了,我快认不出来你了。"他认真地左右看看我的头发,"长了,这才是艺术家的派头。"

我让他搞得不好意思:"还不是因为懒。"

他放开我,掏出手机:"这回不能轻易分手,得马上留下手机号,有名片就交换名片。别又联系不上了。"

我一听这实在的话,心里一热。相互把手机号记了。我收了他的名片,上面中文、英文都有,但我没名片给他。

"我们找个地方去聊聊。"他提议,"你吃晚饭了吗?"

"哦,没有。"

"那我们去找个安静的饭馆。"他往前一指,"附近有一家。"

我们向前走去。

"你每年都回来?"我问。

"每年都回。"他说,"每年都回这里。"

"伯父伯母都健在?"

"都在。令……"

"去世了。"我说。

他沉默了一会儿:"我知道会在这里碰到你。"

我疑窦顿生。

说实话,我可没想过联系这个人。十几年前那次分手,我就认为此生再无交集,而他竟有此执念。

周萍带我走进一家叫"京都布衣"的饭馆。那里原是一处民居,小巧的四合院,环境清雅。院子四周种满了修竹,中间一个水池,池底开了灯光照着游鱼。他选了东厢房的一个小单间,里面一张原木桌,两排座,可坐四人。

我们在各自的对面坐下来,点了菜。他问我喝什么酒,我说:"白酒吧。"他说:"正合我意。"就叫了瓶52度经典陈酿牛栏山。

然后,我们面面相对,细细打量着对方,像是街上的见面场景不作数,要再来一遍似的。

"成了大画家了吧?"他说。

"哪里。"我略觉不安。

"住得远不远?"

他肯定是说我的家。我本想撒个谎,看他还是质朴可靠的那种普通人风格,又不忍,就告诉他:"我去外地了。"

"怪不得。"他说着,却默默垂下了眼睛。过了一会儿,才重新看着我说,"信不信我每年都会去你家门口站站?"

"为什么?"我脱口而出。

这绝对不是简单的事。我瞪着眼,直视着他,把疑问全部传达出去。他转头看着旁边,躲过了我的目光。他像思考了一下,举起酒杯。

"喝酒。喝了酒我告诉你。"说着,一饮而尽。

我的心头怦怦直跳。我有种强烈的预感,他要告诉我的事绝对与豪姐有关,而且不会是好事情,不然不会让他如此长久地牵肠挂肚、寝食不安。

"我终于等到你了。"他眼里又透出欣喜,"我还以为你消失了。真的。你那个圈子我不熟,同学们也没你的消息。还好,伯父母给你留了房子。"

我的伤感不禁又涌了上来。平心而论,我从没忘记当年周萍对我的热情真诚的帮助,他也是我至今为止最要好的同学。上次在国贸意外相逢,是我主动喊了他的名字。这一次,是他多少年来等在我可能会出现的路上。这份情谊,纵然铁石心肠,也不能不被感动。

一仰脖,我也把酒一口闷了,而且非常渴望还有更亲密的表示。

规规矩矩相向而坐,所做的动作不过是两腿并拢,直着脊背,把两臂平放在桌上,或者一会儿把胳膊抱紧,一会儿松开,几乎没有别的选择,可见人类用动作表达感情的方式有多么贫乏。我却记得我们曾疯狂拥抱,他当时光着大脊背,哭哭啼啼,胡言乱语。即使在感情的冲动中,我也能感觉到他的皮肤细腻如同绸缎。

我有些后悔跟他一起来小饭馆坐着了。

或许此刻我们更应该走在街上踢树叶,看谁踢得高,而不是表情严肃地猜心思。

周萍又给我倒满了酒。

我的颤巍巍的手没有离开杯子。我觉得突然起身,走到桌子对面,紧贴他坐在一起,可能都会发生。

"周萍,我们是好哥们儿对不对?"我提高了声音,"好哥们儿能做到开诚布公对不对?"

"开诚布公?"他反倒一愣。

"有话请讲。"

"这个……"

"你是要讲金桂美。"我单刀直入。

二话不说,把杯子跟他一碰,我又干了。我浑身热腾腾的,话如连珠炮。

"你要讲为什么跟金桂美分手。上次你没说,后来你又想说了,而且越来越渴望。放心,周萍,你说什么我都不觉得意外。"

"据说她很发达了。"

我想,我是不会把自己跟豪姐在一起的事告诉他的。

"我是个画画的。"我说,表情突然淡漠起来。

"她很能干。"

"你知道她的一切。"

"跟她没关系……"

我顿觉恼怒。

"你玩了她好几年,你说跟她没关系?"我瞪着他,我的眼肯定红了,"你会后悔在这里等到我!"

"对不起,海洋。"

"说吧,她的事。"

"对不起。"

"对不起谁?"

"我很无耻。"周萍表情痛苦,"我不能说。没什么可说的。海洋,喝酒。"

"等我很多年,就为给我灌杯马尿?"我鄙夷地看着他。

是因为他表现得软弱吗?但他一直是我心仪的人物。只有他那样开明通达的家庭,才能养育出这样一个一无骄奢之气的社会精英。

"一切跟我们想象的不一样。"他说。

12

以强凌弱会给人带来无法抑制的快感,在京都,布衣就是这样。

一恍惚,我还把周萍当成了西湖山庄的唐先生。他那无力辩解的样子很招虐,我一点也不想饶过他。

"当然喽,"我故意以一种轻飘飘的口气说,"我都不知为什么要跟你坐一起。你是大院里的,而我们这些人只是在谋生。我可以告诉你,这没什么好玩儿。就像你放弃了绘画,你已经知道绘画也没什么好玩儿的了。"

这样说的时候,我重新想起了那些年在同学们之间有关金桂美的传言。传言的真实性,已无须探究。

周萍看着我的表情,说不出是惊异还是慌乱,在昏黄泛红的灯光照射下,显得有几分狰狞。我认为自己说到了他的痛处。

"你……你怎么会这样想?"他迟疑地说。

在一个一心要为一个女人鸣不平的人看来,罔顾事实、侮辱友情都已不在考虑中。"实际上你就是这么做的。"我咄咄逼人,"你的成功前世注定,没想到一回头,发现别人也不差。你这才找到我,以为说上几句对不起的话,就可以减轻对别人的愧疚了?"

"别人"是谁,我可没说出来。我倒不怕他会想到我。

他抬手抓了一下头皮。

"海洋,抱歉。"他说,"我为自己对你的伤害……"

我用笑声打断了他。"你以为你能伤害到我?"我说,"就像你生来注定成功,我生来百毒不侵。我们这种人,皮实。"

"喝酒,海洋。"他举起酒杯。

在我滔滔不绝的时候,我已经喝过了好几回。算来下肚得有两杯半了。凭我这酒量,撑不过三杯。但他举杯,我不怕,喝得过他。

"伤害我,做梦……"我知道自己正开始胡言,但我竭力让自己表现得好像头脑倍儿清醒。"桃叶儿那尖上尖,柳叶儿遮满了天……"不知为什么,我认为玩世不恭地哼几句小曲,可以显示我高高在上的位置。

"对不起,海洋。"

我不吭声了,看着他。

"你吃点东西。"他给我夹菜。

我抬起筷子,压住了他。

"你没有对不起我。"我说,"告诉你,我活得很满足。"

"我替你高兴。"

"你说你……"我抬手比画了一下,"这些年常来这块儿溜达?"

"不就是为碰见你嘛。"他坦承,眼里掠过一丝腼腆的微笑。

我沉默了。

以后,直到我们从饭馆离开,也没大说话。酒喝了不少,菜也吃了不少。有一会儿,我们都好像在倾听什么,好半天才听清外面哪个院子里,响着男声《探清水河》,正唱道:

"河水清又清,一去不回程,失魂落魄,迷迷又瞪瞪哎,情人啊投河因为我呀,不由得两眼泪盈盈。点着了千张纸,腾腾地冒火星,三拜九叩把礼行……"

在街口我们分手,周萍问我去哪儿住,我说回父母家。

可是到了父母家门口,我却没有开门进去。看看时间,发现竟还来得及坐高铁返回,就转身匆匆下了楼,到街上打车去了北京南站。大约两个小时后,我已经身在星月湾了。简单洗漱一下,上床睡觉。

昏昏沉沉中听到短信响。拿手机一看,是周萍发来的:

"房门底下有封信。"

在困倦迟钝中,也想都没想他是什么意思,就随手给他发了句:

"看到了。"

我一气儿睡到第二天九点半。躺在床上不动,回忆一下昨晚与周萍相遇的情景。我从来就不是道德卫士,我也没资格责怪周萍与金桂美的分手。哪个男人没有过这种经历?每逢寂寞,我不也会想起自己交往过的女友?最常想起的是第一个。最常想起她的,是她让我很过瘾。不是没有因为这个要去求她复合。要说与周萍之间不存在芥蒂,那也不是实话,可是金桂美除了对我的回眸一笑,还有特别的表示吗?早知道这只是我少年时的自作多情。如今连这点芥蒂都消除了,生活啊,忽然像阳光一样纯净。我已经准备去画室悠闲地画一幅此生最为明亮的画了。就画一幅珠宝,昨天刚在中国美术馆看到的弗里达使用过的那幅。

生活,你珍贵如珠宝!

这幅画将具有珠宝一样密实而透亮的品质,如同我从圣树上砍下金枝,而让我无限接近生活的梦幻。

可是,我随后从手机上看到了周萍昨晚发来的未读短信:

"别了,兄弟。忘记我吧,天才兄弟。你让我发现了羞愧,再也无法挽回的羞愧!"

我大吃一惊,这才开始认真思索他第一条短信的意思。

难道我父母破旧的家门底下有他塞进去的一封信?信上写满了他多年来一直想要告诉我的重大的秘密?

马上给他打电话,服务语音提示对方已停机。我紧张地跳到地上。再打,同样是停机的提示。

打了无数遍,只得放弃。

那一定是一封很不寻常的信。我恨不得马上拿在手中,马上出门,马上去坐高铁。现在不到十点,马不停蹄,中午十二点就能赶到。

坐上我的宾利。刚启动,我又冷静下来。

周萍肯定是后悔给我留下那样一封信。既然他后悔,我为什么还要去看呢?一封信有什么大不了的?我还需要什么?父母那套二环内的房子,虽小一些,出手也得七八百万吧。我怎么也得算个千万富豪。

我决定放弃去拿那封信。虽然明知他收不到我的信息,我也仍然给他写了一条:

"嘿,哥们儿,你说什么呀?"

昨天没问他有没有微信,我试着用他的号码搜一搜,不是他的微信号。

两天后豪姐看出我魂不守舍,问我有什么事没有。她知道我去北京看展。我说没有。她又问我看展的情况。我简单介绍了一下。她说,撤展前她也要去看看。本来我从她办公室走出去了,但鬼使神差,我一扭身,又走了回来。

"哦,对了,"我不动声色地说,"我在北京见到了周萍。"

豪姐像没听见,却问:"他也看展了?"

"是在街上碰到的。"我说,"他常从美国回来。"

"他还好?"

"壮实着呢。"不知何故,我这样回答。

"你说他壮实?"

"他没什么不好。"

我觉得我的眼睛雪亮,豪姐的一举一动都能被我看在眼里,像明镜一样清清楚楚,脸上那些被化妆品隐藏的细细的皱纹,一根也逃不掉。什么人能不老? 我的目光还能穿过一个半老徐娘的肉体,看到一个美丽少女坐在一个同样风华正茂的少男身旁,出神地看他光着膀子描摹《金枝》。

"这么说,真是巧呢。"

"可不。"我说,"大出我意料,他一个喝惯洋酒的人,喝起牛栏山也是海量。"

豪姐哦一声。

"喝酒坏事。"我说。我知道自己变得无比可恶。"我们忘了留下联系方式。"一种邪恶的感觉,如冰凉的潮水从我身体溢出,"一别又是天涯。"

"还有机会。"豪姐只是淡淡地说。

我得出去了。

坐在画板前的时候,我居然感到筋疲力尽,好像走了几十万里路一样。我说了不妥的话吗? 难道不该把遇见周萍的事告诉给她? 我不是说多了,而是少了。我们在小饭馆吃饭的情景,应该原原本本叙述出来。当然包括周萍说过的每句话,特别不能漏下那一句:

"我很无耻。"

那女人一定很愿意听吧!

莫名其妙的,我隐隐高兴了起来。

13

不管怎么说,我在星月湾 1980 的"工作",做得还不错。那个时候一般情况下都能够老老实实,甚至能够让画笔在画布上停留半个小时,也就是说,常常老半天才抹一笔。但随着灵魂出窍,冥冥之中我像被一种力量控制,也能作出好画。两个月前我那幅描绘草地和天空的画,卖出了二十万。当然,画好不好不能用金钱来衡量,关键是像我这种行事比较内敛克制的人,也认为没卖出好价格的画并非乏善可陈。

来星月湾这么久,我从没组织过一次聚会,中心村 1980 成了星月湾最安静的角落。它招待的几乎唯一的客人,就是豪姐。那年我以为阚大心的儿子会来拜访,还颇有些期待,实际上他没有来。后来在路上碰见过一次,也没给我打招呼。

不画画的时候,我把房子整理得井井有条,不像多数画家那样,画室里一团糟。跟十亩园的蒋兄画馆比一下,就能看出我这里像即将要举行展览,等待一幅幅画作挂上空空如也的墙壁。

夜幕徐徐降临,水库里的波浪也乖了,好像息去了摇荡之声。某个时辰,肯定不会太早,但也不会很晚,有一个身影就会翩然走进我的房间里。星月湾无人不知,社会上,比如某圈子里,也有很多人知道,豪姐去我那里是很近便的。

这一回,当我看到豪姐一身白衣飘然而入时,我强烈地意识到我们之间存在着一种古怪的关系。

"她看我作画来了。"我听到自己在心里说。

短短一句话,把世界上所有可能有的惊诧、疑问、嘲讽、喜悦、赞美的语气收罗了进来。那时候,我想到自己只能画出令人恐惧的妖怪。

她照旧对我不做更多的打扰,静静地在原处坐下来。

我摆好了姿势。是的。我头一次感到有些生硬。

这让我恼怒。

蓦地,我看到了画布上出现了一个人,就像是我被照进了镜子里。

那是一个光膀子的男人。他在幽暗的、闪烁着粼粼波光的背景里,像一个堕入地狱的鬼魂。畏于地狱的森严,他偷偷地向我投来求救的眼神。

我不由得揪了一下衣服,手中的画笔差点掉落。

那个人就是我。我必得光起膀子来,等待命运女神的眷顾,等待金枝被斫下,甚至我要赤身裸体。我要在这个白衣胜雪的女人面前,成为一个妖怪。

看她会是什么反应。

"海洋,你不舒服吗?"豪姐突然轻声打断了我的胡思乱想。

"不。"我马上否认。

我画起来。

我老老实实地回到了自己的"工作"中。

豪姐似乎从来不在意我在画什么,也不怎么评判我的绘画。我从来就不为自己要画什么而感到为难。如果这样下去,也该是很多人求之不得的吧。

但是，几天后，我接到北京的一个电话，是派出所打来的：

父母家失窃。

我纳闷了。父母那个穷家，除了墙壁、房顶、地面值钱，还有什么可偷啊！如果不是陡然联想到周萍把信塞到房门底下的事，我一时半会不准备回去。不过，我不怎么相信周萍会做得出来。如果真是他做的的话，可想而知，他把那封信看得有多么重要。

没有选择乘坐高铁，我驾驶宾利，用了将近六个小时，才赶到分钟寺桥。

父母家里一片狼藉。盗贼可能因为恼怒，把能掀翻的东西几乎全掀翻。

在门口的地上，我找到了已混进一团杂物里的那封信。

这是邻居报的警。

民警临走时建议我更换一扇防盗门。

谁都无法想象，我看到周萍那封信的感觉。

我全身发冷，不知是出于愤怒还是失望，我的手已拿不住那张薄薄的信纸。像站在悬崖上一样，我的身子一个劲儿要往下掉。

过了好久，我才能够气虚腿软地从被故意划破的旧沙发上站起来。

走出这个伤痕累累、满是灰尘的老房子，我坐到车上。

望着一片孤零零地从树上掉落下来的树叶，我拨通了豪姐的电话。那时候，我极尽温柔。回头想，头皮发麻。

"桂美，你在哪儿？我去找你。"我说。她的名字我叫过无数遍了似的。

显然豪姐在世界的某个角落吃了一惊。她没有马上回答。

"海洋?"

"我送你一幅画。"我说。

"哦?那一定会是……"豪姐说,"等我回去,海洋。我来看老爷子。"

"我也在北京。"

"那么,我们碰面。"她没有迟疑,然后对我说了一个位置。

我赶过去的时候,她一个人站在路边。她穿得很多,不像那些只顾好看的女人。我在车里认出了她,心头一阵感动。等我泊了车之后,我们往楼里走。她个头挺高,又穿得多,看上去块头儿挺大。她又是当惯了老总的人,在前面引领着我,让我有种当小弟的感觉。不由得想到她当年跟周萍好上了,如果跟我还真不合适。时间长了,我的角色只能当她儿子。这样一想,就减轻了被夺了"马子"那样的纯个人的情感色彩,而多了堂皇的道义感,更能使我挺起腰杆来。

在一个房间里落了座,我没有掩饰自己真诚的痛苦。心里有千言万语,都只为表达我对她的理解和同情。"桂美。"我却只叫了她的名字。她下意识地回了一下头,好像以为我叫的是身后的另一个人。

"又因为周萍?"她问我。

我哑了,不知该怎么说。我双手紧握,不由自主地活动着关节。确实,我并没有想好急切地找到豪姐,要表达什么。是来为豪姐伸张正义,以示同情、怜悯,还是为自己长期以来对豪姐的怨气而致歉,或者向豪姐倾吐曾有的情愫,说不清楚。不管当年是否自作多情,我对她确实抱有幻想,不然也不会如此纠结。

从头来说,我决定。

"一封信。"我说。

话一出口,我醒悟过来。我是来抚慰一个女人受伤的心的。

"周萍的信?"

"是的。"我说。我告诉自己,要像一个真正的男人,在任何一个女人面前。更何况眼前的是个曾经惹起自己青春躁动的女人。

我这样想的时候,我知道自己的眼神都变了,变得勇敢起来。

"你不是说要送我画吗?"她好像对周萍的信不感兴趣,"是你自己的,还是别人的?"

"我明白了。"我说,眼里射出了热烈的光。

"你明白什么了?画家都是这么说话的吗?"豪姐说着,站了起来。她背过身去。她静悄悄的,让我忽然有点生畏。过儿一会儿,她回头说:

"海洋,我带你去一个地方。"

14

我们要去的城市,离京八百里。路上,我知道了那是豪姐的故乡,是一座有铜雀台、娲皇宫等名胜古迹的地级市。

赶到那儿,已是傍晚。开车的时候我很紧张,我不是老司机,路又太长,又是连续开车。豪姐也看得出来。我从后视镜里发现她在后边的座位上睡着了,这让我感到安心。停了车,她像是松了口气。

我们住的地方是当地最豪华的锦泰国际大酒店。豪姐早让人办好了手续。跟过去出差一样,只要是我们两个人,就像她在前后照顾我。我们各自在房间休息了两三个小时,才出来吃晚饭。

没想到我们在这里吃到了像在西湖山庄吃过的那样可口的西餐。阿拉斯加雪蟹、海胆酱让人胃口大开,低温安格斯牛排口感绝佳。吃得舒服,让我神经松懈,而豪姐也不紧不慢的。

吃完饭,时间不早了,豪姐不急于走开,我就暗想她带我来这里做什么。

"这里有没有公司的项目?"我问道。

"会有。"她只是回答两个字,然后就沉浸在对往事的回忆中。她静静地坐在那里,长久凝视着一个角落,完全不忌讳还有我在一旁。

哦,从我第一次见她,就认为她是一个美丽的女人,不然她也不会频频入我的梦。少女时期的她,身姿轻盈。如今的她,也并未失去当年的美,而且还增加了沉厚的质感。此刻,更是犹如大理石雕像一样,给了我近乎庄严的感觉。

这样的一个女人的命运,不会接受那种廉价的同情和轻慢的打趣。

在老同学周萍跟前,我还能唱出"桃叶儿那尖上尖",在豪姐跟前,我唱不出了。我不但感到了自己的猥琐,还感到了自己处境的可悲。

"我们走,海洋。"她终于开口,"去看看我的家。"

尽管我好奇,但我还是有些迟疑。"太晚了吧。"我说。

她站起来,不屑地瞥我一眼。

我竟从这一眼看出她少女时的影子。

出了大厅,豪姐不让我开车。这个城市的夜生活,肯定没有北京丰富。大街上空无一人,我们等了好一阵,才有辆出租车开过来。她向司机报了一个地名,司机就向前开去了。

大约十分钟,司机说到了,并问具体的小区。豪姐说:"把我们放下就是。"下了出租车,一股冷风吹过来,豪姐裹紧了衣服。她让司机在原地等着。我四下里打量一下,没什么特别的。

"我从地图上查过很多次,是这里。"豪姐说。

她向一个小区走去。我跟上她。

"您很多年没有来过了吧?"我问。

"是的。"

她停下了,向一个小区望着。

"不错,这是我家的位置。"她说。

我看不清她脸上的表情。

"大变样了。"她发出感慨,"我在这里度过了美好的童年。"她突然问我,"有人的童年不是美好的吗?"

我不知怎么回答。

从这里走开后,我们又去了第二个地方。那里我记得比较清楚,叫作钢铁大街。住宅小区的牌号也比较醒目,正巧我们赶去的方向,与它们的排列顺序相契合,一钢铁,二钢铁,三钢铁,四钢铁……实际上,豪姐的故乡是华北大地上的一座钢城。我们今天进城的时候看见了钢铁厂高高的炼钢炉。

豪姐对钢铁大街的评价是:

几乎没什么变化。

这天晚上我们去的最后一个地方,是个废墟。四周黑咕隆咚,可以用"伸手不见五指"来形容。豪姐不怕摔倒,还要继续向前,我也只得跟上。有时候我觉得自己踩翻了一块断砖,有时我被横七竖八的木棍绊了一下,有时候会踢到一个土堆,让我想到是座坟墓。我害怕起来。一个黑黑的影子从我眼前飞蹿出去,我明知是只野猫,但也感到毛骨悚然。

我不小心撞到了豪姐身上。

豪姐没有动。我们靠在一起。

"记住这里,我1980年从这里离开。"豪姐说。

我轻轻啊一声。没听错,1980!

"回吧。"豪姐说。

我一把搂住她。她挣扎了一下,不动了。可我像忘了搂住她要干什么。

阵阵寒风吹过废墟,发出尖厉的哨音。

不知道豪姐是不是也像我一样,我的脑子僵死了一样,什么念头也没有了,就像是整个世界都凝固了。我只是那样搂着她,身体变成了毫无知觉的钢铁。

远处,司机在试探地呼唤我们,我好不容易才听见。

回到酒店,在我房间门口,豪姐向我道晚安。

太奇怪了,就像我们之间什么时候突破了那道男女界限,我不客气地伸手拉住她。这是我们今晚的第二次肢体接触,近乎粗暴。

只要她稍一表现出顺从,我就会把她拉进我的房门。

"把话说完再走!"

但她坚决地摇头:

"留待明天。"

等我独自站在房间里,才发觉自己惊魂未定。

这个正在逝去的夜晚发生了什么!

我的脑子突然高速运转起来。

家,钢铁小区,废墟。

1980……1980……那个数字,果真是一个年份!

那一年的秘密,终于在这个冬天的夜晚露出了尾巴。可是这一切,跟周萍有什么关系?为什么我提到周萍,她就把我带到她的故乡来?过去,从没听她提起过故乡的。她的身份证号码我见过,确实是北京的区位号。她还拥有纯正的北京口音,你无法怀疑她的出生地。而她果真出生在京外。

在这个夜晚,我平生第一次搂抱了她。

我正在感受自己的欲望。它已经熊熊升起,尚未降落。

此时此刻,为什么还像是欲望占了上风?我是不是很可耻?

在那黑暗的废墟上,我像是中了可怕的魔咒。不然,那会发生什么样的事呀?如果我坚持一下,把她拉到房间里来,那会发生什么?

我还没有断绝生命的狂野呀!

那个对我回眸一笑的少女,对我的折磨够久了!

我从床上醒来,还穿着衣服。暖气很热,我出了一身汗。

当想到昨晚分手时豪姐对我说的话,我立马脱掉衣服,冲进卫生间。

我要彻底地洁净。

15

"人生最幸福的是什么?就是某一天你能够选择一个最适宜的地方来讲述你的人生故事,比如一间密室、一座花园、一个卡座。我选择了天台,而且还有一个像你一样的忠实可爱的听众。"

这是早上九点半以后,在锦泰国际大酒店二十七层楼的天台上,豪姐面对故乡的城市,以心灵鸡汤式的开场白,娓娓道来。

天台面积不小,当中有个月牙形的游泳池,也很大,水已被抽干,底部铺着绿色的塑料草毯。几盆绿植不畏寒冷,竟尚未凋落。

从天台环顾,大地辽阔,西边隐见群山,向南、向东、向北,都是一望无际的平原。当太阳悬挂在冬季白蒙蒙的天空,才开始有了些暖意。

四周只有我和豪姐,多数椅子都空着。豪姐略施粉黛,但雍容华贵,阳光下更显精神头儿不错。这样的女人,谁能相信她会凄惨地度过一生?

"那年我十一岁。我从家里出走,去北京投奔我大姨。小丫头就这么虎。我告诉大姨是我妈让我来的,大姨就从没想到家里会对我不好。直到现在,我从未对人说过有谁对我不好。哦,对,我在七岁上,没了爸爸。我妈又嫁给了另一个人。昨晚你看到了我的生活轨迹,从我爸的家,到了钢铁大街。"豪姐说,"这奇怪吗?"

"什么?"我一愣。

"我不能骗我自己,我妈那样害怕后爸。每天,她都像是做了不可饶恕的错事,对后爸百依百顺。"豪姐说,"我不能不想我妈究竟做错了什么。"

我的心竟然随着她的讲述提了起来。

"长大后我明白,那是自卑。深深的自卑。"豪姐,"她是一个死过丈夫的女人,是一个带着孩子再嫁的寡妇。这个身份让她抬不起头来。她甚至不考虑讨好新丈夫会给自己带来什么。她只是一味地……这跟你看到的坟场有关系吗?"

我马上想到了昨晚的废墟。

"我的故事很长,但说起来很短。"豪姐说,"请你耐心一些,马上就要结束。对,有一个男人出现了。他常到钢铁大街来。他是后爸的好朋友。我就要说到你们了。你,周萍。他是一个天才画家。"

我差点叫出声来,也像窒息了很久。

豪姐却仍然是平静的,甚至更加轻声细语。

"他要把我从家中带走。"豪姐说,"你猜得出来吧?最高兴的是我妈。自从她嫁给后爸,我从来没见过她那么高兴。她对那个男人夸了又夸。那时候她笑逐颜开,光彩照人,都让后爸看入迷了。她盼我和那个男人赶快出门,再不回来才好。她不光一遍遍嘱咐我'听话',还在我们后面高声喊:'你们好好玩!'"

我的心怦怦直跳,像是要压住她的声音了。

"那可不是在数九寒天,"豪姐说,"相反,是暑假里。那个夏天多热啊。我得到了自己最喜欢的裙子。我吃到了自己最喜欢吃的奶油雪糕,不是冰棍。我很快乐。"

她沉默了。她动了动,我以为她要起来,正要扶她,她又开口了。

"谢谢你们。"她说,"那可不是坟场,是一个棚户区。我在那里看他画画。有时他也画我。在那里,我叫错了。我把叔叔叫成了'爸爸'。"

"爸爸……"我陡然听到了在星月湾,从她口中跳出的这两个字。当时我忽略过去了。可是,我一下子感受到了虐恋甚或有罪的意味。

"从那里跑出来,我没回钢铁大街,直接坐火车去了北京。"她继续从容不迫地说道,"我大姨在北京老爷子家做了好多年,老爷子一家把她当自家人,他们收留了我。"

我不作声。

"以后的事你知道的。我也把自己当成了他家的人。这些年,他帮了我很多。大事他会出面。没有他,我不敢说自己会成功。从深圳回来,我拥有了无限财富,本来可以停止。不是我不知足。"豪姐看着我,"我问你,人生能够停止吗?不能。"

其实我在发呆。

"我没对任何人说出实情,不光是对周萍。"豪姐说,"如今已经没有秘密了。我一点不怪他。谢谢你们。我讲完了。"

我知道,自己再也没有必要提起周萍的名字。

才过去不到一个小时,阳光就温暖多了。我身上有了暖洋洋的感觉。豪姐晒着太阳,神态宁静,让我疑心她其实什么也没说。

这里应该是城市的制高点,眺望大地,像是俯瞰人间。豪姐是把所有的故事都说给上天听了。传说本土的那些神仙,比如《金枝》里的那些天神。

"下午就回星月湾吧。"她说着,要起身。

已经伸出的扶她的手,又被我下意识地收了回来,就像她的身体不可碰触一般。

可是,没等到下午,我们就离开了酒店,因为不知当地政府怎么得到了豪姐的消息,一些人早就等在了楼下大厅里。我们不声不响地绕开他们,直接打道回府。当然,是回星月湾1980。

周萍的那封信,被我烧成了灰。

几天后,豪姐主动向我索要我在北京说要送她的画。

我以为她会激动,不料她端详了一阵后,却只是说:

"海洋,你一定以为我疯了,但只有我能做到。"

失去《金桂美》,我并不感到惋惜。我此生最好的画,应该还没有被创作出来。那一定是我的《金枝》。

孟某人耗尽一生,也许只是为了等待一幅真正的杰作横空出世。

有时候想起豪姐的话,我会觉得那幅杰作其实就像一个宝贵的胚胎,正在悄悄孕育。我也很想对豪姐说,难道我没有为着对生命的渴望与希冀,为着昔日那些美好的记忆,为着生活的温暖和幸福,甘愿付出自己的一切吗?她做到了,我也会做到!如果她说你可以做任何事情,但做不了她那样的事情,我倒无话可说。

又是很久没回京了。一旦故乡不为家,人间处处是天涯。在本城,在北京,在杭州,在星月湾1980,在蒋高凡展馆、黑虎泉边、启明街,在世界任何一个地方,没有区别。我不再走近故乡,其实也早已远离了豪姐,似乎就是从那天坐在酒店天台上的某个时刻起。

我虽烧掉了周萍的信,但偶尔也会心生周萍那样的冷酷或无耻。那就是我可能会突然告诉豪姐,导致周萍最终选择分手的原因,并非如她所想。发现她已有过那个,才让他耿耿于怀。好歹也维持了很长时间。他用一封信对我道出真情,一为那颗小小的良心开脱;二为化解他误以为我这个假想情敌对他应当有的不满和记恨,唯独当她是空气。

恩爱已了,剩下的也只有狠心。红尘男女,少有不是。

不可否认,从豪姐故乡回来后,我们的关系明显自然多了。

一天,"粒子"豪姐对我大发感叹,一个人为什么不能简单地过上一生?如果当初她妈不改嫁,又会怎样?会死吗?

像这样的话,在过去七八年里,她可从没说过。

不 凡 之 镜

1

造化弄人,在葛不凡身上体现得尤为充分。他从小就是大人眼中的宁馨儿,白净的面容上找不到针尖大个黑点儿,粉妆玉琢不过如此。不论是在幼儿园,还是学校,老师同学都喜欢他。这是真的。不怪他父母对他爱若珍宝。他家庭条件也比一般同学好得多,上初一的时候父亲当了商业局局长,母亲在一家大型国企任财务科主任一职,而且家里还雇了保姆,这在当时特别少见。人人预测他会一辈子顺风顺水,前途无量。没想到,在他大学毕业那年,商业局局长死了。才过两年,财务科主任就给他找了继父。尽管如此,同学们对他依旧看好。只要来省城,都会约他一见。也有专门奔他而来的。

如今,葛不凡的微信上,有小学、初中、高中、大学各种群,人气最旺的就是初中群,原因是群里有个叫孙小藤的律师。

相比之下,孙小藤跟他关系最铁。初中时孙小藤差不多就是他的小跟班,是史上唯一一个有幸去过商业局局长家,并在商业局局长家住过一宿的同学。不能不说这件事对孙小藤影响极大。

"知道葛不凡家早饭吃啥不?"那段时间,他逢人就问。

"吃啥?"

"牛肉!烧牛肉!"

烧牛肉是怎么切的,厚薄,多大一片,啥形状,必得详细描述一番,就像是他亲手操作的。手中的刀削铁如泥,却有千钧之重,让他使出了全身的力气。同时,古怪的神情暴露了他正在艰难地吞咽口水。

啥口水呀!硬得石头蛋儿一样,吞不下去。

男同学想到了自家万年不变的糊涂咸菜。女同学除此之外还陡生疑惑,葛不凡怎会吃牛肉?花心一颗露水就够他活命。

对葛不凡的想象没有错。他从来就是这个样子,为人也谦和,说得上彬彬有礼,但骨子里透着种对人一无所求的气质。没有什么奇怪的,他有了人间稀少的仙露神丹,怎看得上你的粗茶淡饭?只有别人求他,没有他求任何人的道理。这使他与众不同,对女生有很大吸引力。

当时却没人注意,几乎每个同学都有过虚实莫辨的恋爱传言,唯有他是个例外。等他在省城结了婚,同学们才像受到提醒。

老祖宗说肥水不流外人田,如此优质资源,到底便宜了谁?

参加过他的婚礼,没话说。他和当医生的妻子赵茵玲,标准的一对璧人,双双往人前一站,照现在的话说,就是生生亮瞎了人们的"钛合金眼"。

婚礼倒不隆重,但看得出是以女方为主。女方家境不差,也是省城的。他一表人才,工作不错,再对比一下刚刚成立的家庭,让人哪还有什么非分之想？但对他的看好是不变的，似乎一飞冲天，指日可待。

孙小藤不像葛不凡能考上重点大学，且能顺利留在省级机关。他从一所师范专科学校毕业，被分配到乡镇中学当老师，盖因不甘，只过两年，又考入曲师大读了法律本科。在葛不凡的帮助下，才进入省城一家律师事务所实习，后成为执业律师。近十年来，在省城法律界小有名气，还当了历城区的政协委员。资产不用说了，换过至少五台车，房产也有四五处。换下来的第一台车——马自达，给了葛不凡。当初还担心会被拒绝，不料葛不凡二话不说就接受了，让他好几天都没回过神来。

时过两年，孙小藤盛邀几个哥们儿携带妻小，去南山十样锦露天饭庄吃烧烤，照例落不下葛不凡，但葛不凡照例只身前往。

赵蒟玲因工作繁忙，从来不参加此类聚会。

不得不说，葛不凡自制力超常，别看很多场合不缺席，但从没见他跟人疯闹过。酒量不高不低，应付得了各种场合。

他有个怪癖，喝酒不吃菜，吃菜不喝酒。

对孙小藤来说，葛不凡手持酒杯欲饮未饮的样子堪称完美，最能透出一股仙气。整个人的姿态，白玉般的手腕的弧度，手托酒杯的位置，五根修长漂亮的手指所张开的间距，都无可挑剔。

为之着迷的人还有谁，孙小藤没问过。那种怦然心动的感觉，他更希望属于他一个人。

这回葛不凡选择了喝酒。十样锦有代驾。

皓月当空，清风徐来。葛不凡手持水晶酒杯，凝望着栏杆外月

光下愈加黑咕隆咚的深潭,突然转过头来,对孙小藤说道:

"没你这台车,我不会学车的。"

如此没头没脑,孙小藤真的一愣。

过去那么久,两年有余,至少七百多个日日夜夜,他脑子里竟然还在想着这件事!

孙小藤不光口才好,反应也快,马上不着痕迹地点点头,表示完全听懂了:葛不凡不过是为了逼迫自己考驾照,才接受他的馈赠。

葛不凡面朝深潭,一饮而尽。

孙小藤不免有点心口痛。

2

生活中,赵苭玲从没对葛不凡提起过买车的事。他们居住在中心医院家属区,另一套房子是在泂龙山下,交钥匙几年了也没计划装修,就在那里白白空置着。赵苭玲走出家门,到科室病房,顶多三四分钟的路,午休时还能不紧不慢回家睡一小觉。葛不凡上班一直是挤公交车,遇到急事才打回出租。好在从中心医院到他单位,坐公交很方便,不用倒车。在交通极其拥堵的省城,自驾车不见得就比坐公交更快捷。

葛不凡告诉赵苭玲,自己接受了孙小藤的马自达,赵苭玲当时也没多说什么。

这就是赵苭玲的好处了。从恋爱到结婚,再到婚后的这些年,从没给过葛不凡任何难堪。不愧是受过高等教育的知识女性,对诸如婚姻、情感、事业、劳动之类的神圣事物,充满了敬畏之心。只要他开口讲话,她总是一副可爱的认真倾听的样子。

在很短的时间内,葛不凡考取了驾照,兴致勃勃要带赵芮玲出游,赵芮玲每次都因要赶写论文或有其他事情而去不了。自己亲眼所见,赵芮玲忙得很,也就没怎么多想。邀请再三落空之后,也就作罢。

他们家的房子是比较老的三室两厅,在五楼。

高大的梧桐树一开花,窗前一片沸腾的花海,绚烂至极。

岳父母都已退休,畏惧爬楼梯,无事基本不到他家来。

因为有在医院工作的便利,为表孝心,赵芮玲常把父母叫来做体检看医生,一年之中总得有个十次八次的。

很长时间,葛不凡不记得岳父母来过了,就想要提醒赵芮玲一句。

也许因为有事,葛不凡开车回家去取一些必需的文字资料。车刚停在楼下,就看见赵芮玲陪着岳父母走出楼道。他心中一喜,忙推开车门,上前招呼。

"爸,妈,这是要走呢。"他说,"稍等,我上去拿了东西,送二老回去。"

两位老人皆耷拉着眼皮,像是没看见他。

赵芮玲显然有些犹疑,看着父母,说:"那就等一下。"

"小车子呢?"那老岳父撇着嘴,几个字就从那样松弛的嘴角,轻飘飘地跑出来,一点温度都没有。

葛不凡脑子不由得一蒙,像是想不起什么来了。

小车子?

"你别管了,我们到街上打出租就是了。"赵苟玲果断地轻轻推他一把,而他竟忘了再送一送岳父母,自顾木木地往楼道里走去了。

到五楼总共五十二级台阶。为什么记得这么清楚?听人说过,单数为进,双数为退,每层楼的台阶为单数,就有招财进宝、升官进职的意思,因而专门数过。上楼时不觉双腿沉重,进了家门才感到身上乏力。门一关,就在沙发上颓然坐下来。

岳父口中的小车子只有一个意思,就是单位的专车。葛不凡还没熬到有小车子坐,那得到了一定级别才成。

平时不想这些事,日子浑浑噩噩,倒也不觉得有多难过,不料可悲的事实却从岳父口中分明地说了出来。

岳父漠然的神情在他眼前挥之不去。的确,岳父看都没怎么看他。他们,包括赵苟玲,心里不知想过、背后不知说过多少次了。从他的命运跟他们一家捆绑在一起,就被他们像他的那些同学一样期盼着,但他至今没能给他们挣来一台象征成功和荣耀的小车子。

再咬牙熬几年,忠义礼智信,十八般武艺全上,可不可以?他没把握。

要说三十五岁之前,倒还是有些雄心。同一处室的上一任处长老毕,就是在这个位置上顶着一头白头发退休的。他不相信自己会比谨言慎行的老毕强。本以为只要尽职尽责,进阶之途就会一路畅通,可刚过三十五岁就都明白了。别说是在本单位,哪儿都一样。照自己这个发展速度,要达到岳父母的期望,弄台专车坐,恐怕不实际。从胆小如鼠的老处长身上,就能看到自己的未来:

每天做着几乎同样的事情,在同一间房子里黯然耗尽一生。

葛不凡是在这一天,才发现了岳父母对自己的漠视。从什么时候开始的,那可就说不清了。

打量一眼房子,是通过赵苘玲从医院分的。当初为了照顾赵苘玲上下班,他放弃了本单位的福利房。那房子要新一些,位置也好。这且撂开。赵苘玲每月的工资,常常是他的两三倍,而且年终奖也相当可观。洄龙山下的房子,凭他那几千块钱的死工资,压根儿买不起。

让岳父母小看了他的,是他自己。

这些年来,葛不凡把岳父母视作自己的亲生父母,然而岳父母却不是,做人的涵养掩藏了对他的真实看法。

又是什么让老人家决定不再掩饰了?明摆着嘛,药捻子就是孙小藤弃之不用的马自达。他在省级机关上班,常到下边市县走动。那时候,他是"大人"。盛情难却,每次都没有空手而归,也每次都或多或少地感到不安。当然少不了一些轻佻女人的暧昧暗示,他倒是能做到不理不睬,而保持心境坦然。孙小藤说出要送他旧车,他确实没想到会有什么不妥,就像本是自家的一样。归根结底,皆因两人关系非同一般,近乎不分彼此。

当初,尽管孙小藤被他邀请到家中做客,他也从没预测过多少年后会是这种状况。

不能凭己所能,如亲人所愿挣台公家小车子,却心安理得地把别人无偿馈赠的旧车开回家里来,还要拉上赵苘玲、岳父母去风光……葛不凡"大人",别问家里人何时改变了对你的态度,先问问自己从何时起内心逐渐迟钝的为好。

葛不凡冷汗淋漓。

楼梯上响起脚步声。他腾地站起来,快步冲到书橱跟前,拿出自己要找的资料袋,站直了,短时间内调整脸上的表情。

他不想让赵苘玲看到自己受尽打击的模样。

脚步声消失了。

在单位,葛不凡接到了赵苘玲的电话。

"老公,周末有什么安排?"

他回答不出来。

"再说吧。病人来了。"

葛不凡拿着手机,还在呆呆地思索。头一次想到,自己的天地太小了,竟然找不到可以欢度周末的去处。

可是,到了下午两点半,孙小藤又亲自登门约他了。

单位很多人都认识了这位律师。好朋友常打电话,更好的朋友常见面。孙小藤就这个想法。

说实话,孙小藤来他单位,很为他抓面儿,因为孙小藤很受欢迎。

记不得谁说的了,人在社会上一定要认识三种人:医生、律师、记者。或许就是孙小藤说的,葛不凡也认为很有道理。他知道这三种人孙小藤早就认全了。他本身是律师,单位的同事自然也乐意跟他接触。实际上,已经有七八个人受益于他的法律援助。

几年前,孙小藤和一个开发新材料的大老板牵头,组织老乡会,对外则称创业中心,旨在为老家的经济文化建设做贡献,同时又加强了同乡人在省城的联络交流,互通有无,资源共享。当然,主要还是依靠大老板的社会影响力,后来这大老板还当选了省工商联副主席。孙小藤不居功,向来认为自己是个跑腿的。

有了老乡会这个载体,三教九流的人常会欢聚在一起。今天有家乡的政府领导要来,老乡会将晚宴地点安排在千佛山西路的海鲜城。

葛不凡不想去,但孙小藤提到了一个名字。

3

除了孙小藤,在省城与葛不凡关系最密切的还有一个人。这个不用避讳,赵荫玲也清楚。实际上,她和葛不凡的关系应该比和孙小藤更为密切。孙小藤走进商业局局长家的时候,就见过她。当时的她还是个刚上小学的小姑娘,蹦蹦跳跳的像个花皮球。大人叫她环子,逗她玩。

等再见到她时,她已经嫁为人妇。

环子走在葛不凡身边,孙小藤就没能藏住色眯眯的表情,差点儿叫出声:好个尤物啊!

她是商业局局长家保姆的女儿。

葛不凡只轻扫他一眼,他就马上非礼勿动、非礼勿视起来。

从她的外貌上,再找不到当年的影子。身高虽不到一米六,但身体优美匀称。胸脯特别饱满,颤悠悠的,就像要把衣服挣破了似的。两只圆溜溜的杏眼,倒是还能够触动孙小藤在商业局局长家的遥远回忆。

环子和丈夫初来省城创业,立足未稳。

说来这环子性格奇好。她有一种特殊的天赋,不论多么生疏的环境,都能极快地熟稔起来。一张小嘴儿叭叭叭,又不让人厌烦,而且还让人极想听。就像她小时候,一出场就能逗得人们前仰后合。她不用刻意去做什么,就能让人感到如同她的家里人,既可以是父辈,也可以是同辈。

一个快乐的女人总能够给丈夫带来好运。短短几年内,她和丈夫的公司就有了起色。因为有葛不凡的关系,孙小藤也就自然做了他们免费的法律顾问,但大多数人不知道环子在葛不凡的生活中究竟有多重要,即便孙小藤也难猜其一。

葛不凡开着孙小藤的旧车奔赴了海鲜城的晚宴。

他选择了喝酒。

大老板也来了,拿出酒来说,真茅台。

葛不凡将这台车一口气开了两年多。别人不像他的岳父母,对他接受老同学孙小藤的馈赠,反应那么大,连环子也没在意。

在世人眼里,葛不凡还不像自己贬低的那样不堪。能够熬到他目前的级别的人,已经屈指可数了,从家乡的领导对他的尊敬上就看得出来。

其实很多事情看不到尽头,人是很痛苦的。这台车就看不到尽头。在葛不凡手上，几乎就没出过毛病。

孙小藤有些心大了。刚把车送给葛不凡那会儿，他还经常不厌其烦地向葛不凡传授养车的经验，提醒他什么时候去4S店做保养。

每次见到这台车，孙小藤都会有个感受，那就是怎么越开越新了呢？甚至比刚买来的时候还新。好几次他想问葛不凡，多长时间洗一次车。幸好没问。又想，显得新就对了。葛不凡用过的东西，哪个不跟新的一样？人家生活仔细。葛不凡的办公室，他是见过的。桌上整整齐齐，一尘不染。窗台上有盆吊兰，水洗一样绿。

回想商业局局长的家，印象最深的并非奢华，却是干净整洁，脚踩在地板上的回声都是清脆的。当然，人家家里有个勤快的保姆在收拾。他上床睡觉，葛不凡不知道他因为兴奋睡不着，悄悄走进房门，替他关了灯。在保姆的教育下，葛不凡从小就养成了人走灯关的好习惯，并且延续至今。

其实孙小藤想象的，不是葛不凡把车开到洗车场清洗，而是葛不凡亲自擦车。

擦车布软如丝绵，恰到好处地湿润着，被他拿在白皙的手上，细致地拭过车身，不放过每个缝隙里的灰尘，宛如温柔体贴地抚摸女人……孙小藤感觉自己太他妈骚了。

这台车别说再开五年，就是开上五十年八十年，哪怕开上一千年，也会完好如新。

葛不凡看不到尽头。好在先是赵苪玲坐了车，他们周末去了百里外的世博园。后来岳父母也不再拒绝。

从十样锦饭庄回来不久,赵荫玲突然提出要装修涧龙山下的房子。半年过去,装修完毕。赵荫玲报了驾校。医院工作忙,抽不出时间学车,断断续续的,又过半年多才拿到驾照。搬家之前要买新车。赵荫玲说,就买马自达,马自达好。

新车比旧车配置高。新车买来,葛不凡试车上路,顺手。

赵荫玲不敢开,说她开旧的,练手。其实旧的也没开。

搬家了,车位只有一个,旧车只得停放在医院家属区。葛不凡开新车上班,先送赵荫玲,再到单位。

旧车就那样在医院家属区放着了。

环子来涧龙山下的家里。赵荫玲对葛不凡说她今天见车胎瘪了,让他抽空去修修。然后慢慢对环子说:"环子,我胆子真小,一摸方向盘就头晕。要不是有个病人帮忙,我的驾照拿不下来的。"环子说:"不开车才好,省得我哥担心。"赵荫玲就说:"环子,我看你们两口子整天忙活生意上的事,就一台车,开不过来。你要是不嫌弃,就先开走吧。你问你哥同意不。"葛不凡忙说:"这车太大了。"环子一挺胸脯:"不要紧,我垫高点儿。"

哄堂大笑。

岳父母在场。岳父毫不避讳地哑着嘴说:"我喜欢环子。"

他不止一次说过了。

环子第二天就让丈夫段伟去医院把车开走了。段伟反馈说这车比他开的车要好,后来就是他在开。

夫妻两人的公司越做越大,在高新开发区弄了块地,搁了两年,要建新厂房,地价飙升,孙小藤建议出手,新厂就再往东挪到了唐冶地块。这么一转手,两口子已身价上亿。岳父就对葛不凡说,我的眼光不差,环子旺夫。

至于那台车,早不知了去向。

葛不凡没再换车,毕竟是国家干部,讲究简朴不会错。医院和政府机关上班的时间不统一,赵苭玲心疼他,一般情况下也不让他接送。

搬到洞龙山下的好处很明显,环境比医院好。打开窗子,呼呼涌入的都是被茂密的山林过滤的空气,负氧离子乱飞。往外看,满眼绿色。过去赵苭玲下班回家,总会感到十几分钟的胸闷气短,来了新家就再没有过。

还有一个重大变化,岳父母住在家里不走了。女儿小的时候,赵苭玲让他们来医院的家里帮忙照看女儿,他们怎么也不同意,非得把孩子带到自己家里。搬到洞龙山下,没用谁说,岳父母长住他家就成了事实。

葛不凡没意见。岳父母厨艺都不错,每天都会变着花样儿弄吃的。没过一年,葛不凡体重就增加了不少。

孙小藤从不跟葛不凡开玩笑,因为葛不凡是他心中的天神,但跟别人就不太顾忌。也是在一次老乡聚会上,酒酣耳热之际,一个经营医疗器械的老板半醉半醒,颇放肆地盯着葛不凡说,公家养得不错嘛,怪不得大学生争破头去考公务员。旁边的孙小藤恨不得拿刀劈了他。一片喧嚣中也许大家都没怎么注意,但几天后,这狗东西非要托孙小藤请葛不凡吃饭,却支支吾吾不说缘故。孙小藤猜出来是为自己的无礼向葛不凡赔罪的意思。

"有空理你!"孙小藤一口回绝,"领导忙。"

那个经营医疗器械的老板的话,葛不凡听得甚明白,倒是想告诉他,他错了。自己养得肥了些,确实不是揩了公家的油所致。

少年时葛不凡餐风饮露,长大后即便沾染了人间烟火,也从未贪食暴饮过,对一众凡俗浊物趋之若鹜的那些美食珍馐,还真没有多深的喜好。

蓦地,耳边就清晰响起了岳父的声音:

"吃!"

他吃了。

岳母把盘子里颜色透亮的红烧鸡块扒拉到他碗里:

"吃。"

他吃了。

"吃。"

……

4

两位老人制作美食的兴致不减。他们知道史上最严禁酒令颁布了。全国范围内禁止公职人员出入私人会所和高消费餐饮场所。出去开个会,过了十二点,常常连个盒饭也吃不上。岳父问过他,受得了吗?看来,他对这个女婿的真实情况所知甚少。

岳父做了好菜,总是不忘说一句:"叫环子来。我可喜欢她了。"叫个十次八次环子也不见得能来一次。

环子忙,比赵茚玲还忙。

赵茚玲说:"人家小富婆,啥好东西没吃过?"

岳父说:"我可喜欢她了。"

葛不凡知道岳父有环子的手机号。动不动让他叫环子,他也不好不叫。

两个老人爱美食,其实饭量有限。赵茚玲吃得也不多。平时住校的女儿不在家,就葛不凡一个还算正当年的男人。老人又不喜欢浪费,做了他葛不凡就得吃,最好是吃光。

这样下去,葛不凡不敢多想。开始对回家有些发怵。在班上略有空闲,就会出神,眼前是厨房里热火朝天的景象。岳父忙出了汗,就会光起膀子。退休前岳父在工厂当过工会干部,是历届工会干部中间当得最好的。别人坐办公室,他下车间。他认为这是工会工作的诀窍。明显他是把这个家当成工厂车间了。

有大半年,葛不凡有意回避老乡会的聚会,但同学聚会还是能去就去的。

细数起来,在省城工作的同学也有二三十人,混得相对不错的十之五六,微信群里经常冒泡的也是这些人。

同是在饭桌上。五个初中同学在亿尾水席奥体店聚会,其中一个做公车租赁,绰号"黑腚"。为什么叫黑腚?课间广播体操整理运动第五个八拍,当着全校师生的面,他一个体前屈,裤裆刺啦一声朝天崩开,里面裤头也没穿。不知道他以后的初中岁月怎么熬过来。先是做餐饮,从来没主动说过让同学去他那里坐坐,聚会也罕有参加,转行租赁业之后,适逢政府公车改革,生意火爆,占据了省城大半个公车租赁市场。他再不是那个表情沉郁、坐在角落一声不吭的人,同学们好像才发现,他也挺能说会道的。

有了底气,再拐弯抹角,自己也嫌烦。

席间春风骀荡。"去我那里做怎样?立马给你个 CEO。"黑腚对葛不凡说,加上独具个人风格的手势,"老板桌老板椅,男女小秘、尖端电子产品全配齐。当官都没公车坐了不是?你随便挑。看不上咱再买。除了挖掘机。"

大家没多想,都当是玩笑话。

"别把话说过了,再露出屁股。年薪出多少?"

黑腚脖子拧起,猛一伸巴掌,五指张开。

"五十万?"

"五百万!"

"不凡在省级机关,那些人脉,都是资源。小气。"

"我把话丢这儿,想来的时候找我。"黑腚说。

"不凡稀罕你的五百万?钱不代表一切。钱是身外之物。钱不是高尚者的墓志铭,但钱是卑鄙者的通行证。不凡,说句话,让他死了心。"

葛不凡含笑看他们闹。

"不凡能乱说话吗?我代表不凡给你个眼神,鄙视!"

他们把葛不凡送回洞龙山下。这是谷雨时节,斗柄指向辰位。三候,萍始生,鸣鸠拂其羽,戴任降于桑。嗅一下空气,有一丝暖融融的雨意。看地下,果然潮湿。想来欢宴时,外面下过小雨。葛不凡忽然觉得此刻不想回到家里去,就循了一条小道,拎着黑腚送他的一盒二春茶,迤逦上了洄龙山。

山上没有灯火,但借着脚下石阶的影子,还不至于踏空。大约因为山林寂静,他才登了几十米,就听到自己的喘息声了。骗不了鬼,那不是从一个青年的胸膛里跑出来的。

一股山风吹来,竟觉得身子有些飘。不走了,坐在一块发白的石头上。

在他的身后,就是他住的小区。那里有个当过工会干部、被他叫作岳父的老男人,常把"想环子"挂在嘴上。

葛不凡也想环子了。

环子每年都有两三次邀请他的母亲来省城住几天。在她家,他会见到母亲。特意来看望也罢,无意间撞上也罢,反正谁也不说破。十几年就这样了。

三月里母亲来过,不巧他临时被安排代替别人去省外开了个全国性的会议。母亲没等他。

环子那么机灵,只要他把电话打过去,就能揣摩到他的意思。他用不着明确说出来。夜再深都可以打,段伟悉知他们的关系。空响一声,也可以。如果他朝环子家住的方向转过脸去……他喉咙有些发痒。

"鸡腿塞住大嘴巴!"

葛不凡吓了一跳。抬头看见一个黑影,跟电影里短小精悍的日本人一样,弹跳着从上边的山道走下来,竟如履平地。

"肘子塞住大嘴巴!

"狮子头塞住大嘴巴!

"红烧肉塞住大嘴巴!

"把子肉塞住大嘴巴!"

人影快速到了跟前,没看见他,继续弹跳着走下去,直到消失在不远处的树丛后面,喊声还没停。他弄不明白这古怪的呼喊究竟什么意思,为什么要塞住大嘴巴,倒觉得自己脑子已被这些油腻的食物塞得满满登登。

活到这个年纪,也算吃过几顿饭了,在岳父母入住他家之前,似乎还说不出几个完整的菜名。现在不同了,岳父母做的每道菜,都必要告诉他叫什么,不说清楚就白做了一样。两个人好像活菜谱。葱香牛肉、蒜香牛肉、焖猪肉、红烧猪肉、啤酒鱼、豆瓣鱼、鱼豆腐、香酥鸡、一品锅,还有各种小吃、各种汤、各种点心……好记性也记不住。

吃了就忘。哪像幼年贫困的孙小藤,吃口好东西能记一生。那些贪吃鬼,想来都是口腹之欲在小时候没有得到过满足的。

可他最爱吃的,却是母亲包的饺子。

每次来环子家,母亲都要包顿饺子给他吃。

母亲说她师傅是环子的妈妈。她亲自和面,准备饺子馅。

韭菜馅、萝卜馅最接近葛不凡儿时的记忆。相比其他,最普通,最家常,最接地气。他并不像同学想象的那样离谱,可以靠一滴露水活着。他不拒绝烧牛肉,也爱萝卜、韭菜的味道。

母亲总是谦虚地说自己没有环子妈妈包得好,但看她手上的饺子,玲珑剔透,边上的褶子又细又均匀,就像缀上花边儿的月牙儿。

葛不凡也会包,赵茚玲手把手教的,跟他母亲的包法不同。饺子皮里填上馅,两手一捏就出来了,像元宝。

环子和他都不帮忙。环子要帮着拿拿东西啥的,母亲就说:"别动。"

一般情况下,母亲只在环子家住三天。住三天就走。她独自前来,从没说过要去儿子家看看。

葛不凡来见母亲,赵茚玲知道的。赵茚玲曾试探着提出把她接来,葛不凡就说:"别管。"

手机在裤兜里短促地响了一下。拿出来一看,显示了环子的号码。等了一会儿,环子没有再打来。

他猜了猜,终于决定不给环子打过去。

天晚了,北斗横亘在苍穹。葛不凡疲惫地走下山。

他把那盒茶叶留在了山石上,心想,谁捡到归谁。

5

第二天上午,葛不凡在办公室接到环子的电话。环子轻描淡写地说:"能不能来一趟?"葛不凡昨晚就有了警惕,马上答应过去。

不是到唐冶,是到环子的家,在盖子山下的一个小区,泂龙山之东。

中午葛不凡顾不得吃饭,就过去了。环子在等他,看上去是很轻松的样子,告诉他昨天收到了他母亲用顺丰快递寄过来的饺子,刚才已下到锅里。饺子是冷冻过的。

他说:"正想着吃饺子呢。"

"不知道什么馅。你在客厅稍等,就快好了。"环子说着,去了厨房。他在客厅坐下来。房子是复式的,客厅特别宽敞。厨房灶上正煮着饺子,但耳边静悄悄的。

饺子煮好了,环子端到餐桌上,叫他过去。

"我看是萝卜馅。"环子说,"你下午还得上班,抓紧吃吧。别担心吃了韭菜嘴里会有味儿。"葛不凡点点头。她不提醒他倒没想到过这个。

母亲包的饺子总是好的,冷冻过,也不影响口感。环子笑着说:"我陪你吃。"猛一屁股坐下来,椅子腿在地板上咯吱响了一下。她说东道西,跟往常一样自然。"没煮完,还够吃一顿的。"她说,"过两天我再给你煮。"

吃饱了,又喝了清清的饺子汤。常言道,原汤化原食。

葛不凡要回去,环子送他到了门口,忽然让他停下来,踮起脚尖,亲切地给他整理了一下胸前的衣服。

坐在车上,葛不凡不由得想,环子叫自己来,就为给他煮两碗饺子?一转念,有什么不对呢?这是母亲包的饺子,而且是萝卜馅的。可是,葛不凡却有一个幻觉:环子正在她的窗子后面偷偷看他。

深棕色的窗帷垂地,挡住了半个窗子。

目光长长的,如晶莹的蛛丝一样粘在他的车子上。

这台马自达也开了好几年,看不出一点旧,他开起来无比踏实,因为再没有了小车子的困扰。公车取消,工资卡上多了一笔公车补助,差异犹存,但不像小车子那么直观,对人的心理刺激没那么大。他早已习惯了自己开车,开车的技能仿佛是天生的,车子就是他的一个器官。

从小区出来,感觉那目光还在跟着,越拉越长。葛不凡时不时去看后视镜,好像有所发现似的。

当然,他不会看到环子追过来,只能看到道路上车辆往来的景象。

不知不觉中,他伸手调整后视镜的角度,自己的面孔在镜子里一闪,后视镜马上就被他复归原位。

就连赵茴玲也不了解,葛不凡从小就回避镜子中的自己。在他眼中,那个跟他一模一样的人是个让他感到难堪的怪物。不是因为他肤色白皙,是人们意识中高大英俊的男人,就因为镜中人跟他是同一个相貌。每次不得已看到镜子里的那个家伙,他都会不由自主地想到,鼻子、眉毛、嘴巴、额头,整个面孔,长成这个样子是多么无聊啊!多么滑稽啊!哦,简直让人厌恶!所以,从小到大,他几乎没有认真照过一次镜子。

通常情况下,葛不凡本在单位有个午休,但从没敢睡着五分钟以上过,也就是打个盹儿而已。这个午休名不副实。

近些年接替了老毕,不得不把很多事都揽到自己身上,不光是因为他的任劳任怨,还因为不大放心比他年轻的人。某些方面年轻人是比他强,但说起认真细致老到,总有欠缺。每次出问题,大多缘于这个。他既然理解年轻人,也就不予求全责备,只对自己严格要求,也因而显得更加内敛、谦恭,不管对谁。中午溜到环子家,午休时间全占了,回来后马上就坐在办公桌前打开了电脑。

一个下午忙忙乱乱,转眼就过去了。以前他对自己有个要求,能不加班就不加班。事实上,加不加班不由他说了算。不加班除了可以应付一些必要的社会应酬,主要的还是为了能够按时回家,跟家人在一起。他在家庭生活上口碑不错,连谨小慎微的老毕都有过绯闻传言,他却没有,跟他在学校里一样。

下班前他接到通知,五点半有个重要会议,连吃晚饭的时间都没给留。会上有个副省长参加。你讲完他讲,讲到了八九点才讲完。回办公室再按照部署为明天的工作做准备,就熬到了十点钟。

开车从单位出来,他感到还没回过神,有心想静一静,但见哪里都不好停车,只有小心着慢慢开。

走进家门,岳父母自然没睡。赵荫玲迎上来,问他有没有吃饭。他谎说吃了,向岳父母点点头,岳父母竟没理他,显然不高兴。

睡觉前赵荫玲告诉他,因为他没能更早跟家里说晚上要开会,两个老人又做了一桌子菜,都没怎么吃。

葛不凡不吭声。

赵荫玲说自己也不是没提醒过父母,让他们少做些。可是一些老年人在孩子家里住,要让人感到自己有用,下厨或许是个很好的表现方式。

她的意思是"请多多理解"吧。

葛不凡何尝不理解?他从来就没多说过什么嘛。让他吃,他就吃。他甚至不说今天的会议有副省长参加。不论开了什么会,他都不会提到什么省长啊、省委书记啊。对赵荫玲这样,对他的那些同学也这样。

赵荫玲关了灯。

葛不凡肚子饿了。

中午吃下的萝卜馅饺子,已消耗殆尽。

他默默想念着母亲,在黑暗中流下眼泪。

无须跟赵荫玲商量,他也知道是到了彻底解决自己和母亲的关系的时候了。已经耽搁太久。这个问题要是解决不好,就是他人生中巨大的喜马拉雅山风口,他的人生不过是一个四下透风的破房子,空虚黯淡,颓败荒凉,其他的所有努力都是徒劳。

看得出来,母亲生活得很不错,皮肤还是那么紧致细腻,眼睛里没有一丝浑浊,神情舒展柔和,说她才五十多岁,一定有人相信。

如果不是明知还存在着这样独特的母子关系,在她的精神上可能找不到任何烦扰和沉重的痕迹。缺少爱的滋润,哪来目光的温煦清扬?

实际上葛不凡难以接受的并非母亲的再嫁,而是她嫁的那个人。

这一个相貌多么高雅优美。这一个,像一株霉烂的禾穗……一想到继父,他耳边就会响起哈姆雷特的台词:天神和丑怪。是什么魔鬼蒙住了你的眼睛?汗臭垢腻的眠床,淫邪熏没了心窍,污秽的猪圈……

葛不凡浑身燥热起来。

当无法阻遏的情欲大举进攻的时候,霜雪都会自动燃烧,理智都会成为情欲的奴隶。

继父是母亲单位的司机,结实粗壮,其貌不扬,身上散发着贪婪的野兽气息。当然,你可以把举止粗鲁看作活力四射。

葛不凡一想到这个半人半兽就有些管不住自己。

他下了床,想去客厅待一会儿。走到门口,又恐惊了岳父母,就转头蹩进了卫生间。

忽听放在床头柜上的手机响了,非常刺耳。

赵茚玲醒过来,帮他拿了手机,递到他手中。

"他死了。"手机中传来环子六神无主的声音。

"谁死了?"

"他死了……"

岳父一头闯进来。

"环子怎么样了?"他问。

葛不凡飞快地穿着衣服。他用目光安抚着赵茚玲和岳父。

"我去一趟。我跟孙小藤去一趟。"

他向门外走,拨通了孙小藤的电话。

"小藤,"他说,"段伟死了。"

6

孙小藤比葛不凡先到。段伟猝死在二环东路上的陶氏亨利大酒店,之前他跟公司副总出差青岛,今天傍晚回省城后双双入住,现场已被隔离。孙小藤陪环子坐在酒店大厅的沙发上,一见葛不凡进门,忙起身迎上去,小声将所知简要告诉了他。他要上去看看,环子就纹丝不动地坐着说:"随他呢。"孙小藤说:"他们让我们在大厅等候。"环子冷静到极点,脸上有一种残忍的几乎是恶狠狠的表情。葛不凡在茶几旁坐下。环子随即向吧台招招手,还在值班的侍应生走过来。

"要最好的酒。"环子说。

葛不凡似欲制止,但没说出口。

香槟。

三杯巴黎之花端到面前。侍应生蹑手蹑脚,一点声音也没有。

"他终于死了。"环子说着,自顾举起高脚酒杯。

"嘘。"葛不凡做一个制止的眼神。

干杯。咕咚。

"冷静,环子。"葛不凡说。

"我够冷静。"环子说。她抬手抹了一下嘴角,朝虚空里瞪大着黑洞洞的眼睛。"早被我发现了。他不光搞了这一个。有一大堆,信吗?只能说这个最久。男人是不是都这样?我是不是不该在乎?多搞一个就赚一个。"她看着葛不凡,"我早就想问问你是不是这样。可我说不出口。这下好了,终于把自己玩死了。不合算吧。这是女人的胜利。"她短促地笑了一声。又向侍应生招手。侍应生又像游魂一样走过来,又倒一杯。

"环子,"孙小藤说,"你别太难过。"

"鬼才难过呢。"环子斜他一眼。她垂下头去,"我就是不知道该怎样告诉齐齐。"她小声嘀咕,"说他爸爸死在女人床上……小藤,刘梅有没有罪?哼,一对一干不过我们。祝贺女人的胜利。就该让男人接受点教训……我有点想笑。她肯定吓怕了。"

"哪位是家属?"一个警察走过来。

环子忘了把酒杯放下,站起身看着警察。

"你们可以回去了。"他说。

一帮警察带着那个叫刘梅的副总和一些救护人员正朝大厅外面走。透过玻璃门,可以看到停在夜色里的警车。每个人都像深夜游魂,所有声音都被夜晚吸尽。

孙小藤开车,跟葛不凡一起送环子回盖子山。三个人都不说话。车停在了她家楼下,孙小藤熄了火。

"我是不是受害者?"环子冷不丁抬头问了一句。

孙小藤朝前面看着,过了一会儿才点点头。

"我怎么觉得不是?"她自言自语似的。她抻了一下腰。"我轻松极了。我自由了。"她转头看着旁边的葛不凡,轻轻一笑。"我才不会像你呢。以后我不会像你了。天天做好人。"说着,推开车门,下了车。不管葛不凡和孙小藤有没有跟上,就朝前走过去。灯光飘忽,那身影像要散落在地。

等他们一起来到她家的楼层,电梯门打开的那一刻,葛不凡和孙小藤都暗吃一惊,因为门外站了很多人。环子像谁也没看见似的,目不斜视,径直走向家门。她家是智能门锁,她挺直站在门前,让门锁取像。周围的人都看着她。每个人都发现了,她像在笑。他们不知道那是她通常开门的表情。门锁哗啦一声,自动打开。

她进了门,径直上楼。

人们鱼贯而入。

开始时没谁说话。这些人葛不凡和孙小藤几乎都认识,都是公司大大小小的管理人员,也大多是段伟的亲戚、朋友。他们得知了段伟死去,竟然不去亨利大酒店而是来环子家里。大家停在客厅。葛不凡和孙小藤忽然想起来,这可能是碍于死者的名誉。那个死法不怎么光彩。大家的目光果然都有些躲躲闪闪,你不看我,我不看你。过去半天,他们才感到个个都在观察这套房子。客厅的装修风格是中式的,一色的红木家具。餐厅那里起了台。楼梯旁边的墙上,挂着一柄粗长的桃木剑。

"告诉齐齐了吧?"一个公司副总打破沉默。这柄桃木剑就是几年前他跟段伟一起出差杭州时去普陀山买的。他是段伟的姨表弟,叫保民。

孙小藤扫他一眼,没吭声。他和葛不凡对公司的帮助,这些人心里门儿清,对他俩心存敬畏。

"该通知的我都通知到了。"保民不甘心似的,又说,"老家的人上午能赶到。葛处长,您说,齐齐不看他爸一眼不合适吧?"

齐齐是环子和段伟的儿子,初中一毕业就被夫妻俩送去了美国,现在哥伦比亚大学攻读人工智能专业。

没等葛不凡张口,楼梯上就传来环子的动静。大家扭头看过去,环子正从楼上慢慢走下来,比之前进门的时候明显精神好多了,仿佛刚刚在楼上酣畅无比地睡了一觉。依旧看不到她脸上的哀伤。

她直直地停在楼梯尾,背后衬着那把桃木剑。

"我家的事我做主。"她语气坚定地说。

也许是在夜间的缘故,那不低不高的声音简直过于清晰,就像一道微暗的薄刃,从耳中划过。

"谢谢各位关心,都回吧,公司照常上班。"她又说,"大哥、孙律师,我有话要说。"

葛不凡和孙小藤留了下来。

他们坐在沙发上。

"我不哭段伟你们会觉得我狠心。"她说,"可他早死了。我要哭也是哭以前的他。等埋了他,我一个人去他灵前痛痛快快哭一场。按说,我装也得装着难受。我不想装。这对我来说是好事情。从此以后,我可以明明白白地活着,不再受那些委屈。放心,我会处理妥当。今天老家来人,要去殡仪馆看呢我就陪他们看。再想提别的,我不答应。孙律师,以后也少不了麻烦你。我先谢你。等齐齐回来,我专去府上拜望。"

"你不用客气的。"孙小藤说。

环子乜他一眼:"你以为我连句客气话都不会说?成什么人了呢?但我不光说客气话。认识你这么个大律师,我学到多少?我心里倒是乱过一阵子呢。"她摇摇头,"我现在心里不乱。"

她开始看着葛不凡,脸颊上飞过一片绯红。

"不凡哥。"她叫一声,眼睛紧盯着他,闪着熠熠动人的光,"你会为我自豪。孙律师说过,我是一个受害人。你觉得我可怜吗?"

葛不凡不由得抬起手,想要把她拉到怀里似的。

"你还要上班呢。"环子微微歪了一下脑袋,"放心吧,我能做好。"

葛不凡有些迟疑。

"你要不走,我就去给你煮饺子。"环子说,"天快亮了吧。"她朝窗外看了看。

晨光熹微,葛不凡和孙小藤开车出了小区,却都不觉得困。

街上还很寂静,车灯偶尔能照到一个早起跑步的人。车子开过去,人就被朦胧的雾气似的东西吞没了。这条路顺着山势下沉,孙小藤任由车子滑行。到了通往奥体中心的龙奥北路上,东边的天空露出霞光,好像才一会儿的工夫,就比刚才明亮多了。他见葛不凡不说话,也就不问他。原本想着把他送回家,让他能在上班前合会眼,就自主朝泂龙山的方向开去,不料他身上一激灵。

"回家吗?"孙小藤问。

"不……"葛不凡说。他显然走神了。他似乎从街上看到一个熟悉的身影,他向后扭了一下头。

"去单位还早吧。"孙小藤说,"要不我们去亨利大酒店,把你的车开回来。"

葛不凡莫名其妙地吁口气。

"敢不敢今天不去上班?"孙小藤神秘地一笑,"不请假,让他们来找你。我陪你一天。怎么样?反正我今天什么也不想干。答应了?那么,各就各位。"

7

实际上,这天葛不凡接到的第一个电话是赵苪玲打来的,当时他们正行驶在将军路上。孙小藤把车开得慢如蜗牛,每到路口,后面的车喇叭声就响成一片,探出头予以斥骂的路怒族也有,他却按捺不住兴奋的表情,像个存心捣蛋的孩子。"我从来没这么任性过。"他说。赵茚玲把电话打来了,她关心环子的情况。晚上葛不凡已给她发了短信,简略告知情况。此刻她已在医院。她好几次提到要去环子家看看,葛不凡回说不用。她还不放心,他只好说等他联系环子,一块去盖子山,她这才挂断通话。

"还好,你没说我绑架你。"孙小藤说。

路上已开始堵车。出城的、进城的,不知哪来的这么多车,不知如此奔走不休是为何。

"不凡,你把我当坏人吧。我现在很坏。"孙小藤说,"你发话,你照常去上班,还能准时赶到。掉头上高架,保证二十分钟就到你单位。只要高架桥上不堵就都好说。现在还不晚。你要觉得金口难开,就丢个眼神儿,我瞧着呢。"

葛不凡吞了口唾沫,躲开他的目光。

车流在朝前缓慢移动。

"我在后悔,真的。"孙小藤说,"不是什么事情都可以拿来开玩笑的。下个路口我掉头。别急。"

葛不凡拿起手机。

"有个急事儿。"他在电话里说,脸涨得通红。

打完电话,他明显地轻松了起来。

孙小藤几乎俯身在了方向盘上:"我得表扬你,不凡,你总算坚持了两小时。"他说,"过了八点半,车才会少。我们不往前开了吧,再往前开就得过荒河大桥。中午我们去十样锦,开个房间,好好补一觉。山里安静。我们不该来城北,随便找个小县城也比这儿强。瞧,每条路都是歪歪扭扭的,简直没有规划。"

他们左转到了一条路上,也一样拥挤。太阳已高高升起,普照大地。不出车子,也感觉得到地面温度在迅速升高。车紧跟着车,紧挨着人。开了一百来米,是一个在城郊才有的临时集市。简易的摊位一个接一个,那么多人冒出来,躲着城管的检查,匆匆忙忙在烈日下挑选、采购食物和日常用品。

孙小藤脸色不由得凝重起来。

"猜我在想什么?"孙小藤突然问葛不凡。

"你在想环子。"葛不凡说。

孙小藤一点也不惊讶,他感到了一种心有灵犀的愉悦,他的脸色大大缓和了。"不愧是老同学。"他说,"怪不得我俩要好。"

"我也在想。"葛不凡说。他看着车窗外面。

"不让你上班就是要跟你谈谈环子。"孙小藤承认,"无故旷工,麻烦可大了。我不是想害你丢前程。"

"怎么会?"葛不凡想否认,"谁家里没……"

"我以为,"孙小藤说,"每个女人都是柔弱的。"

葛不凡脑子里跳出来一句流传甚广的经典台词:脆弱啊,你的名字是女人。"可环子很坚强。"他说。

"出乎意料地坚强。"孙小藤说,"她在我眼中一直是个球,最后也会是个球,一只粉红色的球。可今天我看到她是一个雕塑,凛然不可侵犯。她一点也不可怜。"

车子终于离开这条拥挤不堪的路。孙小藤的神情像是逃离了食人生番,这辈子再也不会踏足此地。前面的道路宽敞许多,车道画线新鲜,像是还没被车轮碾轧过一样。孙小藤身子轻松多了,双手虽然没有离开方向盘,但车子就像启动了自动驾驶功能。

景物在微微战栗,那是阳光照射的缘故。四处明晃晃的。天气反常,好像提前进入了盛夏。车内凉风徐徐,跟无从逃避地承受烈日炙烤的城市隔绝了。

他们继续驾车兜圈子,从一条路到另一条路,行驶轨迹如同一条穿过城市内部的幽暗隧道。深入城市之中,而与城市无关。

孙小藤的手机一声也没响,因为已被他设成静音。

九点多钟,葛不凡的手机响了。听得出是葛不凡单位的电话,一个女声,她对葛不凡表示了关切。通话结束,手机又响了。

"关掉它。"孙小藤竟发出命令。

车内恢复了寂静。

"你困了吗?"他问,"你睡一会儿吧。我不困。"

他们行驶在经一路上了。这条路上有个火车站,站前那个路段拥堵异常,孙小藤好像想都没想到。他只是在城里转圈子而已。他甚至不朝两边看,就能断定行驶到了哪里。突然想起来,不是要谈谈环子吗?环子如何掌握这个家族企业的命运,他跟葛不凡还没说到过这个问题。对这个企业的发展,两人出力不少。最初的设计也对环子有利。环子占有大半的股份,但这些年段伟才是主要的管理者,毕竟他是家里的男人,环子甘居其后。从昨天开始就不同了。这是一扇沉重的命运的大门,在将启未启之际。

"环子……"他说,却什么也没说出来。

隔着贴膜的车窗玻璃,仍能感觉出来大太阳快把路面晒化了。路旁的人们纷纷脱了外衣。有的女人打起了太阳伞。没有伞的人用手或什么东西放在眼前遮挡着阳光,急匆匆地行走。有人扯开了胸口的衣服,也有人边走边擦汗。

"段伟倒是凉快了。"孙小藤说,马上又感到不安,"段伟是真的凉快了,这会儿躺在了殡仪馆的冷藏柜里。但他是死者。人不能调笑死者,不管他怎样死去。我们去十样锦。"孙小藤像是喊了出来。他把车开到了一条林荫路上。

可是,在他们刚刚驶上八一立交桥时,孙小藤突然喟叹了一声。

"我们坚持不到一天。"他说,"我承认失败。我送你去单位。"随即把车开下立交桥。

到了下个路口,看见街心有个女交警在指挥交通。她穿得整整齐齐,笔直地站在一柄大遮阳伞下。遮阳伞被阳光照得透亮。"多热啊。"孙小藤无比怜惜而又诚恳地说。车选择了左转,停在距离路口约二十米处。"你等在车上。"他吩咐。解开身上的安全带,推开车门,热浪趁机涌入。刺目的日光朝他兜头砸来,他瑟瑟摇晃了两下。"烤死人了。"他好像在说,然后快步走向车尾,掀起后备厢,从里面拎出一提矿泉水。没等葛不凡明白过来,他就拎着矿泉水向刚才的路口走去。

绿灯一分钟。他径直走向女交警,到了女交警跟前,二话不说,鞠一躬,放下矿泉水就跑。他满面笑容地跑回来,架势像头刚刚卸下重物的驴。

"哈哈哈……"

他哧溜上了车,兴奋得笑出了声。怕人追似的,他立即发动车子,很快向北开到了葛不凡单位的门口。他一直咧着大嘴笑。"我不下去了,登记那个麻烦。"他说,"你上班去吧,我们随时电话联系。"

葛不凡走下车来,头皮猛一炸。还能看见他脸上的笑。阳光火辣辣的,铺天盖地,像是闪动着无数条钢鞭。葛不凡急忙向那扇高大庄重的单位大门走去,并提前亮出出入证。

下午三点多钟,环子来电话:

"段伟已成灰,暂寄放在殡仪馆,将来等齐齐归国时再移灵安葬。"

她的声音依旧很平静,平静到让人背后冒冷气,不像是在炎热的天气了。

最后,她说:"请代我谢谢赵大爷。"

8

黎明时分葛不凡在路上依稀看到的那个人,果然就是岳父。葛不凡回到家里,不说自己看到过他。从洞龙山步行到盖子山,他用了近一个小时,走得不急,更像是在散步。葛不凡既不知道岳父是第一次拨通环子的电话,也不知道他在环子家附近徘徊了大半天。按照环子说的楼牌号,岳父走进门来,进门就看到黑压压挤了一屋子人。他们都是连夜从老家赶来的,多数是段伟家的人,他的父母、兄弟姐妹,以及其他至亲好友。环子的父母也来了。

岳父对葛不凡夸口,自己把段伟家的人镇住了。凭他做工会工作几十年的经验,他看得出有几个不是善茬儿。他说:"我来了就得老老实实听我的。乡下人懂什么?这是有面子的事儿吗?公安不兴诬赖人的。依我看啊,让他在殡仪馆晾着去,那儿可够凉快。哼,这些人。想多事儿,自个儿掂量。"说着,顺便白了葛不凡一眼,就再不看他。

"活生生一个人,说没就没了。"岳母表示了同情。

"要不说世上买不到后悔药呢。"岳父滔滔不绝,"做错了事,天都在罚他。这才几月啊?见过像今儿这么热的天吗?说出了妖孽都有人信。还有呢,往常殡仪馆死人多得排不上号儿,得预订,现在轮着他了,空着六七个炉子,说烧就烧了。烧得那个细,一天不给多留。别说老天了,就是他亲生父母,一个泪疙瘩没见掉下来。"

"他倒不像是个坏的。"岳母说。

"坏的才不让你看出来。越是一肚子坏水,就越要装出个好样子来。我做了一辈子工会工作,识人。"

"唉,以后环子就得靠自个儿了。寡妇人家的。"

"寡妇人家怎么了?"岳父不禁有些生气,脸红通通的,"寡妇人家有罪了?你脑筋有问题。封建残余思想不丢,社会没法进步。寡妇人家也有做人的权利。寡妇人家更需要广大社会的爱护和尊重。"

葛不凡感到插不上话。孙小藤发来一条微信,问他看没看今天的晚报。葛不凡不解何意,便没马上回他。赵苭玲伸头往他手机上随意扫了一眼。真就是冥冥之中有了感应,接下来对葛不凡说到的竟是孙小藤的事。

"我觉得以后得正儿八经用着小藤了,"她说,"那么大家产,等着瞧吧。"

"没什么难,照章办事。有官司,我帮她打。"岳父说,又转向岳母,"泡茶。开那个那个,老边送给我的那个。"

岳母嘴里嘀咕着:"晚上喝茶准又睡不着。"她去后阳台从柜子里取了茶来。

葛不凡眼睛都直了。他看得清楚,是二春茶!

还真让赵苭玲说准了,没过五一,段伟的大姐就来了省城,而且住进了环子家里,说是要陪陪环子,明明环子的父母还没走。她倒是对环子的父母很尊敬,像在自己家中一样勤快,每天楼上楼下地打扫,不知疲倦。她儿子也在公司上班,有时候过来看看,她从不留他吃饭。葛不凡去了环子家,对她印象还不错,但回来后有些闷闷不乐。

这是近些年来,葛不凡第一次没在五一前后见到母亲。他没问环子是不是没有邀请她母亲,或者母亲有没有主动来电问候。

凭着职业的敏感,孙小藤对葛不凡表示了忧虑。"那个大姑子姐姐,就是个定时炸弹。"他断言,"平静之下隐藏着风暴,而平静,不过是还没缓过气儿来。"

谁不需要缓口气儿呢?葛不凡缓了十几年还没缓过来呢,那就是他对母亲的深深的埋怨。不是当事人真不会知道。当他坐在环子家里,跟老保姆一起回忆遥远的往事时,他的眼睛一次次看到的,却是冰箱里冻得硬邦邦的饺子。一想到会不会被段伟姐姐煮了吃掉,他简直要冲动起来。到厨房里的冰箱跟前,顶多十几步路,走过去就可以一探究竟,但他没有去。

环子什么心思,没对别人说,葛不凡和孙小藤也不好猜测。见过几次面,她也从来不谈段伟的死,就像他还活着。公司照常运转,只不过是把段伟做的事揽了过来而已。这公司一直是环子占有大部分股份。除了他们一家三口之外,公司有几个人,比如保民、刘梅,只占有少量,都是公司为刺激员工积极性而赠予的。股份的占比跟孙小藤的建议有关,其实孙小藤当初也没有考虑到将来的变故。

5月里那个大姑子姐姐没走。

岳父母免不了谈论环子家里的事。有一次岳父说:"包在我身上,三言两语把那娘儿们弄走!我做了几十年工会干部,就没怕过泥腿光棍。"

赵莳玲说:"你知道环子什么打算?"

环子父母走了,走之前在环子的陪同下还专门来了葛不凡家一趟,给了岳父母大显身手的机会。岳父几次要谈起那个大姑子姐姐,都被赵莳玲用眼神制止了。

6月里的一天,环子给葛不凡来电,让他下班后叫上孙小藤去唐冶接她。葛不凡马上感到不寻常。幸好下班不算太晚,只让孙小藤在单位楼下等了半个小时。他们沿着靖士路一直往东,车流浩荡,但还算顺利。接上环子,问她要去哪儿,她就说越远越好。

怎么才算是越远越好？孙小藤在脑子里盘算着。她又说，越是见不到人的地方越好。孙小藤略想了一下，决定往山里去。

根本不用多问，环子出事了。葛不凡和孙小藤都不由得紧张起来。

环子没反对，孙小藤就继续往前开，不一会儿就身处群山之中了。这个季节昼长夜短，太阳低悬在西山顶上，还很明亮。孙小藤熟悉山里的道路，开了二十多分钟，车就到了一座大山的后面。阳光被挡住了，他选择了山脚下的一条沙石路，顺着缓缓抬升的山势行进。等走出大山的遮挡，太阳已发红，沉落在一个簸箕样的山坳里，大得像个磨盘。在沙石路尽头，他们弃车而行，来到了一个空旷的山脊上。

此时，红日为云霞半掩，倏忽间，群山之上就只剩下霞光万道，无边的黑暗自大地向天空涌起。

环子转过身来，面对孙小藤。"我问过你我是不是受害者，你点了头。"她轻声开口，"当时我不承认。现在我是了。"说着，又转身朝前走去。"别过来，都离我远一点儿。"她坐在了一块石头上，注视着远处。从后面看，她黑黢黢的了。

"怎么了，环子？"葛不凡和孙小藤差不多同时问道。

环子不吭声。一股山风吹来，又息了。山野寂静。

"请别生气，我没想胡闹。我也讨厌自己。"她低一下头，"请相信我。"

"说出来吧，环子。"葛不凡说。

"也请你相信我和不凡。"孙小藤说。

"我只是临时改变了主意,就在刚才。"环子说,"请原谅。"

"说出来一起想办法。"葛不凡说。

"请尊重我。"

"请尊重法律。"孙小藤试图说服她,他向前走了一步。

"但我以受害者的名义说,这不算什么。"环子转过脸来,"真的不算什么。"

她开始像说一件很平常很平常的事情。

"就当陪我来散一下心好吧。"她说,"必须按我预想的进行。这是目前最好的选择,再多说我就会后悔告诉你们我是受害者,你们就会更不放心。我心里有数。让我再说一遍对不起,今天的事情很对不起。也别怪我为什么没有笑,因为我丈夫,死了。"

9

到底没出6月,孀妇环子晚上从公司回到家里,那个城府极深的大姑子姐姐终于向她提起了公婆继承儿子遗产的话头。

不知大姑子姐姐已在沙发上坐了多长时间,电视也没开。环子一点也不吃惊。她如实告诉大姑子姐姐,自己原计划等到齐齐放假回来把段伟安葬之后再办这件事,齐齐回国因故推迟到了7月初。但她不想让大姑子姐姐难堪,就说,也好。大姑子姐姐显然没把这点难堪放在眼里。她坚持历数了父母培养弟弟的辛劳和晚景的凄凉,希望环子予以体谅,在遗产的分配上有所照顾。她倒是碍于脸面,没有直接说出希望继承的数额。

葛不凡的岳父又是谁也没打招呼,一个人来了环子家。房门被打开,迎接他的是一张笑脸。大姑子姐姐认出了他。

赵荫玲注意到,葛不凡有一阵子不说环子了。她家的工会干部也不说想环子、喜欢环子了。环子成了寡妇,想环子、喜欢环子,那成啥了呢?

但葛不凡不说环子,不证明不关心环子。葛不凡关心环子的方式很特别,因为他也找不出别的办法。段伟去世之前,多是环子约他,再捎带上孙小藤。他只能算个陪客,实际上孙小藤对环子的帮助最大。可以说,是孙小藤帮助环子夫妇造就了公司的神话,孙小藤熟谙政府那些招商引资的规矩。段伟去世后,环子只约了他们一次,就是那次去山里,结果又什么也不说了。不光不说了,还像给了两人一个信号:等着吧,她不需要他们了,顶多是需要的时候再找他们。

葛不凡关心环子的方式,就是去见孙小藤,或者主动跟孙小藤通个电话。虽然两人也不谈论环子,但两人彼此都知道对方在想她。从山里归来后,两人心头疑云重重,久久不散。基本可以断定,那件被她明确隐瞒的事情非同小可。

家里好像清静很长时间了,最直观的表现是,在饭桌上,岳父母不再变着花样儿弄好吃的。这天他从单位回来,进门看见女儿,才想起来暑假到了。跟女儿聊了几句,他就有些迫不及待地回到卧室,因为他突然想到齐齐也该放假了。

美国暑假从 6 月半左右开始,他知道的。电话里竟传来环子高兴的声音,听上去跟很久以前一样。

齐齐果真回来了。

环子说:"过些日子我和齐齐去看您。"

他轻松地讲着电话走出客厅。他不想只是一个人跟环子讲话。

环子甚至笑出声来。

通话结束,他对赵茚玲说:"齐齐参加了大学的一个科研项目。"

赵茚玲叹息说:"唉,他该多伤心啊。"

葛不凡也叹了一声,说:"总得面对现实啊。"在他眼角的余光中,岳父明显地反应冷淡。他说:"环子当时不告诉他是对的。"

睡觉前,孙小藤不知从哪里翻到一条旧短讯,发到了葛不凡的微信上:女交警烈日下执勤,省城好市民送来矿泉水放下就跑!

葛不凡却没笑。过了一会儿,初中群,还有一个什么"品味时光"群,也都有了。有人说,为什么强调女交警?是不是还要写上美丽动人?他想了想,就回孙小藤,齐齐回来了。立刻就收到孙小藤的一个小拳头符号。

可是,差不多半个月没环子的动静了。

真正的夏天来临了。

一个周末,环子带着齐齐来葛不凡家里了。他们一家,连同岳父母都收到了齐齐从美国带来的礼物。环子告诉大家,遗产手续都办妥了,段伟的骨灰前几天也已送回老家安葬。可能因为齐齐在场,环子不便谈论更多,但她如释重负的神情大家还是能够看得出来。坐了一会儿,环子就说她已在附近的酒店定了房间,中午一起去那里吃饭。她强调说,这是家宴。

吃饭的时候,环子抽空和葛不凡走到一边,把遗产的办理情况又单独给他讲了讲。大姑子姐姐费那么大心思,不过是想让父母多拿一些股份。环子答应了,而且还准备将唐冶新区的一套房产赠予她儿子,可谓仁至义尽。目前,公司的股权变更也已顺利完成。很多程序她都没有亲自参与,而是请了一个素不相识的律师帮办,为的就是避免与段伟父母方在一些敏感问题上直接交锋。

"你跟孙律师说声抱歉吧,我也要亲口说的。我知道孙律师可以为我争取到更多,可是……"她说着,不禁哽咽起来,眼里闪着泪花。

葛不凡几乎是头一次看到她流泪。

"段伟是我爱过的人啊!"她说。

她沉默了,低头擦干眼泪。回到饭桌旁,她言笑如旧。

岳父几两酒下肚,渐渐活跃起来。等他说"我喜欢环子呀",葛不凡心中的石头才落了地。

"齐齐,给我弄个洋博士回来。"他说。

"那是肯定的。"赵茵玲说。

第二天,岳父又恢复了做美食的热情。好像过去掌握的烹饪知识不够用了,岳父还在手机上安装了做美食的小程序,戴上老花镜认真学习。因为有女儿在家,葛不凡更是要回家吃饭。

岳父说:"吃。"

岳母说:"吃。"

同样的话,葛不凡渐渐感觉不对头了,是这个炎热的夏天让他心思缜密了吗？赵荫玲阻止："别让她再吃了。女孩子长胖是个麻烦。"岳父母便以过来人的口气说："现在不多吃一口，长大想多吃也吃不下，那可真是馋死人。长身体，用脑子，哪个不是需要营养的？齐齐缺吃的了？长胖了没有？"女儿说："不吃了不吃了，班主任来劝我也不吃。"一推饭碗，起身从饭桌旁走了。

赵荫玲看着说："以后就适当少做点。"

岳父母说："我们家不像环子家那样有钱，但也不至于一顿好饭也吃不起。"

"吃。"岳父目示葛不凡。

鸡腿塞住大嘴巴！

蓦地，葛不凡听到从谷雨前后的那个夜晚传来了呼喊声。

肘子塞住大嘴巴！

……

他还看到了一个古怪的、弹跳着的身影。

"吃。"岳母说。

赵荫玲说："不凡也不是小岁数的人了。"

他没去辨别岳父母此刻的表情，但他似乎听出了相反的意思："哼，还吃！"

嘴巴大，肚子大，脸皮厚，吃不够。本事就一个，吃，不怕撑死？高大白皙、浑身上下的皮肤没一点瑕疵的葛不凡，就这么点儿本事。他成什么了？不就是饭桶？一天到晚地忙，好像就为混口饭吃。

真就让那个在洄龙山上弹跳的鬼影子说准了。任你肥瘦丑俊,都得不停地填塞这张大嘴巴。鸡腿、肘子、红烧肉、狮子头等等,你就往那无底洞里可劲儿塞吧! 可他小时候哪知道馋为何物。他留给同学们的印象不就是餐风饮露也可维生的吗?

生活啊,从什么时候起,就跌入了日复一日的吃吃喝喝! 甚至连他想念起母亲来,也是想起她亲手包的饺子。

赵荫玲刚才说了,他已不是小岁数的人。这就像是一眨眼的工夫,他活成了眼下这个样子。老同学对他期望很高,不是吗?

那么,期望很高又是什么? 推动文明进步? 维护社会正义? 拯救苦难世界? 造福百姓万古流芳? 才不是哩。

从同学们的谈话中听不出来吗? 同学们期望,他至少能超过他的父亲,做到副厅。听听,也不过是个副厅级干部,就让老同学认为有出息了。岳父母对他心怀不满,不也是他没能挣回一辆不用自个儿花钱的小车子吗? 再说,他像老毕一样勤恳卖力,目的是什么呀?

活着活着,生活就只是为了吃喝拉撒。

俗不俗? 放眼望去,哪个又不俗? 要不也不会吃绝那么多物种。餐饮业兴旺,电视上美食话题火爆,"吃货"如获荣耀……天上飞的、地下跑的、水中游的、土里长的,没有不可吃的,没有不吃的。说全民饕餮,不过分。

鸡腿塞住大嘴巴!

洄龙山上鬼影子的呼喊,是时代强音啊。

葛不凡怎么就不能装个瞎,傻傻配合一下?

甩开腮帮子,支起了肠胃,吃!

在岳父母和赵苈玲的包围下,葛不凡吃下的其实是一个凡夫俗子的幸福,只不过到了喉咙里,还真有那么点儿难以下咽。

10

月底,葛不凡和本部门的同事一起乘高铁去了趟胶东,回到省城时已七点半左右。出了火车站,他想都没想就去了单位。的确,办公室这几天积累了一些事情。推门进去,心里咯噔一下,段伟跳进脑中,忽觉不怎么吉利。段伟从青岛回来,不也是这个时辰没有回家吗?结果魂断亨利大酒店。又摇摇头。怎么跟段伟比?段伟偷情,而他为了工作。

刚在办公桌后面坐下,就有人敲门。进来的是本部门唯一的女性,都叫她范范,是去年才考进来的博士,独身。他很吃惊:"你也没回家?"范范说:"您就知道自己忙,要加班,不知道我们也要加班。不光是我,同车来了三个。"他说:"既然都来加班,拼一辆车就够了。"范范说:"怎么好意思跟领导挤?"他的紧张比刚才减轻了些,但也不想跟她太接近。她好像并不顾忌,继续走过来。他说:"我害大家加班吃不上饭,我订外卖。"范范说:"不用了,我给订了。"好像不忍增加他的不安似的,她停了下来,让他心头似乎有了一丝感激。这一刻他才注意到,她是一个非常美丽的年轻女性,尽管皮肤有点黑,不像拥有爱情的女性那样脸色红润。他笑着说:"好嘛,外卖来了都来我办公室里吃,大家边吃边聊。"她半开玩笑地说:"谢谢领导恩典。"

葛不凡承认,自己虽然表面上对部下关心,实际上关心寥寥。也是在这次聚餐之后,他发觉自己近来加班有点频繁。家里人没怎么着,孙小藤开始抱怨了。孙小藤说:"每次给你打电话,就说加班。"他自觉冤枉:"你约我我不是每次都去吗?"

这个孙小藤倒没话说。

在机关工作的人,不加班就不正常了。

破天荒地,孙小藤约大家去十样锦吃烧烤,赵荫玲也去了。孙小藤也带了家人。这回就他们两家。他一再对赵荫玲说:"你放心,在谨言慎行方面,没有比不凡做得更好的机关干部了。家宴,我们这是家宴!不凡是我的大白哥。"

十样锦有卧房,两家人就住了一晚。

暑假结束了,岳父母做美食的热情又有所降低。有一天,孙小藤给葛不凡打电话,迟疑了半天才说:"不凡,我想我还是要告诉你,辣眼睛。知道你老岳父跟谁混在一起了?我见过不止一次了,他跟环子的大姑子姐姐手牵手在奥体的操场上散步!"

晚上回家,又不算早。进了门换鞋,葛不凡不由得就直接朝坐在沙发上的岳父看了一眼,也没说话。岳父原本正和岳母看电视,竟起身问他:"没吃饭吧,不凡?"葛不凡一边把手里的东西交给赵荫玲,一边不动声色地说吃过了。岳父走了过来说:"要不,我给你做点?"葛不凡说不用了,自己要早睡。他就嘁一声,表示体谅:"看这公家事,叫人忙活的。"

葛不凡已经暗暗断定孙小藤没冤枉他,就是很纳闷,他怎么跟环子的大姑子姐姐搞到一起了?那女人有老公,儿子又在环子公司上班,就不怕造成不良影响?她的目的已达到,还继续赖在环子家里不走,莫不是跟这有关系?又想,自己也不要总把人想得不堪,万一人家是纯洁的友情呢?

这老头子,看不出来竟有这一套。自己真是不如他。范黑美人儿在自己麾下,跟她来点儿纯洁的忘年之交,葛不凡想过没有?更不要说别的。

葛不凡不想操闲心,但一想到或许就因为那女人赖着不走,环子才不便邀母亲来省城,就隐隐恼怒。

其实,更主要的是苦恼。他是个严于律己的机关干部,忌讳品德有亏。对岳父母有意见,他也不能表现出来,情愿自己受委屈。尊老爱幼嘛。可是,对亲生母亲呢?算不算是个污点?他在单位里出了名地口风紧,同事们不喜欢探人隐私,也不见得一点内情不知。那么,又知道多少?有没有人背地里拿此说事?

哦,他可以不把前程放在心上,但他可以不侍奉母亲吗?他的确不是岁数小的人了,年轻时的心结也该解开了吧。

天神和丑怪。他又想起哈姆雷特的台词。但是,父亲去世二十多年了,他对父亲又了解多少呢?如今,父亲不过是个影子罢了,母亲也从不在母子会见时谈起他。

一个人总要走出父辈的荫庇,通过自己的行为和周围所发生的事情,不断获得经验而存在。生活中,他倒没有过孤立无援的感觉。二十多年前父亲给予他的一切,想来多么重要啊!以致人人认为他对世界一无所求,而那又是什么?

那为世人所羡慕的匀净肤色,人倒说更多地源自母亲呢。

葛不凡有了探寻往昔的冲动。他要重归故土,把二十多年前跟父亲一起生活过的地方全走一遍,然后直接叩响母亲家的门。计划就在不久的将来,他总会抽出时间的。他要一个人去。一个周末,一个假期,或者干脆请假。开上马自达,像那天跟孙小藤一起一样在省城兜圈子一样,断绝与外界的所有联系,一心一意。

那时候,再用不着环子处心积虑地呼唤,他就能与慈母相会,在母亲的怀抱里尽享和平与温柔。而继父,那个貌似粗俗不堪的男人,被母亲迷恋,也许就因为能给她带来从未有过的肉体满足,而这又有什么不对呢?母亲不仅是他的母亲,还是个女人。

看得出来,母亲的幸福深厚无比,就像激荡的大海收回了扑向天空的浪涛,眉宇之间有一种神情,宁静而动人。他说不出那究竟是什么,而赵茜玲脸上没有,岳母脸上更没有。

从八九月份到深冬,其间经过了国庆长假,葛不凡也没找到单独出行的机会。在他记忆中,请过半天假的时候很少很少,更别说请个三天四天。

还没等到元旦,家里就混乱了。岳母发现了岳父长达四个月的诡秘行迹,一气之下回了自己家。岳父自以为神不知鬼不觉,一出门就谎称自己要去爬洞龙山。岳母曾经说他,爬楼都喘,还动不动就爬洞龙山?岳父说:"这边空气好嘛,我常爬山,身体就倍儿棒。"岳母终于起了疑,尾随其后。哪里是去爬山?是去了另一个方向。就知道他做下了见不得人的事。接连跟踪了两次,坐实了,就跟他摊牌。尽管他辩解仅是友情,啥也没发生,岳母也坚决不跟他住在一个屋子里,毫不留情地在他脸上划下几道深深的指痕,说你能找那个骚货,我就能找破车子老边!

赵茚玲宁愿相信父亲说的是真的。不管真假,她都不想让他们分开,要么把母亲接来,要么让父亲离开这个家去找母亲。她忍不住说出自己的忧虑。她不想让女儿放假回来看到两个老人闹成这样,女儿一定要生活在一个幸福的家庭。

夫妇二人一块去做二老的工作,又分头去劝,都劝不动。赵茚玲几乎急哭了。

"要是环子没出什么事就好了。"她说,"用不了几句话,环子就把他们说动了。可是,这一年她遭大难,千头万绪的,怎么好意思去啰唆她?况且那个人又是她的大姑子姐姐。"

赵茚玲说得不错,环子不是那个内心时刻充满快乐的人了。她在做男人该做的事。就连给她打个电话,葛不凡都觉得是对她的打扰。不知为什么,本是情同兄妹的关系,自从段伟死后,两人的话题就窄了,似乎只有对她公司的关心,其他的他的确帮不上什么忙。这方面,端的不如孙小藤。

从孙小藤那里,葛不凡得知环子很多事依靠段伟的姨表弟保民。法律上的事,环子又继续使用孙小藤。

环子公司给员工发元旦福利,也给孙小藤和葛不凡分别准备了一份。正巧孙小藤来公司,就让孙小藤给葛不凡捎过去。孙小藤来了葛不凡家,看到他岳父,敏锐地发现了问题,临走的时候把葛不凡叫到楼下,问他出了什么事。他当然不说。

"那老王八怎么那个鬼样子!"孙小藤愤愤地说,"别怪我骂人啊,跟环子的大姑子姐姐一个德行!"

葛不凡说:"不能这样说老人家。"

"老人家就该有老人家的样子。"

"这不挺好嘛。"葛不凡云淡风轻,"他欺负你了?"

11

不要说元旦,历来任何假期都不会全部属于葛不凡,这个元旦假期也是如此。葛不凡在办公室里,收到环子的一条微信,说她和齐齐商定了,今年要去美国过春节。看得出环子心情不错,文字后面加了好几个笑脸。她是需要彻底放松一下了。他略一迟疑,只回了三个字:很好啊。他是想问她那个大姑子姐姐还在不在。

而在孙小藤来过的第二天一早,岳父就主动走了,可能孙小藤让他感到了难堪。现在放假的女儿一个人在家,赵茹玲在医院值班。女儿午饭问题不用操心,她说好了点外卖。

葛不凡才把手机放下,赵茹玲就来电话叮嘱他不要跟人出去吃饭,今年是暖冬,易流行传染病,平时要注意。她说过不止一次。他照例答应了。实际上,别说今冬,整一年出去跟人一块吃饭的时候都比过去少多了。八项规定不是白规定的,老同学们懂规矩。上个月只有黑腚打电话约过一次。他曲折的奋斗历程即将被拍成微电影,开机仪式拟请葛不凡参加。不是葛不凡不想捧场,恰巧那天脱不开身,倒像他对黑腚有意见,让他略有不安。

好在机关食堂专为加班人员做了午饭,待到天黑,也没出单位大门。

寻根之旅泡汤,本在他意料之中。

元旦之后,岳父偕同岳母又回来了。他们的家久无人居,已不成个样子,与葛不凡家相比,整个一贫民窟,而且今冬也没开暖气。能在那里住这么十几天,难为他们了。

感情一旦受伤,要和好如初没那么简单。岳母不像过去,跟岳父争着做饭,而是天天没个笑模样,动不动就对岳父横加指责,特别是对那盒二春茶,这件事几乎被渲染成了茶叶事件。"死不要脸,喝人家茶叶不敢承认,还骗人说是破车子老边送的。破车子老边吃了上顿没下顿,跑来泂龙山送你茶叶?一盒子茶叶看你稀罕的,吱喳吱喳喝了大半年。"岳父丝毫不相让:"我跟任何人一清二白,你跟老边倒是真的。你那个刻薄相,对谁都这样。谁家吃了上顿没下顿了?"岳母说:"我就为了调查你!再查出别的来,跟你没完!"岳父说:"老边动没动你,你说得清吗?""呸!"岳母立马还他一个呸。

不论怎么吵,岳父都没停止做饭。

别说葛不凡,赵荫玲都不知怎么劝。两人回家就像看大戏。眼看女儿要放寒假,又都有些担心。不料,女儿回来,岳父母又都安静了。

天气还不怎么寒冷,春天的脚步越来越近。

再过上十几天,就是春节了。很显然,这将是一个见不到环子的春节。环子不会不见一面就走吧?岳父不说他想环子了。他还想不想环子的大姑子姐姐,葛不凡看不出来。事实上,经两个老人一闹,家里基本不再提起环子的名字。

单位接连组织了两次全省性的会议,都有副省长参加。一次是在南郊宾馆。葛不凡忽然觉得自己必得跟环子通次电话,甚至刻不容缓。核心内容——行程准备得怎么样了?

葛不凡趁空走到僻静处,可是,拿起手机,却发起呆来,好像环子的电话马上就会响起。这样的电话只能报告一个消息:"来吧来吧,来盖子山,来吃饺子。"

有人叫他,他一激灵。

"我得出去透口气。"范范走过来说,"可以吧?"

葛不凡忙微笑着轻轻点了点头。他要回到会场去了。

范范又停下来。"孙律师有段时间不来我们单位了。"她说。

"这倒是。"他说。

孙小藤也像赵苅玲一样,越是年节越忙。

"我前几天看见他了,在大π。"

大π是座茶楼,在孙小藤供职的律师事务所附近。一听范范说大π,葛不凡就觉得愧疚,因为有一回孙小藤来单位,跟范范闲聊说给她介绍男友,范范很大方地表示,自己喜欢律师。孙小藤说:"我们属于新的社会阶层,个体职业,你看不上的。"范范笑言:"我说我已过三十,总可以吧?"孙小藤说:"就怕出手亮底牌的!"以后并没听孙小藤提过此事,葛不凡也没催过他,说到底还是没放心上。婚姻大事,特别是对范范这样的大龄青年来说,更亟待解决,葛不凡怎么就不给记着呢?

可是范范又说:"我远远看他跟我们黄头儿在一起。"她走开了。

葛不凡顿时有了种领地被侵犯的感觉。孙小藤只能说来单位碰见过黄头儿，连点头之交都算不上。不论谁约谁，孙小藤于情于理都该跟他说一声。既然不知会他，要么真的认为没必要让他知道，要么需要瞒他。凭他对孙小藤的了解，不会只是简单地喝喝茶。往日孙小藤来他办公室，他从没担心过是否会给人留下影响工作的印象。谁没个同学、朋友呢？况且孙小藤很会跟人打交道。

这个他在省城关系最好的同学，不声不响地侵入他的领地来了！他恼怒，不，更多的是羞愧，还有莫名的慌乱，各种情绪。他又不禁予以否认，范范看错了，孙小藤与黄头儿不过是偶遇。然而，既是偶遇，更应该跟他说一声。也许他忘了。那么，可不可以提醒他一下？嗯，谁没个不便？但他有种直觉，他们的相遇跟自己有关。

葛不凡不踏实了，很不踏实了。他要证实。直接询问，还是迂回求证？

给他打电话，约他在大π见，看他什么反应！对，打电话。开完会打电话，充分准备说什么。

他不动声色地观察黄头儿，两人目光也有相遇，并没有透露出特别的信息，就像什么事也没发生。这几天他去过黄头儿的办公室，黄头儿也没提过孙小藤。要不是范范多说了一句话，他哪里知道他们两人背后还有在茶楼喝茶这回事？黄头儿不是反复强调过机关干部杜绝出入高档消费场所吗？或许大π还算不上高档。或许黄头儿反过来求助孙小藤呢。

快过年了，葛不凡终于理解了岳母的感受。他觉得自己快跟岳母一样了,这个年铁定过不好了。不管是抛弃,是轻视,是背叛,都不是好滋味。

腊月二十三这天晚上,孙小藤给他打来电话,有些支支吾吾,他还以为要给自己解释大 π 的事情。可见是不寻常的同学关系,他的心底隐隐有些心潮涌动了。孙小藤好像感觉到了。"你别激动啊。"孙小藤说。

"说吧。"葛不凡有意让声音平淡。

"保民跟环子好了。"孙小藤压低了声音。

葛不凡第一个反应是不相信。

"我听公司的人在议论。"孙小藤说,"不一定确切。"

电话挂了,赵苪玲问他有什么事。他随口说环子要去美国过春节。赵苪玲马上说:"快告诉她,最好别去!"不等葛不凡拨号,就用自己的手机给环子打过去了。

葛不凡好像才意识到自己瞒着赵苪玲的事情有不少,仅今天就两桩。生活幸福的夫妻应该这样吗?怎么就把日子过成了自己一个人的呢?是一直如此,还是后来渐渐发生了变化?从什么时候开始的?从岳父母搬来跟他们一起住?

孙小藤说得不是没道理,他还不想承认。这两个老家伙不就因为女儿厉害,在他家才住得心安理得?如果他们是在欺负他,赵苪玲又做了什么?一家人朝夕相处,赵苪玲就没有觉察?她看在了眼里,怎么就能默认?而他作为一个堂堂男子汉,在自己家被人揉搓至此,不是忍气吞声又是什么?哦,他是要做一个好丈夫啊!那么,在外面呢?

环子答应了赵苭玲的恳求。

"不凡。"赵苭玲叫他。

他没吭声。

"你睡了吗?"

"早点睡吧。"葛不凡咕哝一声,"你也够累的。"

12

不出赵苭玲所料,疫情严重起来。大年三十的上午,湖北武汉传出了封城消息,但在千里之外的人们,可能大多数还没能理解封城的含义,包括自诩生活阅历丰富的岳父。不少家庭一早就离开省城,踏上回故乡之路。高速公路免费,开起车来的感觉肯定异于往日。

赵苭玲作为科室负责人,为照顾别人,接连几天都给自己排了班。

葛不凡在单位忙到下午五点,正要出门,手机响了。

"她终于走了。"环子说。

"谁终于走了?"

"我这辈子头一次一个人过年。"她说着,发出了爽朗的笑声,"来吧,不凡哥,全家人都来吧!"

葛不凡很吃惊,没想到她的大姑子姐姐一直住在她家里。

除夕夜的家庭气氛跟往年比不差什么。虽然岳父母感情受伤,但还算活得有原则,那就是不让外孙女看出来有问题。

欢度除夕夜的高潮,不是美食也不是春晚,是环子发红包。先给正准备高考的学生发200元。发到葛不凡的微信上,请葛不凡转给学生。环子又觉得少,一下子转了个999元的账,差1块到1000。然后又给岳父发,岳父有她的微信。岳父说:"环子给我发红包了!"又收到一个,是岳母的。岳父说:"我可喜欢环子了。"

省城禁放鞭炮数年,过年也很清静。留在省城过年的人少,同住一个小区的人也不大认识,基本上不用串门子拜年。

大年初一赵荫玲上班,十一点多钟给葛不凡发了微信,说已报名参加援助湖北医疗队。葛不凡一早起来,就觉得哪里不踏实。湖北的疫情越来越严重,他已有所知,但毕竟是在千里之外。现在,似乎有了水落石出的感觉,而整个人的状态就变成了有所等待。望一望山上阴霾的天空,忽觉四处阴森森的。

当晚,葛不凡单位的办公室通知第二天上班。赵荫玲也一样。全省卫生系统取消假期,从明天起一律全员上班。一个严峻的现实已经高高堵在人们面前,比山峰厚重,比天空宽阔。赵荫玲连夜收拾好了行李。

第二天,葛不凡开车送她去医院。到了病房楼下,赵荫玲说:"你上班还早,去家里休息一下吧。"他答应着,看着赵荫玲走进大楼。稍停,他又向前开去,但他没去家里,而是从医院的另一个大门开到街上。

初二早上的大街,比较特别,很多人肯定刚刚千里迢迢从老家赶来。

葛不凡看时间还早,于是不紧不慢地开,终于又看到他工作大半辈子的单位的大门了。它从来就是那个样子,从来就没有改变,虽经岁月侵袭,略显衰老,威严却是刻在骨子里的。

不知不觉,葛不凡停在了那里。他也不知道自己在想什么。

往常这条道,每有车辆停泊,必冒出人来劝离。今天没有,好像停多长时间都可以。大门口的门卫对他视若无睹,但不知他已暗暗做出了一个惊人的决定。

门卫很纳闷,一辆半新不旧的马自达怎么停了好大一会儿,既没开进来,也没人走下来,就又掉头而去了呢?

"小藤,"葛不凡给孙小藤打电话,"做点事儿吧。"

"什么?"

"做点大事儿。"葛不凡静静地说,"我要为武汉发起一次个人捐助,怎么样?"

孙小藤沉默了。

"小藤,我需要你的帮助。"葛不凡诚恳地说,他没有开玩笑的意思,他几乎从来不开玩笑的,"我们去环子家。"

沿靖士路向东。没到盖子山,收到了黑腚的电话。

"我参与!"黑腚主动说,"车辆我出!他奶奶的。干一把,来我这里。CEO!"

进了环子家门。环子已经从孙小藤那里获悉,张口就说:"不凡哥,你花多少都算我的!"葛不凡不再是那个永远对人一无所求的人了。他没有拒绝。他只说声谢谢。

孙小藤随后赶来。

"干就干个大的!"孙小藤说,"这一封城,是不是更需要蔬菜粮食?我们捐助蔬菜。你不用管,需要的手续交给我办。武汉那边也有我认识的。"

"就用黑腚的车。"葛不凡说,"要个两三辆,能装多少吨就装多少吨。"

"好。我们就近联系昭阳。能出来三辆车的蔬菜,就不用去别处了。"孙小藤说着,打起电话来。

葛不凡手机响了,他看了看号码,是范范打来的,没接。"中午我们去昭阳弄菜。"他说,"这就去。"

在去昭阳的路上,他又接到一个电话,只听他嘴里说了几个"是",脸上是种很微妙的神情。"黄头儿的电话。"他淡淡地说,然后就只看着前方。

孙小藤联系的是昭阳区垛石镇方井村合作社,这个村有一千多亩的蔬菜大棚。他们赶到村口的封村岗哨时,合作社的负责人老方早站在那里等候了。孙小藤一再强调需要保证蔬菜品质,老方就带着他们去看大棚——红尖椒、灯笼椒、黄瓜、丝瓜、西红柿、长茄,品种齐全。红尖椒和灯笼椒都是刚开园、品质最好的时候。老方介绍:"我们村的菜都是引徒骇河的水浇的。"

不知谁提到了传闻有抗病毒作用的大蒜,跟在旁边的一个年轻人插嘴:"秦海去年囤过一批大蒜,不知出了没有。"老方忙催:"快问!"那年轻人马上用手机联系秦海,然后说:"还没出完,是金乡大蒜,存在了回河镇的冷库里。"

孙小藤做主:"剩多少要多少,都拉到合作社,一块装车上路。"

这时候葛不凡才留心手机微信。初中同学群早炸了锅,原来孙小藤将他个人向武汉捐助物资的消息发在了群里。赵药玲也发来了微信:援助武汉医疗队将于晚上七点在机场集合,九点半的飞机。她不回家了。

再看未接电话,数不清有多少个,他只回拨给了黑腚。

"辛苦你了,黑腚。"他说,"我们在昭阳看货。"

"怎么不叫上我?"黑腚说,"货车给你安排好了。我再弄个车队给你送行。我请支乐队。"

"特殊时期就不要那个阵仗了。"葛不凡说,"给你发个定位,明天五点来垛石镇方井村合作社集合。"

"没问题。"黑腚说,"还有什么要我做的,尽管说。"

老方又亲自把他们送出村口。

葛不凡回到家时,岳父母和女儿早就吃过晚饭。他们也已得知赵药玲今晚将随医疗队飞至武汉的消息。在看到岳父母那两张老脸的那一刻,他决定隐瞒自己的行为。他家小区的业主群也发了防疫措施,要求业主不要轻易下楼,出入佩戴口罩,以及认真洗手等事项。危险的信息已经影响到了每个人,他说什么他们也就相信什么。捐助物资在他嘴里成了这两天要外出公务一趟。家里存有口罩,不必出去买。另外就是再三叮嘱做好个人防护。

把自己关在卧室,他感到异常冷静,好像什么事也没发生过。手机不时响起,他有选择地接听。想起什么来,他也会给孙小藤打电话或发微信。孙小藤打包票帮他把事情办好,明天凌晨来接他,他放心出发就是。

九点半,他想象赵药玲飞行在高高的夜空。他没把自己的决定告诉她,或许永远也不会告诉。

这件事突然吗？

不,一点也不。他好像等待了一辈子,就为了能做这样一件事情。

碰巧赶上了席卷全国的疫情？也许是吧。不管怎么说,熬过今晚,他面前的道路就只能有一个目的地——千里之外的楚地武汉。

赵芮玲一下飞机就报平安。她刚刚得知医疗队被分到了湖北黄冈,就要马不停蹄,即刻启程。

葛不凡发出今天的最后一条微信,查了一下地图就关掉手机,倒在床上睡觉。

明天,他必须精神抖擞。他马上睡着了。

13

这一觉算起来也就只有三个小时,但因为睡得死沉,一个梦也没做,醒来时脑子里就像哗啦一声拉开了严实的大幕。葛不凡出门的时候拿了几只口罩,谁也没惊动。孙小藤如约前来,两人话不多说,直接就驰往昭阳,所幸到方井村也没遇上哨卡。

黑腚带来的三辆大货车已经停在合作社院外的路上。院门口的一盏大灯把周围照得雪亮。老方一边指挥村民把成箱的蔬菜往车上装,一边强调着支援武汉疫区的政治高度。孙小藤刚把车开进灯光照射的范围,就看见一高一矮两个人迎着走过来。葛不凡从身形上隐约认出一个是老乡,那个做医疗器械的老板;一个拿着相机的,不认识。原来那老乡听说葛不凡的义举之后,亲自送来了防护用品——足够的口罩和护目镜,甚至还有防护服。拿相机的那个人名叫李川,是孙小藤的记者朋友!

"如此重要的历史时刻,记者岂能缺席?"孙小藤说。葛不凡看了他一眼,他装没看见。他说:"李川要做个跟踪报道。"

"这会成为一个不小的热点!"李川眼里闪着兴奋的光,"我马上就发第一条。请您先简单说两句吧。"

"稍等。"葛不凡说,又拉一拉孙小藤,"过来。"

他们走到一边去。

"你不是说要做个大的吗?"孙小藤说,"大的是什么?大的就是任何人、任何大手、任何势力都遮不住、挡不住、摁不住。遮住、挡住、摁住了,那就不是大的。事到如今,不能熊了。怕什么!正是用着李川的时候。他是一位很优秀的记者,什么该说什么不该说,怎么做大,门儿清。你甭操心。记住你的责任就是安全送达,保证自己和大家安全归来,绝对不能出问题。出了问题,谁的责任?光你的责任?既然要做好事,就不要偷偷摸摸。我送英雄上路。英雄事迹老子到处讲!"

葛不凡无话可说。

"李川,你们聊吧。"孙小藤走开了。

"我只是一个凡人。"葛不凡说,然后看着那三辆快装满的大车,这才发现每辆车头上都蒙上了红色标语。他转过头来,"我很着急。是的,我心急如焚。"

"您恨不得插翅飞到武汉。"李川说,"我很理解您的心情。"

"是的。"葛不凡紧皱着眉头。

光线越来越明亮,看出来今天会是一个大晴天。

出发前,六名驾驶员、李川和葛不凡一起在车头前戴着口罩合了影。黑腚放了一挂两千响的满地红鞭炮,震耳欲聋,霎时间让村里的街上烟雾弥漫。孙小藤在前面开车引路,三辆满载的大货车紧随其后驶出烟雾,送行的人一起喊着"平安归来"。他要把车队送到离此地最近的一个高速路口。刚出方村哨卡,就见一辆黑色轿车猛地停在了路边,从车上匆忙走下来了环子。

"我也要去!"环子对葛不凡和孙小藤说。

上了高速,一轮红日跃出了地平线,广阔的原野无遮无挡地在眼前铺展开来,煞是壮观。高速路从来就没像现在一样畅通过。这是省城北郊,道路绕到西郊再往南行。遇上第一个服务区,他们停了约一刻钟,简单吃了点东西继续赶路。

葛不凡在第一辆货车上,环子和李川分乘后两辆车。驾驶室很宽敞,他让那个替补的驾驶员先躺到座位后面歇息,自己坐在前面。

越朝前开就离省城越远。望着眼前的道路,葛不凡长吁一口气,就像终于把往日的生活抛在后面了,而且再也不回头。他知道单位的人从昨天开始就没断过给他打电话。他做到了,除了跟黄头儿模棱两可地说了几个"是",一个电话也不接。

有生之年头一回坐大货车,还是坐在最前边,像是坐在高高的车头上,货车行驶得越来越快,外面的景物唰唰往后移动,葛不凡不禁有了种摧枯拉朽的感觉。

生活中的那些人,连同他的妻子赵苘玲,哪知道此时此刻的他在朝一个充满危险的世界瞩目的地方奔去。他不是要瞒赵苘玲,终归是不想让她担心。医疗队肯定是在兵荒马乱之际紧急成立。单位那些人,也是要通知的。想象得出他们会急成什么样子。哦,跟他有什么关系呢?

去他的吧,背后的城市意味着陈旧的生活!武汉在前方,凶险、未知,像一个无底黑洞,但对他来说,至少有别于往日。

可以说,从昨天早上葛不凡在单位大门口做出决定掉头走开到现在,他基本保持着冷静。如果也以冷静的目光去看,可能更像个局外人。对此,孙小藤、黑腚、环子等人也都习以为常。的确,事情主要由孙小藤、黑腚操持。

这一路上,他没怎么跟人说话。经过十六个小时的长途跋涉,终于来到武汉北高速路口。验明物资,办好手续,出了高速,已是半夜十一点多。但见道路边站满了警察,哨卡密布,四处灯火通明,头上的夜空给葛不凡的感觉却像更黑也更加无边无际了一样,而且不像是夜空,因为空气也像凝固了,简直就是针插不进、水泼不进。明明有那么多人在活动,耳朵里却静悄悄的,使人疑心灯光之外就是一片死去的世界。不怪葛不凡心头一紧,后背好像陡然吹过一阵刺骨的寒风,似乎把他头发都吹得根根直立起来。

此地不可久留,由孙小藤联系好的交接人带领着,三辆大货车在沉沉的夜幕下立刻向武汉市区驶去。

一路畅通,他们来到一个靠近警官学院的物资中转站,没想到李川也联系了他的一个武汉同行。

那边卸货,这边采访、拍照,环子和六位驾驶员都没放过,弄完了用去整一小时。

"我去那边走走。"葛不凡忽然对李川他们说。

他转头一个人沿着空荡荡的大街向前走去,一直走到他们看不见的地方。街灯昏暗,让周围的物体投下的影子油腻腻的,像洗不干净似的。环子缩了一下肩膀,回头看看李川。不能不说她眼里掠过了一丝深深的恐惧。李川也一恍惚,像是忘了自己身处何地。他下意识地摇了一下头。那几个驾驶员,已经悄悄回到车上。

谁也猜不出葛不凡去干什么了。见他回来的时候好像略显放松了一些。他询问武汉的朋友,可不可以顺路去黄冈一趟。武汉的朋友如实告诉他最好连夜离开武汉,哪里也不要去。他们欢迎大家在疫情之后再来武汉做客,容许他们事后再补。还问他有什么重要的事,他迟疑了一下,否认了。

然后,大家走到车上。跟来的时候一样,他们穿越的是一座空城。过去葛不凡出差来过这里,现在已经找不到往日的一点影子。街上空无一人,像是堕入了另一个恐怖的时间静止的世界。

气氛如此压抑,葛不凡几次想从脸上拉下口罩。

在经过一座桥梁时,身旁的驾驶员轻叫了一声:"猪。"

顺着他的目光看过去,果真发现一头仿佛黑色幽灵的猪,在路边孤单单地向前奔跑。看不出是不是野猪,或许是从养猪场逃生出来的。行驶的车辆和灯光,好像对它没有丝毫影响。它继续不知何处来、不知何处去地匀速奔跑,让人以为它会一直这样不受惊吓地跑下去。

葛不凡和驾驶员全都一声不响地扭着脖子看。

黑猪渐渐落在了车辆后面。

14

在上高速之前,货车已进行全面消毒。驶进高速收费站,差不多就是他们从方井村出发的时刻。荆楚大地被曙光笼罩。葛不凡的激动驾驶员也看了出来。

"我也恨不得要喊一嗓子呢。"驾驶员感叹着,"真像做梦啊!"

"到前边服务区,我们一起喊。"葛不凡答应他。

"你知道吗?出来这一趟家里人把我骂死了。"

到了服务区,就都说喊什么好呢,憋闷死了,野狼一样嚎几声最舒服。李川说喊点有意义的,他要录下来。

"有意义的,车头上现成:'武汉加油,中国加油'。"

驾驶员们反对,说话又不用拿钱买,咱就换一个不行吗?大家都想。李川说了个,驾驶员们说太斯文了。葛不凡说:"言为心声,你们最想说啥就是啥。"驾驶员们说:"来这一趟可是他娘的冒了险,到不了家就完不了事。"李川提醒:"不能是到此一游。这是很严肃的。"驾驶员们说:"当然,那还是表达一下心情吧。我们愿意武汉好起来。"

结果商定,就一起朝着武汉方向喊几声:"武汉,你要好!"

喊过之后,映着早晨的阳光,驾驶员们脸色红彤彤的。葛不凡让他们赶快上车,又远远地走到一边。他在拨打赵苭玲的手机。没人接听。昨晚他没打。接下来的路途离家越来越近,而离武汉越来越远。他一定要在武汉离赵苭玲最近的地方给她把电话打过去。他又拨了微信通话,还是没人接听。他向一株大叶女贞树走过去,又反复拨打了几次,都没动静。望一望远方,只得走过来。可是手机却响了。

赵苭玲开了视频。她戴着护目镜,全身上下包裹得严严实实。

葛不凡嗓子嘶哑地告诉她自己在武汉。她连说"我知道我知道"。她已经从网络上看到了记者发布的那些信息。虽然李川有意给他使了化名,但她仍然看出来是他。他要为自己没事先告诉她而抱歉,她还是一个劲儿地说"我知道我知道"。非常突然,她崩溃得大哭起来。镜头里的世界摇动着,他看得眼花缭乱,认不出她是在什么地方。他心疼地劝她别哭。他说:"我不能去看你。总会好的,你要坚强。"她在使劲遏制自己的情绪,但嘴里仍呜咽:"你不知道我们经历了什么,你不知道。"她说着,"你不知道我们经历了什么,你不知道。"

她终于好多了,抬手想擦眼泪,却被护目镜挡住了。她说:"不凡,我支持你。你做什么我都支持你。你是做好事。"葛不凡似乎羞愧了一下,说:"这有小藤、环子的帮助。那个记者也是小藤给找来的。我原以为不声不响的……"赵苭玲说:"不,你要让所有人知道。"葛不凡移开了自己的目光,因为他这才留心看到手机上一个小画框里戴着口罩的自己。他讷讷地说:"我无心这样。"赵苭玲说:"你总是……"他说:"你要保重。"她说:"真的,不凡,我对你关心不够,我做得很不够。我不该拿工作来欺骗自己。"他说:"你说的什么话!保重,平安归来。"她还在说:"我忽略了你心中的痛苦,是我不对。"他说:"好了,没什么事。"她点点头:"嗯。"可她又说:"比如买车。应该早就给你买辆车。还有……哦,不凡,我得挂断了!"他忙说:"平安。"她说:"平安。"

手机沉寂,像被封了印。

环子无声地走来了。

他回头默默看她一眼。从昨天上车到现在,他们还没有好好说句话。

环子一声不响,半天才垂着头,低低地开口:"不凡哥,我觉得在这里告诉你比回到家告诉你要好。"她的两只手抓着她的小包,"你猜,包里有什么?"

他摇摇头。

"还记得那天傍晚我们去南山吗?当时我很讨厌啊。我不是故意捉弄你和小藤。我看那落日……沉沉地落下去,我改了主意。"她说,"太阳落下去,还会再升起来,就还是新的。我要忍耐。"她的头垂得更低了,下巴抵住了胸脯。她不动了。

等她抬起头,葛不凡确信看到了她眼里的快乐。如果不是身在此时此地,她会像一年前一样咯咯笑出声。

"知道齐齐的大姑最怕谁?"她突然问。

葛不凡不知道。

"最怕赵大爷!"她说,"你要替我谢谢赵大爷。赵大爷在,那女人就不敢兴风作浪。"

葛不凡满目诧异。

她向后仰了一下身体。"多么好。"她说,"我买了一把刀,随身带着。"

葛不凡又一惊。

"是给保民买的。"她补充了一句,"他不要命了就试试。"然后,她开始望着葛不凡。

过了一会儿,葛不凡向她伸出手去。他们一起慢慢走向停在大车位的货车。

太阳高高升起来了,却听环子意味深长地说:"多想再一起去看落日啊!"

葛不凡嗯一声。

"不凡哥,听我的,找时间回家吧。回老家去看阿姨。"

葛不凡没吭声。

李川迎上来。

"小藤打来电话了。"他说,"等我们一到省城高速路口,就去隔离点。有人在那里接。"

他们重新上路。葛不凡似乎感到车后正有一个人拼命冲出防护严密的人群,向他们追赶过来,并使劲招手。

15

他们要在省城一个集中医学隔离观察点隔离观察十四天再回家。下高速前有关人员又给他们测量了体温,无不正常。隔离点是征用的一家有名的连锁酒店,专门配了5G室内物流机器人,条件虽比不上五星级的香格里拉、陶氏亨利、希尔顿,但也不错。这无关紧要。

葛不凡觉得难得的是,自己能跟环子一起住在一个酒店这么长时间。虽然不像是在他当年的家里,但毕竟是在同一座建筑物里。

更重要的是,他终于消除了那个长久以来困扰他的疑问。多少次了,他从环子欲言又止的神态上,看出了自己的顽劣。回来的当天,他就等不及了。一个人的时候,主动跟母亲通了电话。

但没有出现预想的激动情形,不知是不是因为他是感情克制型的性格,还是母亲克制了自己的感情,而母亲竟然也从网络上看到了他驰援武汉的消息。

"我知道那就是你。"母亲说。

他听了,还有些不好意思。"都是小藤闹的。"他说,"小藤你还记得吧?我上初中时那个在我们家住过的同学。他成了律师。"

"哦,是那个一看见牛肉就直淌口水的小孩吧?"

"是他呀。"

"他很可爱。"

"是的。他爆料给了一个记者。我本来想着送过去就是了。我想做得更好。"

"你总是能够做得很好。"母亲说,"你从小就这样。"

"疫情管控解除后我就回家去看您。一家人都去。您也一定要安心守在家里,少下楼。您要好。"

"嗯。回来我给你包饺子。"

酒店的一楼是有关部门工作人员的办公及休息区域,二楼以上住的都是被隔离人员。葛不凡向来不好动,关在房间里出奇地安心。他准备把这两三天的未接电话、短信、微信挑选出来认真回复一遍。

正要从头看起,一个陌生号码跳上屏幕。接通一听,竟然是老毕。他们很久没有联系过了,这可能是老毕的新号码。

"不凡,有你的呀!谁的电话也不接。"老毕说,"你把他们都急死了。他们也没想到你干了这个。你现在很火啊!他们可能要来看你。"

老毕不说他们是谁,葛不凡也知道。

"你终于成了英雄!你在听吗,不凡?老实说,我是受人之托。"老毕说,"不过,我也想给老同事捎几句私话儿。"说着,压低了声音,神神秘秘的,好像用手掌挡住了嘴角。"在他们面前,一定要拿住,不凡。听老哥的,没错。你若拿得住,就是占据了百分之百的主动。"

葛不凡的心在怦怦跳。他们?他们是谁?黄头儿?范范?还有好多。岳父岳母,不是吗?孙小藤、环子、黑腚,不是吗?妻子女儿,甚至刚刚联系上的母亲。哦,难道不是所有人?难道不就是他一直都在努力迎合的人吗?在那么长的人生岁月中,他一直要求自己表现更好。

世上有一种恶,就是要一个人去做完美的受害者。谁说的?孙小藤。经过长久的职业训练,孙小藤非常可贵的一点,就是拥有提出问题的能力。但他第一次从孙小藤口中听到这句话,并没感到特别震动。现在回想起来,他几乎坐不住了。

往日有多少次,他会在半夜突然醒来陷入自责,因为他会以为自己白天的某件事做得不甚完美。可他并没想到,在他开始不停自责的时候,其实就开始了人生的下坡路,而不知不觉地获得了一个受害者的身份。很可能所有的努力,即便是简单地活着,也不过是授人以柄,因为你是受害者,而受害者不过是失败者的代称。

前天晚上在武汉空寂的街头,他避开同伴,走到一个角落,猝然蹲在了地上。那时候,荒凉灌满全身,他觉得自己简直就是一个世界的弃子,已经无力支撑。

"不凡,你在听着吗?"老毕又问,"你的好日子到了。"老毕说,"你熬出头了。"

他听到环子的声音,我是不是受害者?他记得在落日下环子说过,现在不是了。房间里有一面镜子,从那里,他看到自己站了起来。

敲门声响起。

"当好你的英雄。"手机里在说,"你现在在哪里?哦,你……你还是失踪了……"

隔离期过后,他们每人拿到一本红色的健康证明。那是个好日子,晴空万里。走出酒店,雪亮的阳光刺得人睁不开眼睛。他们依依惜别,各自回家。

女　病　图

1

在解放路和山大北路之间,西自青龙桥,东至葡萄园,丘艳芳的名气如雷贯耳,但她既不"丘",也不"艳",又不"芳"。

到目前为止,丘艳芳已嫁过两个男人,第一个男人是一家国企的技术员。婚后两年半,技术员在厂区行走时遇到锅炉爆炸,整个人都给烫熟了。丘艳芳得到一个儿子和一笔抚恤金。儿子被她养到十八岁,那笔抚恤金却一直存在银行里。半夜醒来,算了一笔账,不由得倒抽一口冷气。

很快,丘艳芳结了第二次婚。

很快,第一次离婚。

儿子听说妈妈要离婚,非常高兴,反复打电话问她:

"离了吗?"

显然,丘艳芳不想离。她满心期望至少还要跟现任丈夫再过上几个月,过到来年开春。现任丈夫铁了心要离,各种招数使出来,动手打她、羞辱她,甚至还把别的女人带到家里住一晚上。

儿子责怪她不通达,她说:

"你爸有心脏病!"

儿子一下子噎住了,因为他从没在心里认可过这个"你爸",从没叫过"爸爸",而平时她跟儿子说起这个"爸爸",也多称"老李"。

"有我伺候着,你爸还能多活两年。"丘艳芳说着,偷偷擦眼泪。但"你爸"丝毫不领情,到底还是弃她而去。

儿子在外地上大学,平时丘艳芳也就一个人过活。老李也还算规矩,没想动她的抚恤金。尽管这笔抚恤金数额不大,但仍被她取出来,支付了儿子的部分学费。她自己享有低保,只是偶尔才去超市打工,或做点十字绣来卖,以补贴家用。

不了解丘艳芳的人,会认为她懒。

事实并非如此。她几乎就是这个区域的社会活动家。历山东路、益寿路、闵子骞、甸北、利弄、十里河等等,横跨历下、历城两区,足有八家居委会,每逢活动,首先想到的就是她,以致她每天忙得像个陀螺,"一刻不得闲"。她既会跳交谊舞,又会扭秧歌,扇子舞跳得尤其好,还曾代表闵子骞居委会参加过全市迎亚运健身比赛,得过二等奖。

在丘艳芳家最显眼的位置,摆放的就是这次得奖的珐琅奖杯。但最让她忙碌的,不是居委会的活动,而是"串大门儿"。她立志把附近几个社区所有不幸的女人联合起来,分担她们的痛苦,给她们提供力所能及的帮助。

为区别正统的"妇联"组织,这帮女的把丘艳芳拉拢的圈子称作"女团"。丘艳芳理所当然是"女团长"。

丘团长坠入爱河的消息传播之快,毫无疑问。

疯狂追求丘团长的男士,据说才三十几岁,是省直某机关的公务员,名唤丁保钩。

  啦啦啦……粉红的扇子飞舞,
  啦啦啦……想和你一起漫步。
  啦啦啦……粉红的扇子飞舞,
  啦啦啦……想和你一起漫步。

丘艳芳长相普通,却不像她这个岁数的女人那样发胖。因为忙碌,她得以保持少女般的体型。年轻的丁保钩为她着迷,似乎并不为怪。

  啦啦啦……粉红的扇子飞舞……

目前,唯一目睹过丁保钩尊容的,暂且只有"团员"兰沫女士。
"这人是个瘦长子,"兰沫女士向人说,"又长又瘦,像面条儿。"马上勾起了青后小区朱小媛的好奇心。
朱小媛也是"团员"。又长又瘦的男子,历来就是朱小媛心仪的"稀有物种"。

2

朱小媛嫁的男人却十分肥硕,从认识她时就肥。他自己招认,每周可吃两回烧鸡,还专吃从老字号燕喜堂买的。经过一个绿色夏季的疯狂思考,朱小媛嫁给他,发现果真如此。

他家里有个老保姆,七十多岁了,每天跑金菊巷给他买烧鸡。她问老保姆累不累,慌得老保姆连声说"不累不累不累",怕不让她去买一样。

朱小媛在他家感到为难,拿不准该不该与他分吃。最后决定,谎说自己从小不爱吃烧鸡。渐渐地,也就果真不吃,甚至不能容忍烧鸡的气味,连鸡蛋都不吃。

所幸老保姆过世后,她男人随即改掉了吃烧鸡的嗜好,但他并没有因此瘦下来。他吃上了另一种"鸡"。

这是朱小媛的说法,语气里充满对"鸡"的极度厌恶和鄙视。丘艳芳第一次听到,着实听不惯。

丘艳芳听闻青后小区有个卖豆腐的女人被丈夫嫌弃,亲自登门三次,准备施以援手。

第一次走错了门,第二次被拒之门外。丘艳芳当时还没能打听清楚她的名字,先在门口报出自己的大名,说是来找一个卖豆腐的,她隔着扇门撂句话:"这没卖豆腐的!"再不吱声。

第三次朱小媛才开门将丘艳芳迎入。后来丘艳芳从她口中得知,不是她卖豆腐,而是白鹤庄的她娘家卖豆腐。丘艳芳心想,自己也一直奇怪,青后小区怎么会有做豆腐卖的?

朱小媛的男人即使爱着朱小媛,也对她娘家卖豆腐的事耿耿于怀。他的意思老明确了,这样的平民家庭,配不上他。城北白鹤庄的豆腐一律使用泉水,美名远播,而且那些做豆腐的人家也早就改弦更张,朱小媛的男人偏偏揪住朱小媛娘家卖豆腐的历史不放,无所顾忌地在外面养女人,不但在外面养女人,还养狗。

他迷恋"斗狗"。

朱小媛最受不了的,就是这个大发面块"斗狗"。

在朱小媛家里,丘艳芳见过一次朱小媛的男人。一个老平常的男人,皮肤也还白净,只不过比别人胖些。

丘艳芳胸有成竹,认定略施小计即可制伏他,但丘艳芳又去了一趟仲宫。

仲宫镇地处南部山区,离城二十里。那里有一处斗狗的场所。

看了一场斗狗回来,丘艳芳泄了气。

再见朱小媛,丘艳芳直言不讳,对一个热衷斗狗的男人来说,鬼神也拿他没办法。

既然拿他没办法了,就该明智地退一步,退到他养女人的问题上来,而朱小媛也已经对这个问题不在意,那么,朱小媛,你夫复何求?还不快"该干吗干吗去"!

经丘艳芳一番开导,朱小媛心头大放光明。朱小媛从此不再忧郁,也不再怨艾,声声扬言,他孙大盛能养女人,俺白鹤庄卖豆腐的二闺女也能养男人。朱小媛不但要养男人,而且还要只养瘦长子。最好瘦得只剩下窄窄一小条儿。那样的男人,在朱小媛眼里有着出奇的魅力。

她不停地向女团员们谈论这样的男人,真情流露之下,像个饥渴的千年女色鬼。

为了巩固战果,丘艳芳专门陪同朱小媛去药山下找到了养女人兼养狗的出租屋。女人只有一个,狗却有三条,大小不一。

狗是比特犬,各占一个铁笼子。

那女人确实年轻,手持长扫把在铁笼子外面打扫卫生,像是怀了孕,不时揉腰,面露苦色。

朱小媛看了,悻悻撇嘴,悄悄对丘艳芳说:

"孙大盛要来个浪子回头,让姑奶奶去给他养狗,这可咋办?"

3

自首任丈夫死后,丘艳芳一闭眼就能看到活人被烫死的惨状。最初她努力忘却丈夫被烫死,就总是尝试把那个如核弹爆炸般喷射的热水之下的死者,想成与己无关,想成十里长街素不相识的行人、幕布上摸不着的电影演员、巷子口的流动小贩……结果,就渐渐忘了丈夫的样子。尽管家里还有丈夫的遗照,儿子也长得跟丈夫十分相像,但是想起丈夫来,仍旧感觉一片模糊。不过,想得起丈夫的面容也罢,想不起也罢,人被烫死的场景却总是挥之不去,直到她学会了扇子舞,才好一些。

相比那些聚集在小区广场欢跳扇子舞的老年女性,丘艳芳要年轻得多。本来她更适合去跳显得时尚的交谊舞,跳跳伦巴、桑巴、华尔兹、探戈,甚至迪斯科,但她当时对摸到男人的手感到非常恶心。不论是跳伦巴,还是跳探戈,感觉都不好。

儿子放学回来,因为饥饿,拿起馒头就吃,她伸手给他打在地上,五官组合成一种极度厌恶的表情,毫不顾及儿子的感受,说:

"你们男的,一个个,脏死了!"

儿子瞪着眼看了她半天,想不到妈妈是在说自己。

但是,那些男人又何止于脏?简直就是腐烂,且流着黏答答的暗绿色汁液。

跳扇子舞,接触到的不过是两把粉红色的扇子,又明媚又实在。扇子虽不太大,却能真正地被她握在手里、举在眼前,也似乎挡得住整个世界的风和雨,并在顷刻间凝固所有的人生绚丽。

丘艳芳有千万条理由,把扇子舞跳得越来越好。

啦啦啦……粉红的扇子飞舞……

那一年,她代表冈子骞居委会参加健身比赛,跳起扇子舞非常忘我,获得二等奖实至名归。

她嫁给了她第二任丈夫,同样是男人,身上绝无霉斑,更无腐烂。只是,心脏嘛,有那么点小毛病。

她爱惜这个丈夫,平时严格禁止他接近热水壶、暖水瓶,甚至熄火的煤气灶、带电的插座。

紧靠丈夫沉甸甸的身体,闭上眼睛,却仍然能够看到已纠缠她神经多年的那一幕。她没想到,在她再婚的半年之后,那些看似温驯实则凶猛的比特犬就把她给救了。每隔十天半月,她就要去一趟仲宫斗狗场,为的就是牢记斗狗的残忍场面,以掩盖对亡夫惨死的回忆。

出门前,她并不告诉丈夫自己要去哪里。看她收拾东西就像去跳扇子舞,但她一出小区就戴上宽大的墨镜,神情也立刻在墨镜后面冷漠下来,像女特务,身子挺得笔直,像电线杆。

在斗狗现场,丘艳芳只是远远地观看,自始至终面无表情,一句话不说。有时候不过是看上一两眼就转身走了。她能认出朱小媛的丈夫,因为他们在朱小媛家里见过面,但朱小媛的丈夫认不出她来。墨镜几乎挡住了她的面孔,她的身体又是那样僵硬,跟他在家里见到的,完全就是两个人。

来看斗狗的还有别的女人,有的打扮平常,有的珠光宝气,但大家的注意力都在狗身上,才不管有没有女人来看,所以,也就没人认得丘艳芳是谁。

但世上从来不缺有心人。丘艳芳生命中的有心人就是省政府某部门机关公务员丁保钩。

丁保钩突然从人群里钻出来,含笑向她招招手:

"嗨!我见过你。"

丘艳芳淡定如水地看着他,好像早就知道有一个男人会这样出现。

"实在记不起来在哪里见过。"丁保钩蛮潇洒地挠了一下头皮,使劲想着。

两个人面对面站在一起,就像两根电线杆子。

狗的惨叫声不绝于耳。

擂台上,裁判宣布,"卡尔"赢了。

夜深人静,丘艳芳孤枕难眠。

她不再想那些被对手咬得遍体鳞伤的白狗黑狗,更不想热水之下的丈夫。她想又瘦又长的丁保钩。

天上掉下个林妹妹,这可是天上掉下个瘦长子。

4

第二天一早,丘艳芳就去见紫香居的兰沫女士。

丘艳芳的那个交际圈子里,清一色的女人,而单单把兰沫称作女士,却也并不多余。其中一个原因,在大家看来,是兰沫女士活得最为自我,也最像女人。另一个原因,她是省城一所著名大学里的副教授,还去国外当过访问学者,称其为女士,似乎代表着一种特别的尊重。

实际上,兰沫女士在校园里的名声老不好,就连她的丈夫也受不了大学同事背后对她的指指点点,夫妻二人才搬出校区,另在紫香居赁了房子住,以期远离各种流言蜚语。

兰沫女士深居简出,最初紫香居的人对她的来历一无所知。丘艳芳前去探望一个生病的团员,正要上楼,扭头发现盛开的樱花树下有个气质文弱的女子在慢慢踱步,似乎还在不时叹息。上楼问团员知不知道小区新搬来了什么邻居,团员说不知。出来后看那女子还在,丘艳芳却不由得止步不前,像怕被她看到一样。回到家里,不得不承认,自己是偷偷走掉的。

她坐在沙发上,沉默了半晌。丈夫问她出了什么事,她答不上来。这又让她隐隐恼怒。

为什么丈夫偏偏问她出了什么事?她不过是不想说话,他就

以为她出了事,她活该这么倒霉吗?但她不会把恼怒表现出来的,她就随口回答,自己累了。丈夫放了心,反而大胆责怪她,说:

"你每天这么忙,也不知忙个什么!"

忙个什么?问得好。

她丘艳芳每天忙什么呢?丘艳芳笑一笑,顺从地说:

"是啊,我也不知忙什么。还不是无事忙。"

她在丈夫面前有一项大好处,就是表面上从不生气。丈夫的小心脏有点小毛病,她可不能忘了。

"你呀,"丈夫说,"你就是得了爱忙的病。哼,陀螺病!"

真是乌鸦落在猪身上,看不见自己黑。自己一身毛,偏说别人是妖怪。

丘艳芳暗想一下,觉得怪有意思。她坦白承认:

"可不,我有陀螺病。这病嘛,呵呵,还不轻。"

丘艳芳有病了,其实是畏怯病。她怕见到那个在樱花树下飘然徘徊的兰沫女士,似乎还怕那满树缤纷的花朵,甚至于,她连紫香居也不敢走近。直到有个团员告诉她,兰沫女士把初中同学领到家里,被丈夫捉奸在床,她才像喜逢大赦一般,不管三七二十一,向紫香居、向兰沫女士,飞奔而去!

淫行败露的兰沫女士衣衫不整,头发散乱,说出话来却掷地有声:

"我想跟谁好就跟谁好!你看不顺眼,你滚!"

丘艳芳从兰沫女士家出来,发现樱花树上枝枝杈杈,樱花绚丽的踪影早已消失不见,那些新萌的暗红色叶芽,不像是树叶,倒像一只只紧紧趴伏在树枝上的害虫,让丘艳芳看得身上阵阵发麻。

这天一大早,丘艳芳跑到兰沫女士的家里,兰沫女士也才刚刚起床,她的丈夫还在卧室里呼呼睡着。

丘艳芳往她家沙发上一坐,望着兰沫女士发笑。兰沫女士误以为她笑自己样子不雅观,忙抬手捋了捋头发,她却压低了声音说:

"这样才好呢。"

5

如此重大的事,丘艳芳去过兰沫女士家一次就下了决定。

丘艳芳恋爱了,好像压根儿没想到,自己爱上的这个男人是从仲宫斗狗场认识的。丘艳芳连去了几次斗狗场,也似乎根本没想过回避这样一个事实:丁保钩跟那些爱斗狗的男人,没有多大区别,不定哪一天,也会像朱小媛的男人一样,生出狗尾巴狗耳朵狗卵子来。她不在乎丁保钩爱不爱斗狗,对丁保钩的来历也没有提出过任何疑问。

只有一次,她忽然开口问丁保钩怎么会叫这样一个稀罕的名字,为什么不干脆叫"保钓"? 丁保钩就认真地解释:

"如果我叫'保钓',起码还要比现在年轻十岁。"

对啊,如果丁保钩再年轻十岁,他和丘艳芳坐在路边愉快地吃着麻辣烫,这是绝对不可能的。

显然,丘艳芳问得滑稽。丘艳芳说:

"你这名字让人一听嘛,就觉得挺有讲究的。"

"'保'字还平常,'钩',则的确不一般。'钩',曲也,所以钩悬物也。"丁保钩娓娓道来,"家父用心,实乃告诫儿子万事不可强求,吃亏方能有所获得。哎,艳芳,快吃了这串鹌鹑蛋,营养老丰富的嘞。"

"吃不下嘞吃不下嘞。"丘艳芳赶忙连声拒绝。

丁保钩不由分说,把自己的一串鹌鹑蛋拣出来放到她的盘子里,还劝她:"吃不胖的。地上驴肉,水中梭鱼,天上鹌鹑。你得补补。"口气实心实意。

"我有一个朋友,是山东大学的副教授,"丘艳芳压住喉咙里的一个饱嗝,说道,"别看是女的,学问可大了。"

"丁某求引见。"丁保钩像开玩笑,却又一本正经。

"好说呢!"拼命吃下鹌鹑蛋的丘艳芳,爽快答应。

"放狗了。"丁保钩扭过头去。

"你急什么呀!"丘艳芳佯装生气,"想看就去看嘛。呃!"

"孙大盛的'豹儿'准赢。真想押一把。"

"想押就押嘛。呃!"

"不过,我想押'班迪'。"

丁保钩没动。

"'班迪'……呃,'班迪'有什么好押的?那个'黑虎'……"丘艳芳沉吟似的说着,只觉身上没有一丝力气。

下一次见面,丁保钩就告诉丘艳芳自己要出趟远差,可能至少一周才能回。领导指派的,但他丁保钩老不愿去,虽然他是单身一人。他没把自己的心里话说出来:他单身不假,但他如今又有了牵挂啊!

丘艳芳脸上木木的,好像根本就不想去猜他的心思,也像根本就没听见他的话。

他又说自己这次出差可以坐飞机,目的地离济南太远,差不多就算出国。

丘艳芳止不住暗想,自己活了这么大,既没坐过飞机,也没近距离地观看过飞机。在她看来,飞机,永远只有天上的鸟儿一样大,人一坐上去就变成了小米粒,被鸟给吃了。她用一种非常奇怪的眼神扫了丁保钩一眼,丁保钩就陡然噤声。

丘艳芳比丁保钩先行一步离开了斗狗场。

6

在下周三的晚上,丘艳芳的眼前是两条狗在拼命争斗,一条叫"豹儿",一条叫"黑虎"。两条狗全都遍体鳞伤。"黑虎"腾空一跃,"豹儿"被扑倒,脖子下面鲜血喷射……"豹儿"不甘示弱,奋力反扑……

丘艳芳眼睛闭着,却如同睁着,在黑暗里睁得有铜铃大,身子微微摇动。

手机铃声响了。响了几次。响了好一阵子。

丘艳芳终于注意到了。她睁开眼,却一时想不起手机放在什么地方。伸手在床头柜上摸摸,没有。

铃声息了,她像一根银针沉在了茫茫的大海里,孤单单的。

一声哀叹未了,手机铃声再次响起。这回她听了出来,手机被她遗忘在了卫生间。

是丁保钩的电话。

丁保钩说:"别以为我在塞舌尔、所罗门、吉布提、马维拉、斐济、约旦、佛得角,我就在你身边,跟你在同一个黑夜,同一个城市,北面黄河,南面千佛山。"

丁保钩又说:"我没去出差。我请求换了别人。我睡不着,连续三个晚上睡不着觉咧。"

丁保钩继续说:"我们下次见面就不要去仲宫了吧,血淋淋的。艳芳,你不会怪我吧?"

丘艳芳不解:"我怪你什么?"

"你怪我说话语无伦次,但这没办法。真的没办法。我也不知道怎么会是这样。艳芳,别以为会是在多米尼加、东帝汶、巴林、库克、乌干达。我跟你在一起。哦,我跟你呀,紧紧地挨着。"

丘艳芳千娇百媚说一声"讨厌",就忍不住咯咯笑起来。

"你别笑,是真的。"

这个人啊,真有意思。丘艳芳可没说不是真的啊。

丘艳芳答应了,下次见面不去仲宫了。就去丁保钩指定的地方。

丘艳芳任起性来,坚决不去酒吧,也不说为什么。丁保钩就说:"那去茶楼?"丘艳芳也不同意去茶楼。舞厅、电影院、剧院都不想去。

丁保钧说:"对了,我有个好去处!我们去自留地吧。"

结束通话,丘艳芳独自笑了。丘艳芳再想热水下的死人,再想斗狗场上残忍的决斗,就太没道理了。她只是有些纳闷,丁保钧怎么搞到的她的手机号码。她不记得他问过自己,更不记得自己告诉过他。

前夫的惨死改变了她的脑子,不该记住的事情常常记得很牢,该记住的,又常记不住。

想一想跟他的交往,却发现自己已经了解了他的不少情况。他结过婚。赶上过分房福利,但房子送给了女儿和前妻。夫妻不成情意在,况且还有女儿。目前在凤凰山路租了间小房子,也是一个人住。有望从单位重新分房。单位吆喝盖宿舍有五六年了,因畏于社会舆论,才迟迟没敢实施。位置是在龙奥大厦附近、旅游路南的大汉峪片区。虽非大富,好在家里没有任何债务,单位盖房嘛,肯定优惠,不用贷款也买得起。另外,他那老有才的父亲也早过世。

"钩",曲也……哦,那是个多么深刻有趣的老父亲呀!

既然如此,丁保钧不过是知道了她的手机号码,有何不妥?他说自己跟她在一起,如果丘艳芳一扭头发现他就站在自己床边,她也丝毫不应该为之惊异。

7

眼看到了约定的时间,丘艳芳才发现丁保钧和自己的粗心。

丁保钧没说自留地在哪儿,她也没问。她却不想给他打电话落实,就偷偷跟别人打听。一下子在城区打听到至少七家叫自留地的餐饮店铺。刨除天桥区工商河边的自留地茶楼和恒隆购物广场的自留地酒吧,还剩五家。

这五家,分别在纬一路、和平路、水屯北路、按察司街、开元风景区。丘艳芳选了开元风景区的自留地饭庄。

开元风景区风景怡人,但尚未开发完成,一般人走不到那里。老多年前,丘艳芳曾跟同学爬上槲子山看过大佛头造像,下山途中又在开元寺遗址上许过愿,用甘露泉的泉水洗过眼睛,从石壁下折过一枝海棠花。从那以后,就再没去过,留在记忆中的开元风景区,基本上还是一片荒山野岭。

不要小看丘艳芳的决定。

丘艳芳打定主意,要跟丁保钧在山林野合。这样既野合了,也不会花丁保钧老多钱,丘艳芳在心理上就不会有什么负担。

临出门,丘艳芳做好了必要的准备工作。洗漱。打扮。特意找了块不大不小的塑料布,折好,跟一卷卫生纸一起放在包包里。保险套必不可少,家里还有一盒尚未拆封。有心脏病的丈夫从不喜欢用,每次同房她都提心吊胆。她怕怀孕,让儿子知道,会联想到她和后爸背地里做的那些事。她虽再嫁,但没孩子,夫妻二人在一起,就像单纯为了做伴,二人也都清洁光明。幸而她有心脏病的丈夫没给她惹过一次麻烦。

这回她更不想惹麻烦。她是独居女人,又将是跑到山野里去苟且,出了事跟谁都不好交代。

正因为她有这些考虑,她没感受到任何激情。她冷静地准备好了一切,拎包出门。邻居碰见她,一点怀疑都没有。

坐到车上,她才开始吃不准。自己怎么能够确定,约会地点就是开元风景区的自留地饭庄呢?万一是别的地方,两人不就白白错过了吗?再者,万一那天夜里她接到的,不是丁保钩的电话,是别人高度模仿丁保钩的声音,是一场卑劣的恶作剧,成心欺侮一个被黑夜苦苦折磨的女人呢?丁保钩人在泰谷、马尼拉,丁保钩人在万顷碧波之上的钓鱼岛……她却坚决按捺住按照那个号码给丁保钩打过去的念头。

来到开元风景区入口的石牌坊下面,丘艳芳将心一横。

想,错过就错过了,那是没缘分。恶作剧就恶作剧吧,她权当自己是故地重游。

山林显见得比多年前茂密得多,森森然可能有歹徒出入,但她都这把年纪了,才不怕被劫色。

才从牌坊下面转过来,丘艳芳就抬头看到了前面笑吟吟的丁保钩。

"我怕你找不到。"丁保钩说。

　　啦啦啦……粉红的扇子飞舞……

丘艳芳心里悠然地响起一支歌。

"我找不到更好的嘛。"丘艳芳说,"我找不到你再去约别人嘛。"

丁保钩装作打了一下自己的嘴。

"我该死,这么不会说话。"他说,"净惹艳芳生气。"

丘艳芳咯咯笑起来,跟在那天夜里一样。

哦,谁在深夜里说话?谁在深夜里笑?丘艳芳啊。

丁保钩伸手要替丘艳芳拎包,丘艳芳刚要递过去,却又忙说:"不用,我自己提吧。"

8

相对于自留地的简朴,仅一墙之隔的鱼翅清宫大酒店却是极尽奢华。

鱼翅清宫宾客盈门,吃的是鱼翅、鲍鱼、海参、河豚、燕窝,喝的是茅台、人头马、轩尼诗。自留地吃的是普通农家饭,苦苦菜酱、油炸花椒芽、蒜拌马齿苋、煎饼卷大葱,最贵的一道菜是小草鸡炖蘑菇,喝的是不要钱的清淡的茶水。更不要说吃饭的场地,鱼翅清宫俨然皇宫,金碧辉煌,自留地不过是沿着山沟搭了几座农舍模样的木屋,此外就是搭了道长长的木台,上摆着一二十张餐桌。

自留地的特色就是农家特色。往那些露天的餐桌旁一坐,豪华气派的鱼翅清宫反倒成了自留地的陪衬,丘艳芳非常满意这种感觉。

她平凡已极的生活,实在当不起"奢华"二字,但是,她又不想一点儿影子都没有。

此刻,"奢华"就在她的身后,虽然与她无关,却又实实在在。

山沟里郁郁葱葱,山风从树下阵阵吹过,丘艳芳闻到了树叶的味道,还像闻到了幽静的味道。

"丁处!"

丘艳芳一惊,定定神。

一个四十开外的平头男人,腮边明显一颗大黑痣,眯着两只三角眼,歪歪扭扭向她和丁保钩走过来,扫了她一眼,就又对丁保钩说:

"丁处在这里啊。"

丁保钩好像一时没能确定怎么向他介绍丘艳芳,他就笑着分别对丁保钩和丘艳芳说:"您慢用,您慢用。"规规矩矩退两步,手像扶着眼镜似的,转身走了。

丘艳芳再看丁保钩,像个没经世面的毛头孩子一样,一脸羞赧。

见那人走远,丁保钩就朝丘艳芳探过身子,压低声音说:

"我们单位的马强,别看四十多岁了,还是个正儿八经的老博士,学富五车,也才混到个副科级。唉,朝里没人儿,老博士又有什么用呀!就这世道。"

话音未落,又听一声招呼:

"团长!"

没想到,飘飘摇摇走来了兰沫女士。

丁保钩不相信自己的耳朵,却比丘艳芳更快地站了起来。

"你们老会找地方啊!"兰沫女士笑着对丘艳芳说。

"你也老浪漫啊。"丁保钩从旁边脱口说了句。

兰沫女士明显一愣。她看着丁保钩。

"我'浪漫'吗?"她自问,然后附到丘艳芳耳朵边儿上,小声说,"让他说准了,我来偷情。"

丘艳芳抬手轻轻打了她一下,说:

"去你的!别作践自己,让人笑话。"

"这位是……"丁保钩神色为难。

丘艳芳就向他介绍:

"这就是我向你说过的兰沫女士。"

"久闻芳名。"

"你跟姐夫说我什么了?"

"说你学问大呗。"丁保钩说,"本人自愧不如。"

兰沫女士又想笑,却又郑重了起来。"我们在那边。"她抬手指一指不远处的一座小木屋,说,"我们也是两个人。不打搅了,我过去了。"临走,又回头看看丁保钩。

丁保钩的脸又红了。

丘艳芳和丁保钩坐下来,都没说话。

吃过饭,丁保钩果然提议两人去山上走走。正前方是橛子山,西边是罗袁寺岭,东边是羊头山、平顶山。他们一前一后走进了西边的密林。

密林里虽没有石阶,也算好走,丘艳芳走起路来不用丁保钩来扶。丁保钩离她两三米远,走了半天也还两三米远,像不敢靠近她一样。密林里空气清新,但她身上已经火烧火燎起来。丁保钩若肯靠近一些,她就主动倒在他怀里,任其摆布。

突然,她气息局促地说:

"我要回去。"

看得出丁保钩的脸唰地白了。他支吾了一声,什么也没说出口,薄薄的嘴唇在微微颤动。

丘艳芳往回走到一块卧牛状石头旁,又停下来,暗暗调整下呼吸。"你等我电话。"叮嘱一句,把丁保钩扔在山林里,一个人急匆匆走下山去。

9

这个电话,是三个小时之后才给丁保钩打的。

丘艳芳还没到家里,居委会的王大妈就赶紧跑来找了,说燕子山小区的舞蹈队要人指导扇子舞,想来想去,还是觉得丘艳芳跳得最好也会教。丘艳芳马上说声"我上楼拿扇子去"。

舞跳得真好的人,都用自己的道具。王大妈明白。

丘艳芳噔噔进了家门,把包包放下,拿了扇子出来,跟王大妈走了。指导了两个小时,丘艳芳就给丁保钩打电话:

"你来吧。"

丘艳芳一五一十把自己家的详细位置告诉了丁保钩。又问丁保钩在哪儿,丁保钩竟说在山上。丘艳芳就指点他怎么坐车。他说自己打出租。

然后,丘艳芳就开始坐等。

天快黑了,房门被敲响。门外站着丁保钩。

丘艳芳像被人挠了痒,又咯咯笑起来,像是捂了一个盛夏的酱缸终于揭了盖子,浑身散发着一股股淫荡的气息。

"路上耽搁这么长时间啊!"她说着,两眼乜斜。

丁保钩脸红着说:

"怕被人瞧见。"

"瞧见就瞧见呗。又不偷又不抢的,有什么可怕!"又问,"你真在山上?"

丁保钩没回答。

凑巧兰沫女士打来电话问,那男人叫什么呀?丘艳芳就把手机举到丁保钩的嘴边:

"问你名字,你说。"

丁保钩迟疑一下:

"丁保钩。"

兰沫女士又问多大岁数,丘艳芳又让丁保钩回答,丁保钩这回极干脆:

"三十七!"

丘艳芳说:

"你还要问什么,尽管问。"

"我不问了,再问就把姐夫吓跑了。让我再跟姐夫说几句话。"

丁保钩似乎不想接,但还是接了。他听兰沫女士说:

"保钩,干吗不叫'保钓'啊?别误会,这是问我。保钩先生,你一定要对艳芳姐好。艳芳姐是个好人,你要真心爱她。你跟艳芳姐一定要是真心的。我是著名大学的教授,我有老多老多学生。

你要伤了艳芳姐,骗了艳芳姐,我就天天对学生讲你。年年讲,月月讲,日日讲,我还要发动广大学生,给你在金牛动物园立块碑!你想把碑立在大明湖、千佛山、灵岩寺、趵突泉,做梦吧你!说,你爱艳芳姐,你是真心的。"

丁保钧说:

"我爱她,我是真心的。"

丘艳芳让他坐下来,他一愣神,但还是坐了。"她没吓着你吧?"丘艳芳又乜斜着眼说,"她那个人啊,当惯了老师,絮絮叨叨的,你别往心里去。"

丁保钧说:

"她老关心你咧。"

丘艳芳说:"我就靠这些姊妹活着。儿子大了,也不在家,平时我就这么一个人儿。要是没有这些姊妹……"说着,眼圈一红,"你去洗洗,热水烧好了。你洗了我再洗。跳舞出了一身汗。"

丁保钧却愕然:

"你说什么啊!"

丘艳芳又莞尔一笑。"看,吓住你了吧?"她说,"在开元你没听清兰沫女士叫我什么?你要知她们还叫我'团长',你更害怕吧?嗯,不要怕,我一没枪,二没炮,三没兵。那不过是一个称呼。哦,我要到床上躺着歇歇。"她慢腾腾起身向卧室走去。

过了一会儿,丁保钧也走进卧室,发现丘艳芳正侧身在床上哭呢。

"艳芳。"丁保钧轻声叫她。

"你没走?"丘艳芳头也不回地说,"今晚你就在家里住下吧。"

"艳芳,我不能……"丁保钧说,"我要……我必须……我得……"

"你'得'什么?都多大的人了,也就那么点事儿,还这么婆婆妈妈。"

"我是认真的。"

"婆婆妈妈没完了。"

"你歇着,我去给你做饭。"丁保钧老贴心也老坚决地说,"我厨艺还不错。"

10

这天晚上,丁保钧到底没在丘艳芳家里住下。

丁保钧做了顿晚饭,就开始像在自己家里一样自在了。丘艳芳起得慢了,他就要丘艳芳躺着,等他喂她。丘艳芳坐到沙发上,他看着她吃。问他怎么不吃,他说中午吃得饱。

丘艳芳也吃得饱啊,可丘艳芳还吃。

见她吃了口菜,咬了口饼子,他忙端起碗来,让她喝枸杞小米粥,还细心提醒她别烫着。吃完,丘艳芳撑得不能动,他就主动去把碗筷锅灶收拾了,然后擦着手对她说,自己还得回去,让丘艳芳在家好好休息。

家里又只剩下丘艳芳一个人了,但丘艳芳觉得自己不是一个人。她按着自己鼓胀的肚子,慵懒惬意,好像随便一阵脚步声响起,就能把丁保钧带到她身边。那人只需轻舒猿臂,就能把她从椅子上提起来,摆放在床上。

接下来,不用说,两人一同睡大觉嘛,就那点儿事儿。至于怎么睡,都不是纯情少年,随她怎么想象,反正她已做好了所有准备,怎么睡都不怕。

其实,这丁保钧一走,就杳无音信了。但丘艳芳免不了被一个个女团员关心、盘问,丘艳芳从不否认。兰沫女士都已见过,还能有假?是个几辈子都没吃饱饭的,是根细麻线。

青后小区的朱小媛感慨,好人得好报。好人才嫁得瘦子。

这话的意思好比说她自己不是好人了,有愧疚的成分在内。

实际上,朱小媛也是老好的人。比如说,当年她看老保姆踮着脚去金菊巷买烧鸡,于心不忍,下班路上就替老保姆买了来,买了两三次。每买一次,老保姆就病一次。病得蹊跷,吃不下,喝不下。问她哪里不舒服,只说没力气。

病了三次,朱小媛就有了察觉。

朱小媛不问男人的事,只问自己的事。信了几天教,又拜了几天佛,她还去文昌阁向老道士求签。求过签后,又撞钟,又敲鼓,还认识了兴国寺的一个姓王的和尚,请了他去老牌坊吃晚饭,还要兰沫女士陪她。

兰沫女士不想去,说不会是个冒牌货吧。

听她这么一说,朱小媛就留意了。看那王和尚只挑各种的青菜吃,才放心。本想着拿人生的烦难来求王和尚宽解,却打心眼儿里可怜起他来。

他那么大个身架子,几棵青菜,如何能吃得饱?如何将这泼辣辣的生命支撑得起来?

想想兰沫女士对他的猜疑,实在觉得是对他人格的贬低,从老牌坊回来就给兰沫女士打电话,专门告诉她王和尚可不是假的。

兰沫女士说:"你打电话就为告诉我这个?"她先语塞一下,才悻悻地说,"你这个人啊,看什么都不是真的,看什么都是戏。"

不过是三天后,兰沫女士成功导演了一出戏。这出戏也曾经发生在她自己身上。四五个青壮年团员搀扶着一个还未"入团"的女同胞,在她的率领下,半夜三更气势汹汹地奔着华星大厦而去。

女同胞是她一个学生的妈。她老看重这个学生。

她要代学生的妈出头,也就忘了自己的事。转换了角色,俨然一个圣母。

那女同胞亲眼看到自己的丈夫脱光了跟一个半老徐娘躺在一个被窝里,一口气儿没喘上来,就昏厥在地。几个女人围了她,乱揉,乱唤。她好不容易醒来,闭着眼,打着战儿,嘴里念叨:"我不信,我不信,我不信……"兰沫女士不客气地训她:"天底下真有你这样贤惠的!"听她又呻吟说:"行行好,抬我出去,我手没了,脚没了,我腿也没了,我要回家。"

哐当!门外冲进一个人来,正是大名鼎鼎的丘艳芳,手持一根不知从哪里拿到的枣木棍子,举棍劈头盖脸就朝床上的狗男女猛打。

那对狗男女毫无招架之力,丑态百出。

丘艳芳还不罢休,难为她把棍子舞得虎虎生风。

显然,丘艳芳还从没这样过。遇上同样的情况,动手的都是别人。丘艳芳身份搁在那儿,常常充当坐镇指挥,叉起腰来,一声喝:"给我打!"

兰沫女士愣了半天,上前抱住丘艳芳的胳膊。其他团员见状,也上前央告不要打了,教训教训也就够了。

丘艳芳气咻咻的,眼睛直瞪着床上的奸夫淫妇。那奸夫头上起了个大包,那淫妇脸上挂了花,畏惧至极,情状颇勾人发笑。丘艳芳不笑,却猛地朝兰沫女士转过头来,兰花指那么一跷,厉声说:

"兰沫女士,我不能不批评你无组织无纪律,臭知识分子贼心不死!你的这种行为,基本等同于篡位夺权!"

11

事后,兰沫女士一再请丘艳芳吃饭,丘艳芳都不答应。她说:"我不吃你的饭。"兰沫女士说:"你这是生我气了?"她又说:"我不生你的气。"兰沫女士就说:"我主要是想跟你聊聊。"她说:"要聊什么,聊吧。"兰沫女士反而哑了。过了两天,兰沫女士又给丘艳芳打电话。她说自己定下了饭店,是浆水泉路上的茉莉园。那里安静,饭菜好吃又不贵。丘艳芳:"说不贵也吃不起,自己是穷老百姓,有口馍馍吃就够了,可不敢上饭店,也不敢说上饭店,怕惹世人笑话。"兰沫女士还不罢休,说:"那就去你家门口的饺子馆,我上班路过时吃过那儿的饺子,才八块一盘……"丘艳芳打断她:"你饶了我吧。"

紫香居的兰沫女士忽然感觉自己要飞了起来。她轻飘飘的,在书桌后面再也坐不住。她手里拿着书,却看不进一个字。她既是杨絮,也是飞沫。唯有了一颗杨絮或飞沫的心。在这颗心里,唯有接近于死灭的虚空。

于是,她像一个影子,飘出小小的书房,飘出家门。倏忽间就在街上了。

兰沫女士时常如游魂一样在街上飘荡。

街上人来人往,既没走进过她的眼睛,更没走进过她的心灵。但是,她生活中的许多奇遇,都是在这种时候发生的。总会有一位令人心仪的男士,主动在她面前站住脚步。

这一次兰沫女士还没等到这样一位男士出现,就浑然不觉走进了一家超市。

超市里的人多极了,好像从来没有像现在一样多。他们都是为了兰沫女士而来,并为兰沫女士而拥挤。

挤着挤着,兰沫女士心神渐渐安定。她像一粒种子,落入土壤。她像一棵兰草,在土壤里扎下了根。

她重新成为原先的那位大学副教授了。她要马上回到书桌前,端正地坐下,拿起刚才丢下的书本。

但是,她在食品区看到了一个似曾相识的背影。她走过去,说:

"我改邪归正了,丘团长。"

超市员工丘艳芳正忙着把叉车上的东西搬下来,回头一看是她,忙嘘她不要乱叫。但兰沫女士不管。她又说:

"丘团长,我请你吃饭。"

"我买了打折的面包、寿司,还有一箱酸奶。"丘艳芳推着叉车说,"那都是好的,酸奶也没过期。"

兰沫女士跟上她。"丘团长!"兰沫女士说,"我要做一个贤妻良母。"

不少人在朝她们看。丘艳芳再次嘘她不要在超市乱叫。

"你知道辣椒、茄子多少钱一斤?"丘艳芳手一指,"那边还有处理的大青萝卜,你顺便买一些回去。"

"丘团长!"

"好吧。"丘艳芳只好说,"我跟你去吃饭,但你得等到我下班。"

兰沫女士就近找了家挺干净的小饭馆。才点好了菜,服务员还没转身,兰沫女士眼中突然坠下泪来。丘艳芳一看就慌了,忙问:

"怎么就哭了?这也不值当哭啊。快说,谁欺负你了?哪个王八蛋敢欺负我兰沫妹妹?我毙了他!"

兰沫女士自己把泪擦了。"有你艳芳姐,借他八个胆也不敢。"她说,"我只是感到心里空落落的……特别特别空。你看,为了所谓的'事业',我熬到三十岁没结婚。我一心渴望出国,出了国才知道自己的'事业'不过那么回事,只可惜了落红一片。"

"你说得太文绉绉,我听不惯。"

兰沫女士的情绪已稳定许多。"你会看我老傻。"她继续缓缓说,"我也觉得自己老傻。我一不小心熬成个老姑娘,没恋爱过一次,没让男人牵过一次手,却突然把身子白给了一个有妇之夫。他就是我们原来的系主任。这个男人就像一脚把我踩死了……好像整个世界把我踩到了地上。落花流水,春去也……我起不来了。"她像一个小女孩儿一样,轻轻摸着自己的嘴唇。嘴唇鲜红,手指惨白,"我是最低的,跟尘埃,跟落叶在一起。哦,我最低。"

"你要肯……"

兰沫女士打断她。"我很快成了'老婆'。"兰沫女士说,"我认识他不到三个星期就嫁给了他,名副其实的闪婚。"

"其实你家赵明聿人老好的。"丘艳芳说,"你要肯……"

兰沫女士七斜起眼来。"你猜同事们背地里都说我什么了?"她问丘艳芳。"他们背地里说我,让我给偷听到了。他们说我终于'夹'不住了。"她笑起来,"哈哈哈……"

"你要肯学扇子舞就会过得老好。"丘艳芳说,"扇子舞能医好你的病。"

"我的病?哈哈,我什么病?"

"你是吃饱了撑的病,闲得腚疼的病。"

"才不呢!"兰沫女士撇下嘴,"我是真'夹'不住了。我'夹'不住了,可就苦了俺家赵明聿。我以为他会离开我,可他没有。想想真是对不住他,可我得活人不是?我不这样就得死,就得灭。灭得一点儿灰、一点儿烟都没有。我实在实在顾不了他。"

丘艳芳定定地看着她,忽然说:

"你真不要脸。"

兰沫女士默然无语。

"你要肯学扇子舞就能治好你不要脸的病。"丘艳芳说,"学会扇子舞,你就能换一个人。"

"扇子舞包治百病?"兰沫女士声音低低的。

"治百病!"丘艳芳肯定道。

兰沫女士却说:"吃饭,饿死了。"可是才吃了两口,她就又说:"我敢保证,丁保钧是个骗子!"

12

兰沫女士好不容易吐露了压在心底的话,她以为丘艳芳会生气,丘艳芳脸上却也没有什么特别的表情。丘艳芳只沉默着,默默吃,默默吃,吃完了,好像还不够。兰沫女士正犹豫是否再要些,丘艳芳倒自己笑了,擦擦嘴说:"我这么瘦不怕多吃,这下你亏大了。"丘艳芳还要去上班,说完就走,把兰沫女士一个人丢在了那里。

丘艳芳在超市里的活儿主要是保洁。超市的拖把又宽又大,在她负责的区域内拖上几个来回,地面就光洁如新,特别好使。但她清洁过一遍还不算,接着再清洁第二遍。看地面都像镜子了,才又去干别的。丢下拖把拿扫帚,丢下扫帚拿抹布,反正自她进了超市就没闲一刻。

这样忙完规定的每天八个半小时的班,天色已晚,超市迎来了一天里的人流高峰。她的积极表现领班看在眼里,好心催她回去,她却又主动请求加班。领班不肯,她说自己不是在乎那每小时三元的加班费,实在是看人忙不过来。领班似乎受了感动,却更是不肯。无奈之下,她走出超市。

夜色笼罩的街上繁灯点点,数不清的人都在这样的时辰化为一条条朦胧飘摇的影子,身上也都拉出了道道柔细长丝。

丘艳芳一点也不觉得疲惫,略迟疑后决定徒步回家。

她在街道上走着,脚下轻飘飘的,忽然就想到了兰沫女士。不是小饭馆里向她说丁保钩坏话的大学副教授,是在樱花树下转圈儿的人间仙女。

她可是从没想到自己能够成为兰沫女士的,现在她是了。往日也常有人在这样的时辰打电话邀她去社区广场跳舞,现在她在心里默念,不要有电话打来……

丘艳芳有了神力似的,果真就没接到谁的电话。可是一到家,她就再也忍不住了。

　　啦啦啦……粉红的扇子飞舞,
　　啦啦啦……想和你一起漫步。
　　啦啦啦……粉红的扇子飞舞,
　　啦啦啦……想和你一起漫步。

丘艳芳将包一丢,拿起扇子跳起来。

　　啦啦啦……粉红的扇子飞舞,
　　啦啦啦……想和你一起漫步。

她不停地跳啊跳啊,越跳越忘我。除了墙上前夫的遗像,家里没有一个观众,但她就像跳给全济南的人看,跳给全世界的人看。

朱小媛推开她家门,是在第二天一大早。她还没去上班,见是朱小媛,也没说什么,转身走到儿子的卧室,又在未完成的十字绣跟前坐下。原来她一直在绣十字绣。她绣的是群古代仕女。草稿上背景空白,十二仕女周围环绕着朵朵白樱花,是她自己斟酌着加上去的。她在绣仕女的时候常常想到大学里的兰沫。

"你没事儿吧?"朱小媛问着跟上去。

她使靛青线绣了一针。"我能有什么事儿?"她说,又换银红线绣了一针,还对朱小媛笑了一笑,"你们都盼着我有事儿不是?"

"没事儿就好。"朱小媛说,"打你电话,一晚上没人接。"

"哼,都盼着我有事儿,我偏没事儿!"丘艳芳自顾自地说。

"这不,我实在不放心。"

丘艳芳轻声说:

"劳你记挂着。"

朱小媛略怔了怔,就挨着她坐下来,却不由得叫出声:

"你身上好烫!你发烧了?"

丘艳芳不以为然:

"烫?还能有锅炉里的水烫?把人都烫烂了。"

朱小媛又站起来。这可是朱小媛头一次听丘艳芳在人前主动提起前夫被热水烫死这档事,朱小媛一时不知说什么好。

"谁又欺负你了?"丘艳芳就问她,"不会是千佛山那个胖大和尚吧?人家世外之人,我可没办法。"

13

丘艳芳坚持去超市上班。丘艳芳上班走了,朱小媛就打电话给兰沫女士报告自己在丘艳芳家的所见。兰沫女士埋怨她不把丘艳芳拦住,还问有没有发现男人来过的迹象。她想了想,说:"男人来过的迹象是什么样子?"兰沫女士说:"你没有过男人吗?"她就说:"嗯哪,也就一寡妇家。"兰沫女士断定:"我看,黄了。"她问:"什么黄了?"兰沫女士说:"还用问? 丘团长叫人甩了,丘团长得了相思病。"接着口气转为自责,"是我吓跑了丁保钧。"朱小媛似懂非懂,忽然冲动起来:"你个小妖精,遇上个好的还能放过他?!"

朱小媛随即老后悔昨晚上那么听从兰沫女士。兰沫女士让她打电话给丘艳芳,她就打了。她连问都没问兰沫女士,为什么不自己打,怎么像是怕起团长来了? 结果,她几次打不通才一大早跑来。可是她又觉得庆幸,如果她不来,哪会知道丘艳芳生病?

整个一上午,朱小媛都不安心,满脑子都是丘艳芳的病容。午饭后,才要躺下睡一会儿,就接到了丘艳芳从医院打来的电话。丘艳芳最终还是在超市晕倒了,超市的人把她送到医院就走了。她想让朱小媛陪陪自己,还叮嘱不要把她生病这事传播出去。

朱小媛忙赶到医院,见那病房里塞了五六张床,其他四五张床都有病人家属陪护,病人有睡着的,也有悄悄跟家人说话的,唯丘艳芳床边空无一人,顿显凄凉。再看丘艳芳,似也睡着。正犹豫要不要叫醒她,她却睁开了眼,微微一笑,示意朱小媛坐下。

"没想到真病了呢。"丘艳芳小声说。

"人哪是铁打的?"朱小媛也小声说。

"儿子不在身边,我叫不到人。叫老李不合适了。谢谢你。"

"团长,你不是常常说吗?姐妹们的事就是自己的事。"

"有些日子没去仲宫了。"

"你想去看斗狗?"

"嗯。"

"等你好了我陪你看。"

"你不怕狗?"

"孙大盛我都不怕了,还怕小狗子?不定哪天我也变成'孙大圣'。我使根金箍棒,惹恼了我,一棒下去,管他什么狗子兔子!"

"哼,尽管吹。"丘艳芳说,"其实我也没怎么着,说晕倒就晕倒了。可我不能倒下,我得撑过去。"

"你睡吧,还烧着呢。"

"帮我撑过去。"丘艳芳说,"他们不让动,要这样我非得倒下不可。你陪我说说话我就能撑过去。说话治病,这是我给自己开的偏方,准比这药那药都管用。再靠近些,姐妹,省得吵到别人。"

朱小媛俯身趴到丘艳芳的病床上,几乎就是在丘艳芳耳边了。"说什么呢?"朱小媛费力地想了半天,"就说孙大盛吧。他那么胖,还……"

丘艳芳打断她:

"你的伤疤不要自己揭,我的伤疤我也不揭。"

"哦,我开的本田,"朱小媛重又开口,"我总觉得这些日子不大妙。该死的孙大盛,我说要买辆大众,他偏……"

"风头过去就好了,还真让人砸了不成?"

"我吃不准。"

"砸吧,谁砸的谁赔。"

"那不是你的车。"

"说别的。"

"艳芳姐,我决定向你坦白。"朱小媛说,"我已经不是原先那个娘家卖豆腐的朱小媛了。现在,怎么无耻我就敢怎么来。兰沫说我觉醒了。"

"看让兰沫带坏了你。你还是喜欢瘦子吗?"

"那有什么!从来都是得到的,并不是你想要的。"朱小媛翻着白眼说,"他要从了我,胖子也管叫他变成瘦子。我不再那么犯傻,我得跟兰沫那小妖精认认真真学上几招儿。孙大盛总说我是木头,说我这说我那,还说我生不出孩子,那都是过去。孙大盛要肯回来,就会知道我朱大婶的手段,不信我就不能生。怎么又说起孙大盛了?艳芳姐,你看,我是不是有病?我像有病的样子吗?"

"你哪有病?你好好的。这些姊妹中,就数你身体好。"

"就是,大和尚块头那么大,吃起东西来还没我吃得多。"朱小媛说,"丘团长你信不信?这样下去,总有一天,我会壮得像头牛。不过,我常琢磨啊,我身体这么好,一定是小时候在白鹤庄贪吃豆腐吃出来的。孙大盛以为能打败我,可他打不败。他打不败吃豆腐的。哼,他打不败泉水豆腐,烧鸡打不败豆腐。没有人能打败豆腐!"

14

丘艳芳没有倒下,烧一退就要求离开医院。超市的工又接着做了两天,忽然就不想去了。都准备出门了,就想去仲宫了,恨不得立时插翅飞过去。

她坐在车上向领班请辞,四周声音嘈杂,估计领班也没能听清她的意思,以为只是请假,张口就同意了,还嘱咐她好好休息。

通话完毕,她就把手机关了。谁叫她是大名鼎鼎的丘艳芳呢?即使朱小媛保守了秘密,但她生病住院的消息仍旧不胫而走。这几天打电话问候她的,或要去医院看望她的,接连不断。她一再声明自己好了,都没用。

现在她要去仲宫了,那是她一个人的仲宫。她得玩次失踪。

出城老顺利,她没看出这天会有发生大事的迹象。仲宫镇也如旧。

这斗狗场在仲宫镇东边红头山下的一个山洼里,是一个拉着一圈铁丝网的大院子。来看斗狗的既有外地的,也有当地村民。跟往常一般,就像她昨天还来过一样,就像她一直都没离开。

跟往常不一样的是,丘艳芳并没有挤到擂台前面去。她站在了人后,在人群外面站站,走走。这样转了一圈又一圈。

实际上,她显然没有注意到现场的一切。不知什么时候,擂台下的欢呼猛地让她一惊,她也就看到了孙大盛。

孙大盛登基"狗王"宝座。对手不服,提出抗议。对手说孙大盛咬掉了他的狗的蛋,而且两个蛋都咬掉了。裁判和观众都说:"那你也可以去咬孙大盛的蛋啊。"他说:"可孙大盛没蛋啊。"裁判说:"才知道孙大盛没蛋啊?"他说:"这不公平,孙大盛是母的,没蛋可咬。"裁判说:"好男不跟女斗,你连女的都斗不过,还好意思说不公平。"当即宣判,抗议无效!

这简直笑翻了全场,丘艳芳也止不住跟着笑起来。忽听背后有人一本正经地说:

"'小鬼'可以咬'豹儿'的腿嘛。"

丘艳芳回头看了他一眼,不认识。他似想搭讪,但见丘艳芳不理他,就又自顾自地说:

"聪明的狗都咬蛋和腿,只要咬住就不松口。"

丘艳芳在回城的路上,脑子里一再闪现这个人的面孔,似曾相识,却又想不起像谁。在经十路换车时,抬头看看千佛山,就有一幕场景蓦然跳到脑海中。

"丁处!"

是他,就是他。丘艳芳敢肯定,就是在自留地饭庄遇上的那个叫丁保钧"丁处"的人。那人腮边的大黑痣和那两只三角眼,随之在丘艳芳眼前鲜明起来。

丘艳芳心头一软,两脚也软了。她要乘坐的车停在了路边,车门打开,她却没动。她整个人都不在这儿了,像是悠然飞到了千佛山之巅。

飞到千佛山,不是为了俯视济南城,而是为了把千佛山东南的开元风景区一带再次看到眼里,记在心里。

那样的一天,她随时准备献身。一个自称三十七岁的男人,让她在山野的清风中,以普通的粗茶淡饭近距离感受到了人间的奢靡和繁华。那一天,这个人还曾亲手做了饭食,并殷勤地喂进她十分饱胀的肚腹。

丘艳芳回到家,一开手机才知道在她看斗狗的时间里,济南城发生大事了。济南城爆发了声势浩大的"保钓"大游行。朱小媛命中倒霉,偏偏开车与游行队伍相遇,被游行队伍堵在路旁。忽然人群中冲出一个人大叫着要砸车,朱小媛慌忙下车阻拦,锤子就朝她头上飞过来。目前人还躺在医院,昏迷不醒。

再没看别的,丘艳芳就匆匆赶到医院。朱小媛还在重症监护室抢救,来看望她的女团员们个个面露焦急之色。医护人员禁止走近病房,丘艳芳也就只好跟她们站在一起。兰沫女士告诉丘艳芳,出事的时候自己在场。她组织了自己班的学生参加游行。人都被砸成这样了,到现在还不见朱小媛丈夫露面。

丘艳芳没解释自己怎么来晚了,听兰沫女士这样一说,更不好再多说什么,就问兰沫女士有没有朱小媛丈夫的手机号码。兰沫女士说有,是从朱小媛手机上找到的。丘艳芳记下号码,走到背人处,把电话打过去。

"孙大盛,你老婆快死了。"丘艳芳张口就说。

"别搞这么严重嘛。"听得出孙大盛老淡定,"我在往济南赶。"

"我也是刚刚赶到的,"丘艳芳竭力压抑着自己,"刚刚从斗狗场赶到。"

对方沉默了一下。

"反正都这样了,我早到晚到有什么用?"对方说,"这是特殊事件,肯定要特殊处理,家人无能为力。"

"你在庆贺'狗王'登基?"丘艳芳问。

孙大盛干笑一声:

"我在庆贺'豹儿'咬掉了'小鬼'的蛋蛋。"

"那我也祝贺你。"

"多谢。"

"你谢我?你知道我是谁?"

"你这么爱管闲事,不会是记者吧?要不就是妇联女领导?"

"我是丘团长。"丘艳芳喘不过气来,"我是手无寸铁的女团团长!你听着,孙大盛,我现在宣布,女团解散!"

"喊!"

15

一直等到三天后,朱小媛才算脱离生命危险。这三天,新晋"狗王"孙大盛倒是来了几次,不过也是看几眼就走。

事件已被报社、电视台、网站连续跟踪报道,受害人引起广泛同情,凶手也在逃回老家的路上被缉捕归案。除此之外,游行之日出现的另一件事也在一直被人纷纷议论,世人哪里知道这又是兰沫女士亲手导演出来的一场戏?游行队伍中的几个大学生竟然堂而皇之打出"保钩!保钩!保钩!"这样的大幅标语,被人拍照放在了网上,一夜之间传遍全国,惹得不少网友都在跟帖痛惜目前国内大学的教学水平:看,这就是我们的大学! 兰沫女士见了丘艳芳没提标语的事,丘艳芳一心在朱小媛身上,自然对此一无所知。

为照顾朱小媛,丘艳芳家也没回,每晚花二十块钱租了张折叠床,睡在过道里。知道孙大盛指望不上,也就不去指望他。本来别的女团员也可以轮换陪床,丘艳芳却坚持自己留下来。朱小媛生命无虞,却只是昏睡。丘艳芳趁没人的时候,就伏在她耳边小声叫她:

"小媛,小媛,你醒醒。"

朱小媛没有一丝动静。

"小媛,我不该把你叫到医院。"她絮絮说,"你说不妙,那是你在心里预知到了。我不该大意了,不该说那些大意的话。我该让你不要开车出去。我后悔……小媛,你醒醒。你醒醒,说一句原谅我,原谅我这个没远见的,我这个天生的倒霉鬼、扫把精、白虎星。我把霉运带给了你。小媛,你醒醒。你醒过来,我从此躲着你,躲得远远的。你答应跟孙大盛离婚,我把丁保钩让给你。丁保钩肯定是你想要的。丁保钩听我的。我打他电话,叫他来他就得来。你见了他就会好。你听,'钩',曲也……这可是他说的。像不像个老秀才? 你醒醒,小媛。"

由于连日没休息好,丘艳芳的脑子里轰轰作响。她差不多不知道自己在说什么。她说呀说呀,说得口干舌燥,朱小媛照旧不醒。

"你愿听我说丁保钩,对吧?"她说,"他这个人哪! 都这么大人了,还像个才上高中的小伙子,说句话都脸红。我看他连碰碰女人的手都不好意思,就那么纯。没见过这么会体贴人的,说话不高声,还总怕人听了不乐意。难为人的心地能这么好,你家那个孙大盛没得比……你喝过熬得那么好喝的枸杞小米粥吗?没有吧?告诉你,这么好喝的枸杞小米粥就是丁保钩熬的。他还亲手喂我,一小口儿一小口儿地喂,怕我呛着,那么细心……小媛,孙大盛从不会让你享到这样的福。等丁保钩来了,我也让他这样喂你。我让他天天喂你。"

过了一天,丘艳芳又在谈论丁保钩。

"他怎么看上我的?"丘艳芳说,"他是省直机关公务员,还是不大不小一个处长,找什么样的女人没有?他是看我可怜吧。你说,小媛,我怎么可怜了?我丘艳芳从来都好好的。我那么可怜,还有心去跳扇子舞?还能把扇子舞跳得那么好?他能看上你就对了。你才可怜,躺在那里吃喝拉撒啥都管不了,整个一废人。天下女人最可怜的就数你。可你等了半生,从上辈子就等,一个叫丁保钩的人,说来就来了!"

手机响了,好像从一千年前的无尽岁月里响起来的。

丘艳芳猛一紧张,身子几乎瞬间凝成了铁板。

"艳芳。"

丘艳芳没有说话。

"艳芳,我出了一趟差。"

丘艳芳暗嘘一口长气。

"这次不光走得远,"丁保钩说,"也走得急。"

丘艳芳声音如常,微微带着欢愉。

"你是公事在身的人嘛,哪里由得了自己?"丘艳芳说,"端人家碗,服人家管,老道理我懂。你这就到医院里来。"

"怎么,你病了?"

"让你来你就来。"丘艳芳看一眼床上的病人,声音柔情万种,"你这个少人疼不知好歹天打雷劈的傻瓜蛋蛋啊,你不在济南城,我还能不生病?你走那么远还能让我不想你?哦,记住了,到医院门口买束花。你买束花给我,我就能好了。我就跟你回家。"

16

丁保钧怀抱一束美丽的剑兰出现在病房的时候,没想到里面会挤着一群女人。眼睛不由得一阵发花,也没认出谁是谁来,他竭力克制着慌乱朝病床走去,想叫艳芳,嗓子却像哑了,没能叫出声,忽听丘艳芳在旁说:"小媛,你醒醒。你看谁来啦?"才知搞错。要不是丘艳芳用安抚的目光看他一眼,他那心里的慌乱就完全流露出来了。他怀抱着鲜花,站在了病床前。

"小媛,看看谁来啦?"丘艳芳又充满期待地对朱小媛轻声说道,"你睁眼看一看。"

丁保钧那么瘦,衣服里好像只是插着一根细竹竿。朱小媛依旧没有反应,丘艳芳便接过丁保钧手里的鲜花,放在朱小媛枕头边。那花开得正好。

"这都是我的姊妹。"丘艳芳向他介绍那些女人。那些女人暗暗打量着他,含笑向他点头,而他也已经能够从容面对。

"你好。"他礼貌地跟她们打着招呼。

"都出去吧。"丘艳芳对她们说。

她们走出去。

丁保钧似面露不快。

"你不怪我吧?"丘艳芳忙说,"我才挂电话,她们就商量好似的一起过来了,我又不能赶她们走。她们也早就吵着要看'姐夫'了。'姐夫'不怕看嘛。不过,你怪我也对,怪我没说清楚。我的那点小病小痛算什么呀!早好了。那天是我住院,现在是这个。你坐吧。"

丁保钧迟疑一下,坐了,又向病床上扫一眼,眼里都是疑问。丘艳芳看见,眼圈一红。

"可怜的人!"她痛惜地说,"在街上被人砸了头,还不知能不能好起来。她男人狠心,早就跟人跑了。都是女人,我不帮她谁帮她?"

"她就是……"丁保钧似有所悟。

"可不就是她。"丘艳芳说,"这是惹着谁啦?就给砸成了植物人。"

说着话,不禁掉下泪来。

丁保钧浑然不知地站起身,竟像是要走的样子。

"男人再不要她,你说该怎么着?"丘艳芳一个劲儿地擦着眼泪。

丘艳芳哽咽着,再也说不出话来。

丁保钧又慢慢坐下去,竟顺手揽住了丘艳芳的肩膀。

"我帮你。"他说。

丘艳芳一愣。

"有我帮你。"丁保钩又说。

丘艳芳哽咽得更厉害了。"我就知道,你是个好人。"她说,"我需要你的时候你就会来到我身边。你再也不要走,好吧?"

丁保钩嘴唇翕动着,但终于说出口:

"我不走。"

丘艳芳对丁保钩笑笑。"我就知道自己没看走眼。"她说。

"嘘——"

他们一起朝病床看去。朱小媛没有动,但他们都看得出来她在极为缓慢地睁开眼睛,两排睫毛微微地颤着,好像沾了细小的露珠,闪动着微弱的光。他们全都屏住了呼吸。那眼睛终于无力地睁开,虽然不过是一道小小的缝儿。然后,他们听到了一声若有似无的疲惫的叹息:

"我,不行了……"

随着那眼睛的再次闭合,丘艳芳也觉得自己快不行了。不,不,人活着,不是为了活到自己承认不行。姊妹,听我说话,即使活到死,你也得想到自己还行。即使死去,那前面也还有老大一块。在那老大一块里,你还要一次次地说,行,行。人活着,行。人死了后,也行。

丘艳芳轻轻抱起朱小媛的脑袋,不管她听到听不到,忍着痛说:"你还行。我们都行。你要撑着。要撑着。"忽然她意识到什么,又急忙跑到病房门口,大声向走廊里喊人:

"她好了！她好了！"

17

跟孙大盛的谈判是在丁保钩的率领下进行的，那时朱小媛出院躺在家里已经半月有余。孙大盛对妻子的冷淡丘艳芳和诸团员都看在了眼里，但总是依靠外人陪护也不是长久之计。跟孙大盛商量，他一拖再拖。鼓动白鹤庄朱小媛的娘家人去找他闹，也是同样的结果。他没说不管朱小媛，都还是夫妻嘛，看情势离婚是离不成了，该花的钱他可一个子没少花。

丘艳芳发愁，丁保钩就献出一计。丁保钩分析得头头是道："你们这么跟他商量，求告他，都是君子做法。君子做法自古对小人没用，对小人就得来硬的。"丘艳芳说："来硬的，你打他一顿？"他说："打他一顿还是没用。你们一伙女人，去打他的狗！"

丁保钩说得对啊，那些狗比孙大盛的命重要。

丘艳芳对丁保钩看了半天，不认识他一样。

"不过，君子做法，还是先软后硬。"丁保钩又一本正经地说，"你们先去跟他谈判，一定要先压住他。谈不拢了再动手。"

在朱小媛家里，丘艳芳把他的计策说给团员们听，大家觉得倒也可行，只有两个女人说怕狗，不敢去。兰沫女士就说："怕狗的，跟我一样跟在后面。"

可是，丘艳芳却摇起头来。"要谈你去谈，"她对丁保钩说，"我不愿再跟这种人说一句话。"

众人都看丁保钩。在众人的目光之下,丁保钩就把胸脯拍了。

"那好,我谈。"丁保钩说。

次日,由丁保钩率领,一帮女人手持棒槌气势汹汹地直奔药山。孙大盛一见这么多人来,吓了一跳,正要躲,又看见他那个同居的女人一脸惊慌,也就壮壮胆子,迎着他们走出去。

丁保钩派头十足,上前就问:

"有桌子没有?"

孙大盛不解,回头朝屋子看一眼,说:

"有。"

丁保钩朝他带来的女人一挥手,吩咐:

"拉张桌子出来。"

在院中摆了桌子,丁保钩往桌子这边一坐,示意孙大盛坐在对面。孙大盛不知他们在搞什么鬼,但碍于对方人多势众,也就顺从地坐下。

"咱们两个男人谈谈你老婆今后的生活问题,女人们不插嘴。"丁保钩不慌不忙地说,"谈不拢,就是女人们的事了。我拦不住。"

女人们各自抱着棒槌,一言不发,目光齐刷刷地看着孙大盛。太阳升在头顶,把院子照得白花花的。孙大盛眯一眯眼。

"这场面太可笑了。"孙大盛沉吟一下,说,"这是我看到的阳光下最滑稽可笑的场面。你们这么逼我,是谁想出来的馊主意?"

"少废话!"丁保钩厉声阻止他。

"接下来你们是不是要打我的狗?"孙大盛问道,"一伙女人打我的狗?那可是凶残无比的美国比特犬。我老怀疑。"

丁保钧说:

"那你可以放狗咬她们。"

孙大盛鼻子里哼一声。"这是自残。"他说,"这个主意也只有女人才想得出来。"说着,也不看他们,只朝他们挥挥手,"我跟一无业游民有什么好谈的?都走。再不走我报警。"

丁保钧的脸色在变黑。"你……你说谁无业游民?"丁保钧质问一句,"我是……你报警……好,好,那好,我让你看'自残',让你看棒打恶狗!"站起身,正要发令,屋子里就跑出来那个跟孙大盛同居的女人。

"我去伺候朱姐姐。"那女人一边说,一边飞快地脱去喂狗时穿在身上的那件长围裙,"我甘心伺候她。"

"莎莎,你想清楚了?"过了半天,孙大盛才回过神来说。

"我想清楚了,这是两全之计,而我也不想再住在狗窝里。"莎莎用力把围裙往脚下一掼,"我一天也待不下去,一分钟也待不下去了。你一举两得,有什么不好?不用怕,将来我也没啥可怨的。"说着,又转向丁保钧身后一字排开的女人们,"哪位姐姐给带路?他还没让我去过他青后小区的家。我这就搬到他家里去住。诸位姐姐请放心,我会照顾好朱姐姐。我若亏待了可怜的朱姐姐,再请你们一起打我吧。"

笼子里的狗一声声叫起来,似在挽留莎莎。

时隔几天,丁保钧沉思着问丘艳芳:

"女人能想出这么好的主意吗?"

"你听他瞎说!"丘艳芳知道孙大盛的话让他老受伤,"不是有你这主意,小媛的后半生哪会有这么好的着落?我冷眼看了,莎莎那姊妹靠得住。"

18

这些日子,丁保钩常跟丘艳芳在一起,别人看上去就像他们是夫妻,但他也就在丘艳芳家住过一两次。他主动要睡沙发,丘艳芳就让他睡儿子的床。想想此刻躺在床上对世界一无知觉的朱小媛,她不能再有别的心思。可是她辗转反侧怎么也睡不着,就想把放在儿子房间里的十字绣拿出来,绣上几针打发长夜。她虽蹑手蹑脚,在搬绣架时却仍惊动了丁保钩。丁保钩侧身说:"你不要搬了,我看着你绣。"她就坐下来开始绣。丁保钩看了一阵,又说:"你绣得老好。"她像开玩笑:"我绣得好,这个就送给你。"丁保钩说:"送我也没用。"她说:"你在大机关,有时不也要为个人情吗?看有爱的,你再转送给他。"

了结了朱小媛的事,丘艳芳门也不出,一心绣这仕女图。那天丁保钩来了,又躺在她儿子的床上看她绣。她喜欢他这样。她心里喜欢了,也就不想说话,只是静静地绣着。忽然感到丁保钩好像欲言又止,抬头看他,他却又什么事也没有。

这样一连几次,丘艳芳就张口问他有什么话说。他忙矢口否认。丘艳芳含笑说:"看你,魂儿上了千佛山似的。"他就说:"我说句话,你别恼。"丘艳芳说:"我恼什么?"他说:"你挺好看的。"丘艳芳笑出声来:"我好看什么?又瘦,又老。"他说:"你不老。挺年轻。"丘艳芳笑说:"你老会夸人呢,可我听着费劲。你到底想说什么?"丘艳芳想再随手绣一针,却发现拿不住针了。丘艳芳心里怦怦直跳。

看,丁保钧在床上坐起身,两腿已经耷拉下来。他就要单膝跪地,像影视中的人物那样,热切而真诚地对她说:

"艳芳,嫁给我吧。"

丘艳芳快要晕了。丁保钧却只是说:"单位又派我出差。"丘艳芳立马无比强大地镇定了,说:"公家人,出个小差算什么？又不是第一次。"丁保钧说:"可能是个长差。"丘艳芳说:"等你回来,我这仕女图就绣好了。"

事实上,没等丁保钧回来,丘艳芳的仕女图就已绣完最后一针。她包好仕女图,收了绣架,拿起扇子出门。

甸北居委会要她指导扇子舞,利弄居委会也同时请了她,搞得她几乎无法分身,最后确定甸北居委会上午,利弄居委会下午,晚上隔日轮换。

啦啦啦……粉红的扇子飞舞……

都知道平时丘艳芳待人热情,特别是在她教授扇子舞之际。可是在甸北居委会有个女学员特别笨,小碎步走不好,总走得像鸭子,一再纠正也改不过来,丘艳芳就说:"你不要半死不活的!"这女学员老得像她的妈,她这样说不免惹得在旁的人暗暗对她侧目而视。她毫不知觉,还在扑打着扇子继续示范,这样走这样走这样走。她时常不自觉地抬头朝西南方向遥望,好像会有一架飞机从那云层里飞来。她忽然醒悟到,自己这是要去千佛山。

千佛山上有座庙,庙里有个王和尚。

下午,她不去利弄居委会了,她去了千佛山,在一个佛洞旁的房子里找到了朱小媛向人炫耀过的那个和尚,一见果然壮大无比。

法相庄严,丘艳芳不禁虔诚起来。她奉了香烛,在蒲团上拜过,王和尚问她:"问事问人?"她答:"问人"。

"何人?"

"意中人。"

"上穷碧落下黄泉,欲知使君何日回。使君一去无消息,悔教夫婿觅封侯。肠子悔断亦无益,碧海青天夜夜心。"

丘艳芳终因思夫情切,身子再支持不住,软软地往王和尚面前一扑。她摸着了王和尚的手,又立刻拿开了。接触只在不易察觉之间。

"施主,静息,静息。"王和尚说,"你所问之人,离该回之时不远。"

丘艳芳说:

"我还要问个人。"

"问唻。"

"我有一个好姊妹,"她说,"上个月天降大祸,在街上被歹人砸了头,现在还躺在家里,人事不知,也能好吧?"

"能好。佛祖保佑,善人得福。"

19

从这天起,丘艳芳穿街过巷,去公园、超市、商店、广场,去所有的人会集之处。十天之内,几乎乘遍了济南城所有的公交路线。过去四十多年想去而没能去的一些地方,她也都去过了,比如天桥区的匡山、历城区的卧牛山。城东远至孙村,城西直达段店,城南自然又是仲宫镇的斗狗场,城北横跨黄河,到了鹊山。每天一早出门,常要半夜才能回来。

扇子舞是没空跳了,推说忙;跟女团员也不联系了,有来求助的就让人找居委会、找妇联,听上去像是心冷了。

跳出三界外,不在五行中。

只有丘艳芳自己知道,自己的那颗女人心有多么烫。她甚至闻到了焦煳的味道。她的心,焦煳了。她的皮肤,焦煳了。她的目光,焦煳了。

焦煳的目光时刻在济南城熙熙攘攘的人群中穿梭,也像把所有人烫伤了,可是朝她转来的面孔,又全都是陌生的,也都有了不安。她知道,自己的灵魂也已经焦煳了。她在趵突泉、黑虎泉、珍珠泉边踯躅,她在大明湖畔、曲水亭街头徘徊,似乎一不小心就能把那潭里浩荡的水全烤干。她不问那些陌生人有没有见过那样的一个瘦长子,好像只靠自己那焦煳的灵魂就能把丁保钩找到。

可是,那焦煳的灵魂先让她找到的却是兰沫女士。

在商业繁华的泉城路上,丘艳芳抬头看见了轻盈的兰沫女士。

虽然这不是紫香居里的楼下,但兰沫女士仍像在围着一棵盛开的樱花树转圈。

丘艳芳止住脚步,想了想,就转身走开。

那些僻静的小巷子,丘艳芳也不放过。什么竹竿巷、裤腿街、铜元局街、线拐子巷,都留下了她的足迹。可是,她一直没想去凤凰山路那一带。她记得丁保钩说过,他在那里租了房子的。她偏要绕开那里。在凤凰山路西的工商河路和凤凰山路东的联工路之间,仿佛存在一个自己永远无法涉足的神秘禁区。这禁区即使近在咫尺,她也只能隔山隔水,引颈而望。

这一天,丘艳芳不知不觉就走到了凤凰山路和水屯北路的交叉口附近。她胆怯了似的停下来,一次次往那街口望去,脚下却挪不动一步。

突然,一个男人的名字脱口而出:

"马强!"

丘艳芳朝街边水果摊前的一个男人快步冲了过去。那男人回头发现了她,愣了愣,撒腿就跑。

"马强!"她大声呼喊着。

眨眼工夫,那男人就跑得没影儿,丘艳芳只得停下来。不知内情的过路人问是怎么回事。丘艳芳说不出来。

"肯定是一个小偷。"有人说,"这一块比火车站还乱。"又问丘艳芳是不是被偷了包。

"我记住他了,他偷了我的东西最终得还我。"丘艳芳气咻咻地说,"你们瞧着,他脸上有颗大黑痦子。算个男人吗?偷人东西!

还老博士呢。"

可是,丘艳芳还是没有走到凤凰山路上。在人们诧异的目光中,她转身走了回去。

半夜里,丘艳芳接到一个电话,竟是兰沫女士的丈夫赵明聿打来的。赵明聿告诉丘艳芳,兰沫女士失踪了。

兰沫女士说要去郑州参加一个国际学术会议,也不让赵明聿去送,赵明聿下班回来,看她打点的行李都在,人却不见了,手机也打不通。这都过去两天了,人还没找着,他都快急死了。

"急有什么用!"丘艳芳毫不客气地训他,"你不会去派出所报案?你不会到报社、电视台弄个寻人启事?还有这么笨的!"

那男人竟像女人一样嘤嘤地低声哭了。"其实我不是老担心她丢了,"他哭着说,"我担心她会精神错乱。我这么爱她,她还不满足。我搞不懂她。你说,艳芳姐,她要真疯了,我怎么办?"

丘艳芳口气缓和下来:

"不要胡思乱想,她丢不了。丢了,姊妹们给你找。"

"她要是精神失常了……"

"别让我再训你。"丘艳芳忍不住警告他,"一个大男人家,这怎么办那怎么办。要失常就一块失常!有什么大不了的!"

20

一个月过去了,丘艳芳照照镜子,头发花白了不少,但她仍旧一次次走出家门,站到车水马龙的街头,眼睛执拗地在人群中搜寻。

没有任何迹象表明,丘艳芳所渴念的瘦长子会在人群中出现。她在人群外面站得久了,会感到自己的腰肢老硬。其实是一种不可抵挡的衰老的感受。这使她想到,一个多月不拿舞扇,会有些拿不起来了。

她若跳不动扇子舞,今生如何了结!她不由得颤了一下。

主意老多时候都来得异常缓慢。又过了好几天,丘艳芳才蓦然想起来,自己为什么不去吸取吸取兰沫女士的经验?她已经知道,"保钓"大游行时大学生有意打出"保钓"的横幅,是兰沫女士为帮助她找到丁保钧而出的奇招。横幅夺人眼球,后来不果真把丁保钧给"钩"了出来吗?可是这样的时机不知何时能再出现,她不可能如法炮制。她只知到处寻找丁保钧,可谁会注意这个已是灰头土脸的半老徐娘!

丘艳芳是要艳丽起来!

丘艳芳既要"艳",也要"芳"。

不光要"艳"要"芳",还要"丘"!

在出门之前,她像那次去自留地饭庄约会一样,细细打扮了自己,戴了胸罩,胸脯再那么一挺,老有些"山峦"起伏的意思。今天要去的地点,她也想好了。就去热闹非凡、摄像头遍布的泉城广场。

不料,因为心情急切,到了那里发现来早了。偌大的广场,只有寥寥几个锻炼身体的,边上陆续走着的都是一些去黑虎泉汲水的人。她觉得此时出手,老不值当的,就带着装了舞扇的包包,四处漫步起来。等游人多到她认为可以了,她就径直朝广场中央的泉标雕塑走过去。这一刻,她心里陡生悲壮。

可是,背后忽然起了一阵骚动。她忙回头,看见一群警察扭住一个人不由分说给塞进了警车。那人似乎还在车窗后面挣扎,样子也像是在招呼什么人。

警车开走了,丘艳芳随后也泄了气。

天气迅速炎热起来,阳光刺目。丘艳芳终于没有勇气走到广场上去,接连两天都没攒够勇气。她白做了一番准备,心里不免有些愧疚。这愧疚终于让她比往日回家要早一些。上楼的时候,又觉得自己不该那么胆怯,以致她这两日来一无所获。但她同时又自我安慰,哪里那么巧就让那该死的看见呢?

一到家门口,就一惊,那里守候着一帮女团员。她们看她回来,都同情地叫她,丘团长。进了家门,她问:"这是怎么啦?"众女人也就七嘴八舌地告诉她,警察前几天在泉城广场逮住个叫刘玉亮的诈骗犯。这诈骗犯改名换姓,专门瞄准那些独居的丧偶和离婚妇女,谎说自己是省直机关公务员,以谈对象为名诈取钱财。骗子相貌年轻,就骗人说自己也才三十七八,居然没人识破。据他自己交代,他虽骗钱,却未骗奸。不是不想跟女人睡,而是因为到底年过五十,又做贼心虚,就总不管用,没睡成过一次。从今晚社会生活新闻的画面上,她们一眼就认出这个诈骗犯就是所谓的"丁保钩"。"打了马赛克也看得出来。你要不信,等会儿姊妹们陪你看重播。团长,你可一定要挺住。"

丘艳芳的身子微微摇晃。

"团长！丘团长！"女人们担心地叫她。

丘艳芳镇定下来,一言不发,去柜子里拿出包好的仕女图就往外走。

"你去哪里?"女人们问她。

"我……我……我去跳扇子舞！"

女人们把她拽住。兰沫女士趁机一把将她手里的仕女图抢过来,却只顾展开了自己看。的确是一幅精美的十字绣。

"你去跳舞,拿这个做什么呀！一、二、三……四、五、六、七……十二个女的呢……"兰沫女士用纤细的指头认真数着,娇声说,"一个个病怏怏的,都快下来让丘团长给治治！"

她咯咯笑起来,仿佛自己的话老好笑。

丘艳芳还在说要去跳扇子舞。

啦啦啦……

"都这时候了,你去哪里跳扇子舞?"女人们说。

"我……我……我……我去……"丘艳芳眼珠子骨碌乱转,"我去南天门跳扇子舞。"

"团长姐姐,你教我跳扇子舞嘛。"兰沫女士扯着她的衣角,不停摇动,"你说过的,跳扇子舞包治百病。"

丘艳芳浑身无力,再次慢慢在沙发上坐下来。

21

通过葡萄园小区一个女团员的关系,丘艳芳在七里河看守所见到了"丁保钩"刘玉亮。依着丘艳芳来之前的想法,见了"丁保钩"抬手就给他一大耳光。叫你骗!叫你停机!叫你躲!可是一见才知,根本打不着。隔着窗栅呢。一个在里,一个在外。吐他一脸的心还是有的,也终归没吐。

"丁保钩"愧疚地说自己不该骗她。她在心里说:哼,你他娘还自以为行了?骗我?骗我大济南府的丘姑奶奶?你说自己是政府机关公务员,我没腿?我不会去那里找你?你说你叫"丁保钩",还"'钩',曲也……"我不会去派出所查询?你说你在凤凰山路租了房子,那我就偏不去凤凰山路!去了也没用。

丘艳芳忽然问他:"这些日子,你住在哪里?"

他说一直就住在凤凰山路。

丘艳芳心头一颤悠。

真的是在凤凰山路,"丁保钩"忙辩说,我和周小伟合租了间小房,就在那个破产的毛巾厂里。

丘艳芳不想再问什么了。她把十字绣交给他,他还不想要。她说:"收着!万一这里有人爱。"

这都五十多岁的老男人了,听丘艳芳这么一说,竟泪眼婆娑起来,沙着嗓子说:"艳芳妹妹,你是好人,也是你让我在药山下好了一回。我觉得自己有那么点高尚了,就不忍再骗你,才躲的。之后我在街上不是没看见你,可我不敢走到你跟前去。"

丘艳芳说:"等你觉得敢了,人家就把你抓了?"

"嗯。"他点头承认。

丘艳芳不相信。她眯了两眼,觑着他,声音小小地说:"你要是真行呢,为你受的,我也觉得值。可你,不行。"

他听了,竟摸不着头脑。

丘艳芳其实相信,"丁保钩"当时准备走到她的面前,是要说上一句:"我姓刘,名玉亮。"

那样的机会,没有了。她淡然地说:"我要走了。我老忙。你保重吧。"

啦啦啦……

丘艳芳每天都要去跳扇子舞呢,每天都忙得不可开交,"一刻不得闲儿"。

"你爸"老李说得对。她是得了陀螺病,可"你爸"老李根本不懂她。为了不至于摔倒,就得让自己成为飞旋的陀螺。

大 陶 然

在老工人乐队打镲的狄肇魁排练回来,抬头看见怀醢娬在前面走,便蹑手蹑脚地跟上去,靠近了,出其不意,哐的一声,打了一下镲。怀醢娬惊得散了三魂七魄,回头见是他,忍不住破口骂道:

"你个死老狄!属驴的倒霉玩意儿,出门让你捡个大花圈!头日埋,二日就遇上个扒坟的,想做鬼都不成!高压锅里蒸你,油锅里炸你,还都狗不食的。"

狄肇魁笑吟吟地说:"老怀,打下镲,你骂得也忒毒了些。"

"这还毒?我说声驴,再没二傻子伸头来领的。"

"腿不疼了?"

"骂你几句,心里敞快,腿不疼了。"怀醢娬说,"哎,老狄,刚才我去大街口站站,一个小子就发了我两张免费体验券。你腰也不好嘛,你一张我一张,咱明儿一早去。管用不管用的,试试,说不定还能白得份纪念品。"

"多谢惦记我。"

"谁让你惹人疼呢?"怀醢娬说,"一张老驴脸,瞧出个大帅哥来。"

"当年压铸厂追我的,不下一个排。"

"哼,说你喘,你越呼哧。"

"我偏呼哧。"狄肇魁说,"呼哧!呼哧!"

"蹬鼻子上脸的,老不正经。"

"我叫你骂我不正经!"狄肇魁说着,忽然举镲,半空里又打一下,打完就跑。怀酽妮反应过来,嘴里骂着"孬种",紧追两步,眼睁睁看着他跑进了楼道。他家住二楼,怀酽妮家住四楼。他进了房门,就躲在门后,侧耳探听门外的动静。他以为怀酽妮会追上门找他算账,半天也没听到怀酽妮走上来,心想,这老东西敢情又在路上耽搁了,老东西不到天黑走不进家门。

狄肇魁收了镲,给自己弄了点吃的,浑然把免费券忘在了裤兜里。第二天怀酽妮来叫他,他还以为又是因他打镲的事,就说:"你别进来,我裤子还没穿哦。"怀酽妮说:"我怀氏女活成个圣母精,怕你个光屁股猴儿?"一推门就闯进来。狄肇魁紧忙躲到卧室里。怀酽妮往客厅的椅子上一坐,催他:"快把两腿一蹬,省事着呢。"狄肇魁在里面穿着裤子说:"大清早跑来咒我,也不怕闪断舌头。"

怀酽妮问他:"你不去体验啦?"他这才想起那张免费券,一边系着腰带走过来,一边说:"坑人不带眨巴眼的,要去你去。我不信他那床垫会有那么神,躺一躺就治百病。"怀酽妮拍着膝盖说:"我的傻老狄,白活六七十年!这世道还不就是你坑我、我坑你?你只要不买他床垫就得!"他涎着脸说:"那你得答应跟我躺一张床上。"怀酽妮说:"再休说躺一张床上,你叫声娘,同穿一条裤子又有何妨?我还不知道你?"他脸笑成一朵大芙蓉花,连说:"知道知道。你圣母,我圣人。"

两人你一言我一语,出了门,直奔经十东路无量寿锂辉石特异床垫体验馆而去。还在车上,就看到街对过儿的体验馆招牌下面,人已挤成一团,两三个工作人员在指挥他们排队领号。陶然小区也有来这里体验的,怀酽妮和狄肇魁大体知道体验馆的体验流程。

下了车,他朝街道两端望望,不由得泄了气。这站点不偏不倚,正处在东西两个街口之间,以他俩老辣的眼光来看,皆有四五百米之长,而街道中央却拦着道半人高的隔离护栏。怀酽妮不由得埋怨狄肇魁来时磨蹭,狄肇魁就说:

"活人还能让尿憋死?我们翻栏杆过去。"

"你呀,就不能有个正儿八经的主意?"怀酽妮撇撇嘴,"叫人拍了照片放到网上,赇等着出丑。"

"时间恁早,哪能赶巧碰上个发神经的?"狄肇魁不以为然,"你要觉得老寒腿还行,我陪你走完两万五千里,也没什么。"

这才几句话的工夫,对过儿的体验馆前就又聚了不少人。一个拿着喇叭维持秩序的工作人员反复哇哇大喊:

"爸爸妈妈靠后,爸爸妈妈不要挤!"

怀酽妮和狄肇魁听在耳朵里,顾不得争执,忙向护栏走去。翻爬护栏两人都不是第一次,各自要爬。怀酽妮试了一下,说太高了。狄肇魁说:"不怕,有我在后面托你。"说着,就大胆伸手托住她的屁股。

狄肇魁一把没托住,怀酽妮就扑通从护栏顶掉到地上,顿时疼得叫唤起来。狄肇魁看她像猪一样滑稽,忍着笑要扶她,她叫得更厉害:"死老狄,你忘了自己年纪了?"狄肇魁还一时犯糊涂,心想,我什么年纪?蓦然一惊,自己属兔,今年虚岁七十一,怀酽妮比自

己小四岁,人生七十古来稀,怎么着也是老人了。再看看护栏的高度,狄肇魁不由得惊了一身冷汗,忙问:

"你摔着了?"

"废话!还不送我去医院!"

"对过儿就是体验馆。"

"体验个屁!"

狄肇魁,鳏夫;怀酽妮,寡妇。狄肇魁仅育有一女,名唤卫庆;怀酽妮则育有一子二女。

狄肇魁丧偶五年,怀酽妮从四十岁就开始守寡。

怀酽妮被送进医院,两个女儿和两个女婿都来了,儿子一直到傍晚也没露面。狄肇魁殷勤照应,不离左右。在她儿子来之前,狄卫庆从钢厂请假赶来,正巧怀酽妮睡着。狄肇魁向怀酽妮的两个女儿解释,自己忙昏了头,才想起来告诉卫庆,意思是说卫庆晚来了些是有缘故的。他说的是实话,脸色如常。怀酽妮那两个女儿,一个叫大桂,一个叫玲子,也似乎都很理解。又见怀酽妮睡着,不便多说话,卫庆就向狄肇魁使个眼色,两人到了外面。

旁边一没外人,卫庆就愁得潸然掉下泪来。狄肇魁慌了,说:

"这是怎么着?摔得不算太重,就是左边这块骨头裂个小纹,打上石膏躺几天就好,你不要这么心疼。"

卫庆擦擦眼泪,问他:

"怀大妈入院,你们都是怎么说的?"

狄肇魁说:"人摔着了,还能怎么说?我在现场,又是我托的她,这些入院手续都是我主动办的。大桂、玲子听说后,也都带了钱来。就你大军哥到现在还不见个人影儿,不知到哪儿赌去了。儿子就不如女儿能指望得着。"

卫庆发愁说:"我的老爹爹,怕不是这么简单呢。"

狄肇魁不由得心虚了一下,嘴上却硬着:

"还有什么不简单?大不了医疗费全我出,我又不上班,你们年轻人不用管,有我伺候着,我都愿意。再说,咱们两家的关系!你毛大伯活着时,他和我怎么个好法,你们都看见过。他在家里去世,是我把他抬下楼的。"

"老爹,你以为怀大妈真睡着了?"卫庆说了一句,又打住了。

狄肇魁瞪起眼睛来。卫庆说得不对吗?对。他怎么会以为那老太婆真的睡着了呢?自从入院,老太婆几乎没说一句话。她那两个闺女赶来,也都是他主动把事情说清的,老太婆半垂着眼帘,一声不吭。老太婆有什么心思,他还真不敢妄加揣度。尽管如此,他仍又淡然下来,其实是怕女儿忧虑。

"等你大军哥来了,"他说,"一起把事情说开,当面鼓,对面锣,该怎么着就怎么着。你也知道你爸的为人,虽好开个玩笑,但我不会赖账的。"

"话虽这么说,但你也不要把什么都揽在自己身上。"卫庆说,"看你这么出头,倒像犯了什么大错。"

狄肇魁笑一笑:

"我的小妞妞儿长大了!"

"随你吧。"至此,卫庆也没什么正主意,只得这样叹道。她回头往病房看一眼,又说:"快进去吧,不然会让人觉得咱们在外面不知嘀咕些啥呢。"

过了八点,大军才来,五步之外都能闻到他身上的酒气。他进了病房,往一张圆凳上沉沉一坐,松松垮垮的,说:

"妈,打我骂我吧,我喝酒了。"

怀醝妮合眼躺在床上,一动不动,脸朝着里侧。他的一姐一妹各自站着,也不吭声,像是根本没看见他进来。狄肇魁忙说:

"男人嘛,喝点酒也没什么。你妈摔着,医院的诊断书也出来了,石膏也打了,用不了几天就能出院。你们年轻人都怪忙的,养家糊口要紧。这里有我照看着,你们该干什么就干什么去。"

大军听了,半醉半醒地乜斜了他一眼:

"你说的?"

狄肇魁说:"一屋子七八口子人,我岂敢乱讲?"

"狄叔仗义。"大军竖了下拇指,"我喝醉了,我不知道自己在讲什么。这医院门好进不好出……"

"医保报剩的,我出。"狄肇魁说。

卫庆小心叫他:"爸。"

"我问过大夫了,"狄肇魁说,"也花不了多少。"

大桂犹犹豫豫地插嘴:"还有营养费。"

狄肇魁回头看着怀醝妮:

"老怀,你想吃什么,尽管告诉我,我想办法弄来给你吃。"

大军默然无语,大桂、玲子脸上也都看不出什么表情。过了一会儿,大军摇摇晃晃地站起来。"我喝多了,喝了一斤半。我头疼,我得立马找个地方睡一觉。"他说。

狄肇魁乘机说：

"大桂、玲子，还有卫庆，你们都走。有事叫你们。我老了，觉少，不用你们担心。"

"咱妈醒了。"玲子说，"妈，你好点儿了吗？你腿还疼吗？"

"我想吃块雪糕。"怀酽妮小声说。

"卫庆你快去买！"狄肇魁说，"买最贵的、个儿最大的。"

"妈，你一整天没吃饭，不想吃点别的？"玲子问。

"我就想吃块雪糕。"

"卫庆，你去买根哈根达斯。"玲子说。

"哈根……"

"平时俺闺女就吃哈根达斯！"

怀酽妮生的三个子女，数玲子最笨，学习最不好。大军不算笨，学习也比她好不到哪里去，考了个职业中专了事。相比之下，大桂要好些，怀酽妮夫妇对她的期望值很高，初中时还给她改了名字，叫毛葭薇。不料她从初三就开始谈恋爱，跟同学谈倒还好，偏谈了个社会上的，比她大了七八岁。

怀酽妮出身非比寻常，父亲是个老教授，中年得女。从她名字上就看得出来，书香门第。可是，有几个年轻人不牛脾气呢？也是看上哪个不行，偏偏上当时连工作还没安排的姓毛的，把怀教授气了个半死，也顾不得教养了，一口一个"赔钱货"地骂。"赔钱货"长"赔钱货"短。到老都是挑拨是非的事主儿，违背良知，诬陷无辜，常常陷己于不义。舅舅不疼,姥姥不爱,人人得而唾之,老死不得安生。简直不把女儿当人骂,济南府第一失心疯。但她真的得了失心疯,非那小伙子不嫁。

老待业青年毛大黑在济南市压铸厂招了工的第二年,她就嫁给了他。有一回他问她:"你那教授爹也真是的,把你嫁给我有什么不好?每天这么快乐。"

她父亲骂她那么狠,她不记恨。她知道这句话,"爱之深,恨之切"。她女儿初中谈朋友,她也骂。她父亲毕竟是教授,有些话憋死了也骂不出口。不论什么话,她都骂得出。让毛大黑带了几个粗壮同事,找到那孩子门上,一番威吓,那孩子就被吓住了,答应不跟大桂来往。

结果呢?大桂学习也不行了。高中没毕业,她爸她妈求爷爷告奶奶,才弄下个本厂职工子弟的名额。如今过去二十几年,大桂也还是个普通工人。

幸运的是,当年压铸厂改制,让工人一次性买断工龄。大桂她不知哪里来的先见之明,坚决不买断,闹到最后,成了少数没买断的工人之一。那些买断工龄的人,多数比她过得惨淡。

在济南市中心医院住了七天,大夫要怀酽妮出院,说是放心回家躺着,过二十天来拆石膏。她的三个子女和两个女婿一再地问:"您肯定?您肯定没有后遗症?"大夫被问烦了:"喝口凉水都有被呛死的!人家过去没事,偏偏你走上去桥就塌了!放个屁砸掉脚后跟!你希望咋样?"比方打得令人悚然。

一帮人抬着怀酽妮上到陶然小区她家楼房的二楼,正经过狄

肇魁家的门前,玲子忽然发话:

"下来下来。"

众人不解,还以为没把担架放平。

"狄大叔,"玲子说,"你家二楼,我家四楼,以后你照顾我妈,这上来下去的,不还是个麻烦?我看啊,我们直接把我妈放你家里吧。"

狄肇魁愣没反应过来,看看这个,看看那个,最后目光就落在怀酽妮脸上。怀酽妮竟像身处局外,眼睛只管半闭半合,谁也不看。

"这……这合适吗?"狄肇魁迟疑地说。

"有什么不合适的?"玲子说,"我们还怕什么不成?伤筋动骨一百天,我妈摔成这个样,你还说不合适?"

狄肇魁听着不怎么顺耳,但也不想在这时候发生争执,就转头叫声"老怀"。怀酽妮微微眨巴了一下眼皮。狄肇魁才发现,那眼皮像是肿了。

"也罢。"他对玲子说,"先把人抬上去,我收拾收拾房间。"

"用得着吗?"玲子说。

大桂也说:"放你家里,省得你上来下去,玲子说得没错。大军你说呢?"

大军木着脸嗯一声。

"卫庆她妈死了五年,"狄肇魁说,"卫庆离压铸厂又远,我自个儿每天过日子,哪顾得上讲究?有时还亏得你妈好心帮我拾掇一下。既然你们不嫌弃,我也不好多说什么。"

狄肇魁这房子,有两个卧室,那空下来的次卧就让怀酽妮来住了。玲子又从背后将狄肇魁的衣服一扯,说:

"狄大叔,你过来。"

两人从卧室里出去,来到小客厅。玲子坐下来,指指对面的沙发:

"你坐。"

狄肇魁恍然觉得自己是在别人家里,但心里忍忍,还是坐了,只是故意将身子别着。

"我妈苦了大半辈子,"玲子说,"原指望到老了享福,这下可好,将来还说不好能不能站起来,就是站起来也说不定落了什么别的病。"

狄肇魁的眼睛滴溜溜地四处乱看,玲子止不住停下。

"我妈在你家住着,我得叮嘱两句。"她继续说,"这一,自然就是一日三餐。我妈摔着的是骨头,动不了,营养跟不上,就是愈合快慢的问题。我看最好改为少食多餐,每天摄入的热量、蛋白质、盐、糖,还有那些个维生素,都要保持均衡,等我回去做个营养表出来,拿给你看。我妈爱吃什么,你也都要问一问。这二,人不能总是躺着,时间长怕得褥疮,也会闷。大夫说了,要防止肌肉萎缩。这就需要定时给我妈翻翻身。过几天能动了,要不时扶她走几步,出来在客厅里坐坐。这三嘛,首先……"

"老怀!"狄肇魁叫道。他眼睛终于不再乱看了。玲子不知道,刚才他眼睛转来转去,是在找怀酽妮。几天来,一到说事他的眼睛就总是去看怀酽妮。他实在是寄期望于怀酽妮能够说句话。"老怀,你口渴了没有?我给你端杯水。"说着,站起来,倒了一杯水给怀酽妮送过去。

玲子不以为然地撇撇嘴。

"水是冷的。"狄肇魁到了那卧室里,忽然又说,"嘻,我忘了,几天不在家,哪里有口热水呢?"然后把头转向怀酽妮的子女,"你们都回吧。我先烧壶热水。"

怀酽妮的子女走了,狄肇魁在厨房里等到把水烧开了才出来。

"老怀,这儿可就咱俩了。"狄肇魁端着杯子说,"你怎么不说话?你说句话啊。总让我跟晚辈费什么口舌?嗯,你这三个宝贝儿女中,我倒小看了玲子。她怕我养不胖你,等着瞧罢了。你不成个肥猪,我不让你出这个门!"

怀酽妮面无表情,半天,一丝微小的颤动,如风起于青萍之末,从皱缩的老耳垂下面浮现。

哇的一声,她哭起来,闭着眼,也不看狄肇魁。

狄肇魁一惊,忙安慰她。"在我家跟你在四楼的家是一样的。"他说,"这不还有我吗?等玲子把营养表拿来,我照单子伺候你,保证亏待不了你,你安心养着就是。"

"我疼,我疼。"怀酽妮叫唤起来。

狄肇魁问:"哪里疼?"

"我疼。"

"你心疼?"狄肇魁看看她的样子,猜道,"也是。"

"我腿疼!"

卫庆万没想到怀酽娽会躺在自己出嫁前住过几年的房间里。狄肇魁早前告诉过她,怀酽娽今天下午出院。她想来想去,决定还是来陶然小区探望探望。买了些东西,先要来自己家,一进门就觉出异样,问:

"爸,怀大妈回来了吧?"

家里悄无声息。她放下东西,往她爸的房间看看,然后走向次卧,突然一下子愣在了门口。

怀酽娽当时也觉尴尬,躲闪着目光。

正巧狄肇魁买菜回来。"是卫庆吗?"他嘴里说着,走过来,顺便跟卫庆解释,"你怀大妈住咱家里,照顾起来比在四楼方便。"

卫庆醒过神,勉强向怀酽娽点点头,转身出去。狄肇魁继续展露自己好开玩笑的本性,对怀酽娽笑说:

"等会儿,我给你做好吃的。"

走出来一看,卫庆气鼓鼓地坐在沙发上,脸涨得绯红,嘴唇儿绷得紧紧的,脖子、腰板,都挺得笔直。正要去劝她,她又站起来,疾步走到门前,开门出去了,他便也追了上去,在后面压着声音一再叫她:

"卫庆,你听我说。卫庆,也没什么的。"

卫庆走得飞快,转眼就下了楼。她并不停下,继续往前走。

这陶然小区曾是卫庆生活、成长过的地方,但卫庆未出嫁前这里不过是一些拥挤的平房和一大片筒子楼。在卫庆的心里,似乎还是多少年前的样子,所以她在陶然小区走来走去,常常就走到那些后来的楼房下面,或者走到墙旮旯儿,走到一个死胡同里,只好转了身再走。路上不时遇到过去认识的人,倒也顾得上打招呼。

"卫庆,来了。"

"来了,阿姨。"

"卫庆,来了。"

"来了,大爷。"

狄肇魁跟在她后面,有时帮着点头,有时也跟着说:

"买菜去了呀?"

人家眼里似乎只有卫庆。想当年,卫庆是个好孩子,老同事、老邻居哪个不夸?这样,他不像在追卫庆,倒像自己散步。

卫庆像没头的苍蝇一样在陶然小区乱撞,其实走的却是儿时的正路。她心里是想找个僻静的角落,谁也不让看见。时过境迁,当时的正路多数被堵死,邪路却已大通。走来走去,就走到陶然小区的健身广场。

还好,现在不是人最多的时辰。

广场边上,有几棵高耸入云的毛白杨,非常惹人注目,都是小区改造时留下来的,棵棵都有一搂多粗。卫庆从这棵树走到那棵树。

"卫庆,你听我说!"

"我想骂。"卫庆说,"我想哭。"

"听我说,卫庆。你怀大妈呀……"

"我想骂人!"卫庆咬牙说,"千刀万剐!"

"你不能这样,卫庆。"

"你祸害人。什么人都祸害。祸害男的、女的,祸害老人,还祸害年轻人。"

"你怀大妈多可怜啊!"

"谁的怀大妈?她坏!"卫庆瞪着狄肇魁。

"知道你生气,"狄肇魁忙说,"可是你看,你怀大妈摔着了,她三个孩子把她往咱家一扔,一个来看的都没有。你回去说话时要小心些……"

"这像什么!"卫庆不理,"你回答,是不是同居!一个男的一个女的,给弄到一块儿,算什么!赖到你头上,你几张嘴说得清?"

"话别说这么难听嘛。"狄肇魁尴尬地笑笑,"我们都老了,有啥怕的?"

"老了?哼,活到九十岁你都不会觉得老。我还不知道你的心思?我妈一死,你就想再找一个。"

"老狄,没见你去打镲?"

"没去没去。"

"卫庆啊,有空儿了?"

"有空,王婶。"卫庆说。

"回头去家玩。"王婶拎着东西趔趄着走了。

"这是谁的主意?"卫庆说,"她家发大水失火了,把人弄到咱家里?你说,是不是毛玲出的坏点子?她欺负了我,现在又欺负你。这里,就在这里,她把我的头发缠到小树上。他们姊妹三个,堵我回家的路,扔我鞋子,揪我头发,烧我的布娃娃……你以为他们是好东西?"

"哦,我不知道。"狄肇魁暗惊,"你没说过。"

"我恨他们,我恨毛大桂,我恨毛大军,我恨毛玲！他们坏透了,一家子都坏透了！"卫庆抽泣着,"我从小就盼着离开你们压铸厂,离开陶然小区,知不知道？你回去,这就回去,让他们妈快滚！"

"那都是小孩子的把戏。"狄肇魁安慰她,"都过去了,就不要放在心上了。"

"到现在了你还替他们说话,我恨你。"她猛一转头,又说,"我恨老实人。我恨我男人,不能给我出头。'老实可靠''老实可靠','老实可靠'有什么好处？当时人家给我介绍对象,你和我妈为什么都说他好？老实就可靠吗？老实能可靠吗？三棍子打不出个屁来,靠他什么？我要找个敢杀人放火的,看他们还欺负你！"

"说吧,卫庆。"狄肇魁意外地平静下来。

"你自己承认,是你把那老妖婆弄家里来的。"卫庆说,"糊涂老爹,你没托住她是你的过错,她没本事爬过去不是更大的错吗？你自己承认,你愿意受这窝囊气！"

"我承认……"

"家里有那个老妖婆,别想让我回去看一眼！"卫庆说完,扭身就朝小区大门方向走。

狄肇魁没看她。他扶着身旁那棵大树,在树下站了很久。

头发挂在大树上的小女孩好像风中的铃铛。

狄肇魁回到家里,就在客厅坐着。

"老怀,你饿不饿？"他头也不回地问道,"你饿呢我这就给你做饭,你不饿我就先歇一会儿。"

无人应。

"现实就是,"狄肇魁又说,"你在我家里,我得伺候你。我是男的,你是女的。过去我在自己家里,随便,现在我不能再随便了。为了伺候你,咱得忘了'男女授受不亲'。我下得去手,你也得害得起羞。不过除了不得不,我尽量地少跟你身体接触。万一我没把握好分寸,你也不要认为我就是想占你便宜。你不要叫,不要闹。话说回来,你我都老成了这样,多少善也行过,多少恶也作过,就不要再端男人女人的架子。"

里面似乎传来一阵低泣,狄肇魁纳闷,不像是怀酽妮在哭啊。怀酽妮那嗓门,他熟悉。他疑惑着,站起来,走过去。

怀酽妮斜躺在床上,一只脚已经探出床外。狄肇魁惊道:

"我不过说两句,你这是怎么了?我不是不想管你,是想索性说清楚,就容易些。"

"不是腿不行,我爬也爬到四楼去。"怀酽妮扭着脸说。

"说什么傻话!爬到四楼干什么?孩子们忙,家里一个人影儿都没有。你就给我好好躺着。"

"我腿疼……"怀酽妮呻吟似的。

狄肇魁猛地发现,怀酽妮不看自己。自从把她送进医院,她的目光就总是躲开他。而且,她也不大跟自己说话。

"你还有哪里疼,就都说出来。"狄肇魁说,"我能给你捏好的,我给你捏;捏不好的,咱再去医院。"

怀酽妮不再吭声。

这天很晚的时候,狄肇魁正要睡下,忽听有人敲门。开门一

看,大军来了。大军耷拉着眼皮,口齿含混地说:

"我来看看我妈。"

"老怀,你儿子来看你了。"狄肇魁回头叫。

大军去了次卧,狄肇魁重新躺下。房间里很静,狄肇魁听不到他们母子在讲什么。过了一会儿,怀酽妮叫他,他拎了尿壶走过去。大军已经走了。"你要不要撒尿?"他问。

怀酽妮侧着脸,不答。

"有多少撒多少,撒了好睡觉。"狄肇魁说着,要掀她的被子。

"老狄,"怀酽妮说,"我忍不住了,我得跟你说道说道。大军这都快四十岁的人了,在天桥租了房子,跟这个同居,跟那个同居。他剩不下来钱的,他好赌。你说将来咋整?"

狄肇魁脸上却慢慢绽出笑纹来。

"老怀,"他压低声音,"咱就睡一张床上得了。"

"你敢!"怀酽妮猛地盯住他,"你敢我就死!"

这是几天来,怀酽妮第一次正眼看着狄肇魁,且眼里闪烁起一团贞洁的光彩。狄肇魁不由得愣一下,又笑了。

"我不过说一句,你就要死要活的。"他说,"不然我睡地下,照顾你也方便。"

怀酽妮的一只手同时在床上摸索,很像是摸索能向狄肇魁扎过去的剪子、锥子之类。她什么也没摸到。

"我叫人……"她说。

"罢!"狄肇魁说,"你不撒尿我去睡了。"

"我能让你养我一辈子!"怀酽妮说,又猛地把头转向一边,"他们也不会放过你。""他们",当然是指她的几个儿女。

狄肇魁想一想,说:

"你个老妖婆,说话就像赖上我似的。好,我不惹你生气,生了气又睡不着。这先撇在一边,我来开导你两句。你的儿子,你也不要太操心。原因呢,他多大个人了,你操心也没用。知道没用,你还操什么心?狗改不了吃屎。所以,你最好还是乖乖睡觉。憋醒了再叫我。"

狄肇魁不等她反应过来,就把尿壶放在她床前,替她掩上门,回到自己房间。也许是真的累了,他感到自己的身体有些飘,而且还听到了远处呜咽似的风声。第二天醒来,忽然想到夜里自己不会是在哭吧?你个老东西,还轮不到你,哭什么?他在心中骂自己。他推门看看怀酽妮像还睡着,就盘算了一下早饭,下楼去小区门口买鲜豆汁和油条。

回来的路上,遇到同在工人乐队的老孔。

老孔笑说:"怎么样,老狄?倒霉催的家伙,给黏上了吧?甩不掉喽。"他忙正色说:"不好乱讲不好乱讲。"老孔说:"你个老实头子,她胆敢这样欺负你,怎能认了?"他辩解:"多年老邻居嘛,谈不上欺负,我不过是帮忙照管几天。"老孔不以为然,哼一声:"什么照管几天呀?除非你和她有相好这事儿。"说着,笑笑,扬长而去。让他在原地站着,越想越不是滋味。

上楼的时候,不小心让楼梯扶手上翘起的一根铁丝刮破了盛豆汁的塑料袋。他用手捏住破处,急急忙忙跑到家门口,豆汁仍旧洒个精光。进了家门,不禁说声"霉气"。再想老孔的话,心里就还

是很不得劲儿。走到厨房,原想熬个小米粥啥的,摸摸锅勺,却丝毫提不上兴致,就说:

"老怀,我给你冲杯奶粉喝,咱早饭吃油条怎样?"

没指望她搭话呢,却听她说:

"我喉咙细,吃油条拉擦嗓子。"

狄肇魁闻言,简直气不打一处来。你吃根油条就拉擦嗓子了,知道我平素吃什么?啃口干馒头就是一顿饭,一颗咸鸡蛋能吃三天,有时候一天都喝不上一口热水!卫庆来给做顿热乎饭能当过年。卫庆娘去世五年来,他就是这么过的。但他按捺着,问她:

"那你想吃什么?"

"我要吃软软的、滑滑的……"

狄肇魁小声嘀咕一句:

"哼,软软的、滑滑的,那是鼻涕!"

这天午后,玲子送来了营养表。狄肇魁说:"我手湿,放茶几上吧。"她放下营养表,又跑到怀酽妮跟前问了几句,说声自己要上班,就急急走了。两年前她在历城区华山镇一家生产什么胶泥的公司找了工作,以后就没少给怀酽妮带胶泥,而且还惠及邻里。有一回狄肇魁偶尔跟怀酽妮提起家里马桶漏水,怀酽妮就送了他一块。他用胶泥堵上后,的确很管用。想想这也是邻里的好处,但他仍旧不愿看玲子送来的营养表。

晚上,他炒了两个菜,一个是虾皮炒鸡蛋,一个是青椒炒肉片,熬了个南瓜瘦肉粥,给怀酽妮端过去,随口说自己是按玲子的营养表做的。怀酽妮没有怀疑,把两个菜都吃光了,南瓜瘦肉粥只喝了小半碗,说喝不下,再喝就喝撑了。他还让她喝,说:"你不喝就对不起大明湖里的南瓜。"

营养表本来在茶几上躺着,狄肇魁收拾过碗筷,接了卫庆的一个电话,转头就不见了。卫庆到底还是不放心她爹,来问家里有没有事。他大声回答:"没事,你怀大妈好伺候。"卫庆要把她家的一部小电视机送过来让怀酽妮躺在床上看,他夸她,这闺女,想得恁周到。卫庆告诉他,是快递公司来送。他说:"钢厂忙,又远,你忙你的,没关系。"

他往茶几上下左右瞅几眼,还是没看见营养表。那是一张不大的草稿纸,好像是手写的蓝色圆珠笔字迹。又没风吹进来,这营养表去哪儿了?其实他还在为这张营养表生气呢,心想,丢了好!

不料,还没过去半小时,送快递的就来了。狄肇魁的目光还没从快递员脸上移开呢,快递员就说,顺路捎过来的。

电视机给怀酽妮安到床前,狄肇魁可是一口一个卫庆地夸,夸她想得周到。瞥一眼怀酽妮,沉着脸,噘着嘴,也不看电视。狄肇魁啪地打开了,一个画面闪出来。能看。

他想,自己不宜在怀酽妮面前夸卫庆。他又啪一声把电视机关上。"你想开电视就叫我。"他对怀酽妮说。

从来没有像现在这样,怀酽妮让他觉得非常讨厌,而且他还觉得自己不愿再跟怀酽妮讲话了。他独自坐在自己的卧室,一声不吭。怀酽妮叫他给她的手机充电,他给插上插头就回来继续坐着。怀酽妮要撒尿了,他扶着她的腿,把尿壶给塞过去,撒完了他端起尿壶就出来。

没到平常睡觉的时间,狄肇魁就躺到床上。睡到半夜醒来,胸口憋闷,怎么也睡不着。起来摸索着开了窗子,让外面的凉风吹了一会儿,才觉得好受些,可是他却很想打打镲,就把那两只小镲拿在手中。

他极为小心地拿着,极为小心地轻轻抚摸,没让它们发出一点声音来。熬到五更,看天还不太亮,他就拿了小镲,悄无声息地出了门。

往常他们老工人乐队排练都是爱去陶然小区北边一个废弃的厂房里。这个时辰很多人还在睡梦中,狄肇魁当然还打不了镲。但是他下意识不想去那个厂房。他知道自己实际上是不想碰到老工人乐队的队友,所以,他就往相反的方向走,一口气就走到了百花公园。

晨光朦胧,公园大门已开,附近来晨练的居民零散进入。狄肇魁忽然感到,自己手拿两只镲的样子,要多傻有多傻。

美丽沉寂的早晨,他无端听到的镲声是那样尖锐刺耳,也几乎是唯一的。哪里还想打镲?简直恨不得把两只小镲给塞到裤腰里。

于是,狄肇魁又忙跑到公园对过儿,等头班公共汽车到来,坐上就回到陶然小区。看炸油条的和榨豆汁的摊子都已开张,他犹豫了一下,仍旧买了鲜豆汁和油条。这都多少年了,跟陶然小区大部分人一样,早饭除了豆汁、油条,还真想不出该吃什么。

这回怀酽妮对早饭丝毫没有挑剔,而且显然胃口很好。狄肇魁给端上来多少,她就吃多少,吃得满嘴油,嘴巴子也甩得叭叭响。

狄肇魁看在眼里,莫名地,心头却忽然一凛。

什么东西让狄肇魁感到恐惧?

他的目光从怀酽妮身上移开。他暗暗希望这恐惧跟这个房间,跟这个房间里的人,跟这个房间里的一切无关。

狄肇魁收拾起碗筷就朝外走。

"老狄。"怀酽妮叫他,声音不高不低。

他打个激灵,一下子僵在房间门口。

怀酽妮脸上看不出什么表情。

他支吾了一下。"刚吃完饭,你要歇着。"他说。

"我吃饱了喝足了,我全身有了力气。"怀酽妮说。

"那好。"狄肇魁说。

"大明湖里的南瓜。"怀酽妮说。

狄肇魁一时没听明白。

"你家在大明湖里种南瓜!"怀酽妮冷不丁抬高声音,"怎么不说在大明湖种海参?"

狄肇魁头皮麻沙沙。

"大明湖里怎么不能种南瓜?"他试图强辩,"别说在湖堤上种南瓜,就是养奶牛也是有的。"

"玲子给过你一张营养表,对吧?"怀酽妮断定,"你没按营养表来。"

"怎么没按? 我照单全收。"

"你知不知道我营养不够,恢复慢的后果?"

"营养本来就没少!"狄肇魁说,"不信你上磅称称,刨去石膏绷带,你起码重了三十斤。三十斤在哪儿？都是肉啊。你拿镜子照照你那脸,胖大得哪像个老教授的女儿？分明就是娘家开饭店,还专卤母猪头!"

怀酽妮身上打战。

"我肌肉萎缩,我腿废了,有你好瞧的!"她咬牙说,"想抵赖,做梦! 哦,你气着我了老东西。我骨头又裂了……腿疼,我腿疼!"她叫起来,"大军! 玲子! 大桂!"她声音越来越尖,"玲子! 大军! 你们妈要死了! 你们妈要去找你们爹去了! 你们妈不给你们操心了! 你们妈死在老狄家了!"她左右翻动着身子。

狄肇魁简直吓住了。他手里还拿着碗筷呢。

"你,老怀,你不要这样。"他说,"你冷静……"

"我要死在你家! 我要死在你家!"怀酽妮说,"拿刀子来,去开煤气! 给我点氰化钾!"

"没人抵赖。"狄肇魁说,"好汉做事好汉当。"

"我与你同归于尽!"

"又胡说了。"

"我拼了这条老命。"

"让人笑话。"

"营养表。"

"我去找找看。"

狄肇魁逃也似的走出来。

中午,狄肇魁熬了骨头汤。

三斤半猪大骨在沸汤中发出的香味儿弥漫了一屋子。他站在厨房里,默默无语。从早上到现在,他都很少说话。他出门买猪大骨没吱声,买来猪大骨进门也没吱声。他到家就埋头收拾猪大骨,怀酽妮也没叫他。猪大骨的香味儿终于从锅里冒了出来,他觉得自己更不用说话了。

但是,这骨头汤是否写在营养表上,狄肇魁很不能确定。他站在骨头汤的香气中,脑子里却是那张飘动的草稿纸。它从茶几上飘起来,悠悠飘到墙旮旯,又从墙旮旯飘到吃饭桌底下,然后从桌底下出来,划一道优美的弧线,飘到了天花板上。它像被胶水粘在了那里,久久不动,颜色也似乎正趋暗淡。

倏忽间,它不见了。

狄肇魁脑子里的那只眼睛一阵搜寻,发现它飘在了次卧门口的上方,距上门框不过两拃之远……

他那样盯着虚空里的营养表看,他看不清营养表上的字迹,但他相信,给一个摔了腿的老女人熬骨头汤,终归不会错。

香味儿愈加浓郁。

狄肇魁熄了火,等回气。十来分钟后,揭开锅盖。

香味儿扑啦啦跳动,像鱼。

满屋的鱼,扑啦啦。

狄肇魁一直在锅旁站着,他反复瞧着勺子,瞧着碗。忽然,他端起汤锅走出厨房。

狄肇魁走向房门。

他下了楼,瞅着没人,把骨头汤一股脑儿倒进了山墙下的垃圾箱。他转身回来时,眼睛下意识一瞥,却又看见了远处的队友老孔。

老孔好像在朝他笑。

进了家门,他随手把锅往地上一放,在沙发上坐下,心里隐隐有种快意,像是虫儿终于咬破了茧壳。

怀酽妮,你说有好瞧,那就走着瞧吧!哼,还想喝骨头汤?狄肇魁就这么办!

可是,他刚在沙发上坐稳,就有人来了。开了门,见是大桂。

大桂带来了吃的,恰巧就有骨头汤。她叫狄肇魁找来托盘碗盏,把那些吃食重新盛了,给她妈端过去。

怪的是,怀酽妮吃得很少,蛋糕不吃,慈姑肉饺不吃,倒把不冷不热的骨头汤给喝光了。大桂把她吃剩的拿出来,跟狄肇魁说,一块吃吧。狄肇魁咕哝一声说,吃过了,要下去走走。

他在小区找了个角落,独自坐了一会儿,就决定去怀酽妮看腿的医院。他还记得她的主治大夫姓刘。

狄肇魁坐车到了那里,大夫们刚上班。幸好刘大夫也还认得他,不用他多问。没有怀酽妮的家人在场,刘大夫就表现出了自己对他的同情。怀酽妮的腿,摔得并不严重。说是叫左腓骨线性骨裂,其实就是肉眼刚能看到的一道小纹儿。如果不是她的几个女儿女婿一致要求,甚至不用打石膏。当然,打上石膏更保险一些。至于什么时候拆石膏,看伤情肯定用不了一两个月。只要不再有任何痛感,二十天拆掉也无大碍。

他问刘大夫:"痛不痛的眼睛又看不出来,这骨头里的事,怎么样才算好了?"刘大夫眼亮,闻言就看出端倪,说:"你们是老邻居,她没赖上你吧?没赖上你就都好说。赖上了呢,那让她站起来!没有爱躺上一辈子的。"

从医院出来,狄肇魁就一心想着刘大夫的话。他也不知自己到了哪里,一直在街上逛到半下午。

在同一天里,狄肇魁第二次买来了猪骨头。唯一的区别是,第一次买的是猪大骨,第二次买的猪瓢骨,因为天晚,已买不到猪大骨。

这样,怀酽妮就在一天里喝上了两次骨头汤。

怀酽妮以为是中午喝剩的,就说用不着这样惊官动府地加热,搞得这么烫,半天也喝不下去。

狄肇魁心里有鬼,只是嗯了一声。过了一会儿,他又犹豫着问她要不要吃些肉,他去拿来。她说不吃,怪腻的。

两个人的声音都不高,不像早上。

怀酽妮吃过了,狄肇魁心中蓦然一动。他赔着万分小心,说:"等我收拾一下,扶你站站?"

怀酽妮点点头。

狄肇魁的心跳陡然加速,他按捺着。

再回来的时候,他发现怀酽妮又躺成了原来的样子。

"我来扶你。"他说。

没等他走近,就听见怀酽妮的声音好像一阵阴风,从石头缝里透出:

"喝你两次骨头汤,我就能站起来了?"

狄肇魁颓然垂下伸出的手。

"你要喜欢喝,我天天给你熬。"狄肇魁暗暗克制着自己,"不就是碗骨头汤嘛,还喝得起。"真是本性难移,他还不忘开玩笑,"我保证一个月下来,让你那条腿粗得像大象。大象你见过吧?动物园里有。等你宝贝腿好了,我送你去动物园。一腿细一腿粗,信不信人们光看你?"

"你在侮辱我。"怀酽妮小声说。

狄肇魁一激灵。

"我说着玩儿,你就……"他说,"你想去我也不送你。去趟动物园得倒两次车,我老了,挤不过小的了。"心想,这怀酽妮怎么好像已不像过去那样风趣?看那份拿捏劲儿,还真的就是老教授的女儿。

"我不跟你吵。"怀酽妮小声说。

"我没吵……"狄肇魁又要从她床前逃一样走开了。

"我就在这里躺着,我用不着跟你吵。"怀酽妮小声说,怀酽妮的眼睛又不看狄肇魁了,"我就躺着。"

"你'就躺着'什么意思?"狄肇魁不禁问道。

"没什么意思。"

"你是说想躺到什么时候就躺到什么时候?"

"我没说。"怀酽妮小声说。

"那我告诉你……"狄肇魁说,"那我告诉你……"他什么也没告诉怀酽妮就走出去了。一出门,连他自己也忘了要告诉怀酽妮什么。

狄肇魁不停地在心里骂着刘大夫。什么"没赖上你"！从他的两手刚刚触着她的屁股，他就已经被她死死地赖上了。刘大夫，这样的事情，你在医院见识得多了，怎么才看出来？什么眼神儿啊！老刘家怎么出了你这么个瞎眼？你还给她诊断，打石膏，给她开药。她腿断了，报应！

骂着骂着，就觉得是在骂自己。老狄家怎么会出了你这么个驴头！你原以为家里多个人，不过是多放两根筷子。可你万不该忽略，这个人是个摔了腿的老太婆。更不该忘了，她是怀醋妮。她和她的一家人，都这样对你了，你还不觉得他们是在耍赖。你对他们笑脸相迎，一再为他们开脱，一天就熬两顿骨头汤！听卫庆说话声气大了些，你都不愿意。老孔说出大实话，你听着还嫌不得劲儿。有你这么自欺欺人的吗？你怎么就不睁眼？陶然小区那么多人，抬头不见低头见，不说他们了，就说这同一幢楼同一个楼道的吧，一楼的老张、老梁、老牛，二楼对门的老袁、立新，三楼的蚂蟥、小林、轱辘，四楼的老董、爱凤，五楼的老铁、志强、水全，都是老邻居了，平时也都要好得不得了，如今她摔着了腿，有个来看的没有？不光不来看看，出门碰到，还都主动回避这件事。你以为这是为什么呀，俺的个狄老师儿？你就是济南市压铸厂头一号冤大头，是个任人欺侮的窝囊废！

狄肇魁终于看明白了摆在眼前的现实，可他竟一点招儿也没有。他老婆死去几年了，他老婆不死他也很难跟她商量。他老婆从来都是个胆小怕事的女人。相比之下,卫庆倒算有主见,可卫庆在钢厂又忙又累,想想大杨树下她向他提到的那些隐秘往事,又怎么能让她再替自己忧心?

这个世界如此之浩瀚,临到关头,竟也没什么可用得上的!

一时间,狄肇魁心中的悲凉,如暗夜的秋水般源源不断地往外溢。

他是多么想这就冲进次卧里,对怀酽妮大喝一声:

"赖皮女人,你这就给我走!"

可是,他又怕吵。往日两人喜爱斗嘴,实际上他胜少负多。他并不在乎胜负,他要的是那种生命的热闹。特别是对于一个日渐衰朽的老人,那种热闹好像尤为重要。而且在那无所谓胜负之间,他还可以出其不意地揩油吃豆腐。他虽老了,也还是男人。关键是,他知道自己不是圣人嘛。

他吵不过怀酽妮,这是板上钉钉。那么,他满腹的心事和困惑究竟该如何消解?

半夜,狄肇魁突然想起来,自己还有两只小镲。苍茫无际的世界,到底还给他留着两个揪头。

他再次轻轻把小镲拿在手里。它们在暗夜中发出铜的光亮,拿在他手上又实在又可靠。十五年前,陶然小区组建老工人乐队,它们也就陪伴了他十五年。就是这两只小镲,一次次把庸常的自己融入一首首火红激昂的乐曲。

夜深人静,狄肇魁可以把自己的烦恼小声地说与他亲爱的小镲听。他慢慢把嘴朝小镲凑上去,唇尖已感受到一丝铜的清凉。

蓦地,他把嘴拿开了。哐一声,他听到了一声出奇响亮的镲声,耳膜几乎被刺破,暗夜也像是被割破了一道口子。

他镇定下来,想都不想,又打了一下,同样响亮刺耳,同样尖锐地往人的心里钻。

"一更里,我打一下镲。"

他慢慢拖长了声调,吟唱似的说,没有往日演出或排练时的神采奕奕,有的只是难以掩抑的哀伤。

"二更里,我打一下镲。"

他边打边说,仿佛泣诉。

"三更里,我打一下镲。"

他说。

"四更里,我打一下镲。"

他用力均匀,几下镲声几乎一样高低长短。

"五更里,我打一下镲。六更里,我打一下镲。七更里,我打一下镲。八更里……"

他打着,反复地打着。

不知什么时候,声音里的哀伤已然消失。他开始觉得自己像极了打镲的机器,因为上紧了发条,就只有一如既往地打下去。

"一更里,我打一下镲。二更里,我打一下镲。三更里,我打一下镲。四更里,我打一下镲。五更里,我打一下镲。六更里,我打一下镲。七更里……八更里……十更里……"

他一直没听到一丝一毫怀酽妮的动静,镲声充塞他的耳朵。也许怀酽妮根本没动静。

也许怀醰妮悄悄收拾了铺盖卷,滚回了她的四楼。

这个足令怀醰妮一生不安的羞耻,使她从石膏模子里化身为一只黑乌鸦,悄无声息地飞走了。

狄肇魁没睡好,第二天就醒得迟,两只眼睛也熬得通红。早饭怎么吃?他当即决定:

豆汁、油条!

陶然小区的人早饭历来都吃豆汁、油条,你怀醰妮为什么不能吃?你摔了腿,就尊贵了?我看你摔了腿,不光没有尊贵,还变成了低贱的讨嫌鬼。

狄肇魁买来豆汁、油条,进门就听到怀醰妮在打电话。

怀醰妮马上把电话挂了,可是,他却再次感到了恐惧,像有一把刀子插入他的骨头缝里。

出乎他的意料,怀醰妮主动开口。她问他早上吃什么,他支吾了一下,回答说豆汁、油条。她说压铸厂的人就知道豆汁、油条。除此之外,再没说什么。

一连三天,怀醰妮都非常好伺候,而且在这风平浪静的三天里,她的三个儿女一个也没来。

第四天,玲子来了。玲子还带了自己在上初中的女儿。来看过她妈,她就要急着回去给女儿做饭。都走到门口了,她忽然止步说:"狄大叔,有口吃的没有?我快累死了,回去做饭再送蕊蕊上学,就上不了班了。"

不知为什么,狄肇魁蓦然想到了堵马桶的胶泥。那胶泥是棕黑色的,摸上去有点硬,捏捏又非常软。它现在严密地堵住了他家马桶的缝隙。

狄肇魁浑然不觉地说了声:

"有。"

玲子和女儿吃了午饭。女儿在她的叮嘱下,躺在沙发上休息了一会儿,她们就离开了。

只隔一天,大桂和玲子一起来了。狄肇魁听到怀醭姬埋怨她们:"你们忙你们的,让你们不要来不要来,偏来。来了我就好了吗?瞎折腾。"

眼看快到饭点,玲子跑来告诉狄肇魁:

"狄大叔,你炒个菜,我们在这儿吃。"

狄肇魁把菜炒了。她们围坐在一起吃午饭,吃他炒的菜和她们自己带来的食物。他不吃。他走出家门。

再过一天,玲子又带了女儿来。

女儿好像有点不乐意,玲子就说:"你想吃什么,让狄爷爷给你做。"女儿翻翻白眼说:"我就想吃哈根达斯,狄爷爷做得出来吗?"

玲子说:"胡说,哈根达斯啥的能当饭吃?!"

女儿顶嘴:"你什么时候给我买过哈根达斯呀?抠门儿。"

狄肇魁听出点儿意思来了。没等玲子发话,他就扭头钻进厨房。不大一会儿,饭做好了,来叫玲子母女吃饭,忽听玲子在她妈跟前说:"你别管,我就是要在这里吃个现成儿的!这些年,从来就没人伺候过我一天,我拼死累活,就总是伺候这个伺候那个。我都快累死了,我活得什么劲儿!好不容易逮住个机会,也让我享受享受。我来了他就得伺候我,瞧吧!"

狄肇魁瞬间化为冰柱,眼睛涩涩一瞥,恰巧看见了那张遗失多日的营养表。它就躺在墙角的木橱底下,几乎是这个房间最最黑暗的地方。狄肇魁带着关节发出的咔吧的响声弯下腰去。玲子出来,看他撅着屁股,趴在地上,正竭力从木柜底下够取什么,也不知道够着了没有。

玲子和她上学的女儿有时候来,有时候不来,找不着规律,狄肇魁就得问怀酽妮,玲子来不来啊?有时候也问,大桂来不来啊?大军来不来啊?他们要来,他好准备。

起初怀酽妮还有疑惑,后来看他每次都能认真准备,茄子、青椒一堆堆往家买,也就知他并不是随口一问。其实她更为疑惑了。她下意识地想到了圈套。你想啊,他甚至一句都不跟她吵。

吃饭时,热了。他说:"是热了,别急,冷一冷。"

咸了,他说:"嗯,是咸了,下次一定注意。"

看电视,换台,遥控器不好用,她嘀咕一句:"这破遥控器。"他出去买菜,就顺路捎了个新的回来。是通用制式的。

卫庆快递来的旧电视机小,她说:"看不清楚。"他说:"我把客厅那台大的搬来。"没等她点头,他就跑过去了。她并不想让他搬。房间小嘛,放上个大电视机,就像只有电视机了。她说:"别搬了,我也不大看电视。"他吭哧吭哧搬来了。她说:"房间里就只剩电视机了,放回去。"他怎么搬来的,又怎么吭哧吭哧搬回去。

他问她要吃什么,她自己说不清自己要吃什么,或者不想说。他就拿来了玲子弄的营养表,给她念:

"早上,黑芝麻糊、西红柿炒鸡蛋、凉拌芹菜、香蕉……中午,大米、小米、木耳、黄花菜、菠菜、猪血、苹果……晚上,玉米面馒头,海米冬瓜汤,睡前一杯牛奶……"

念完,不由得搭上一句:"玲子从哪儿弄的?"

怀酽妮立马反问一句:"你说从哪儿弄的?"

他忙解释:"我看写得也不怎么全啊,连排骨都没有。"

怀酽妮说:"我要顿顿海参、鲍鱼,能吃得起吗?"

他说:"你要吃,我砸锅卖铁给你买去。"

怀酽妮说:"我不稀罕吃!"

玲子带女儿来了,狄肇魁做好了饭,怀酽妮叫他。怀酽妮说:"我不饿。"他说:"你腿伤了,不饿也得吃。玲子叮嘱过的,营养要跟上。"她说:"我就想吃口雪糕。"他一时没参明白:"你这是没胃口,我去给你买。"她说:"我想吃那个。"

"哪个?"狄肇魁还没明白。

她说:"我就想吃在医院吃的那个。"

"就是哈根斯!"玲子大声说。

"哈根达斯。"玲子女儿纠正。

"我买去。"狄肇魁说着,出了门。

很快,狄肇魁买来了两支哈根达斯。他跑得气喘吁吁。陶然小区附近没有卖哈根达斯的,他跑到了西边的八涧路上才好不容易买到。他把其中一支往玲子女儿手中一塞:"快吃,别化了。"玲子女儿几乎喘不过气来,拿在手中,忘了吃,只像鱼喋水一样,张开嘴唇。他又忙把另一支送到怀酽妮跟前。怀酽妮把头一扭,说:

"我不吃。我想睡觉。"他说:"你吃一口,清醒清醒。"怀酽妮肯定地说:"我不吃。"怀酽妮不看他,但他看得出来,怀酽妮在偷偷流泪。怀酽妮说:"你放冰箱里吧,想吃的时候再吃。"

这根哈根达斯最终还是在两天后被玲子的女儿吃掉的。

狄肇魁给怀酽妮翻动身体,怀酽妮说:"我疼。"他就说:"我该死!"看他那眼神,要砍自己的手似的。

怀酽妮说:"那你也用不着说该死啊。"

狄肇魁说:"我不说了。"

怀酽妮说:"看,我说你一句,你又不说了。"

狄肇魁叹口气,没等怀酽妮说话,他就起身出去。他好像把他的小镲给忘了,一有空就收拾房间。该洗的洗,该涮的涮,家里被他收拾得窗明几净,地上拖得连个鞋底印都没有。抽空,他还把头发给理了。

他这个样子,老孔见到他,都这样跟他开玩笑:"娶媳妇了?"他煞有介事:"可别乱说!"

晚上,他伺候怀酽妮睡下,刚要走,怀酽妮说话了。"你怎么叹气?"她说。他马上想起来是白天里的事,就又叹了一声。"看看。"她说,眼睛并不看他。

"谁知道我的心事?"狄肇魁摇摇头。

"你不就是盼着我腿好了,赶快从你家搬出去?省省心吧。"

"唉,你真不知道吗?"他问怀酽妮。

"我不知道。"怀酽妮说,"我又没见过老曹操。"

"罢。"狄肇魁说,走了。

睡到半夜,忽听怀酽妮的房间里有动静,忙披衣赶过去。一个人影在怀酽妮床上蠕动。他摁了下电灯开关,灯没亮。

"你干什么!"他跑过去,拦住怀酽妮,"你要起夜你叫我。看摔着了。"

"摔着了好,摔着了好,摔着了就再也不用起来了。"怀酽妮挣扎着下床。

"我又惹你了,对吧?"狄肇魁抱住她,"我又惹你了,那你就骂。你骂吧,反正过去你骂了我很多次。"

"放开我。"怀酽妮说,"我要回家。"

狄肇魁一愣。"你回家干什么?你家里又没个人儿。"他说,"别说三顿饭,你想喝口水也没人给你倒。说句不好听的,你烂到那里都没人管。"

"我回家,大军、大桂他们得来。"怀酽妮说,"他们不能不管他们妈。社会主义社会谁也不能不管他们妈!"

"少来这套吧。"狄肇魁说,"给我乖乖躺在床上,等你好利索了自己穿裤子走上去。"脚下一滑,身子一趔趄,站不住,就跌坐了下去。只听咔嚓一两声,狄肇魁背后冷汗一冒,心想,完了。

伴随着石膏壳子破裂的声音,怀酽妮在黑暗里尖叫起来。

狄肇魁又要再去按开关,又怕压着怀酽妮,一时手忙脚乱,嘴里说:

"我送你去医院!"

"不用。"两个字,像是从深水里冒出来的一样,狄肇魁眼睁睁地看到夜色的湖面上翻涌出两朵黝黑的大花。

"不用?"他疑惑。

"不用。"她肯定。

"用不用?"

"不用。"

狄肇魁将手伸下去,心头突然咯噔一下,死潭里的血流陡然加快。手如蛟龙,探进神秘的深渊。

"不要。"

"要不要?"

"你大胆。"

"就大一次。"

"脏……给我洗……"

"洗个头……"

……

"我死……"

"让你死!"

怀酽妮叫起来:"哦,哦,哦……"

"想死我!"狄肇魁紧忙活着,终于也叫起来。"哦,天!哦,天!……"

头上陡然响了一声镲,其实是天花板上的灯突然自动大亮。一个世界都亮了,好像世界所有的灯光都照进了这对老男老女的房间。

这天晚上,狄肇魁没能在怀酽妮的身边躺得住。他咕哝一声,在雪亮的灯光中狼狈地爬下床来,回到自己床上,感觉自己就像刚刚脱身泥潭。他没听到怀酽妮的动静,那个房间的灯光就在沉寂中亮到第二天早上。他知道自己怯懦的内心,起床、穿衣,轻手轻脚,其实是恨不得从家里消失掉。不是怀酽妮叫他过去,他真不知道该怎样再次走到她的面前。

怀酽妮不是躺着,是靠着床头坐在那里。怀酽妮面色平静,就像昨晚什么事情也没发生。她往自己腿部的方向努了努嘴,狄肇魁就弯下身来,收拾那些碎裂的石膏块。

刚收拾完,响起了敲门声。没想到是大军来了。大军好像一夜没睡,耷拉着眼皮,也不看狄肇魁。他去他妈床前坐着,根本没看出他妈的异样。狄肇魁弄好了三个人的饭,他却要走。他站起来,扫视了一下房间,狄肇魁心里咯噔一下。看怀酽妮,也是心怀鬼胎的样子,好在她儿子并没在意。

大军走了,狄肇魁就叫怀酽妮吃饭,怀酽妮说:

"吃什么饭?上来躺着。"

狄肇魁眨巴了好几下眼皮才反应过来。他乖乖上了床,跟怀酽妮躺在了一起。

"抱着。"怀酽妮又说。

他就抱着。

怀酽妮静静的,像睡着了。过了一会儿,他问她:"吃过饭去医院检查检查?"她不吭声,他就又说一遍。

"你急什么?"她说,"我还没站起来。"

狄肇魁暗暗绷着身子,他觉得事情简直乱了套。他本来没想到事情会发展这么快,这只能是昨晚的电灯促成了他们。没有昨晚的黑暗,他哪里就敢下手?万一怀酽妮叫喊起来,那可真是一波未平,一波又起,叫他如何招架得了?小心,他得小心。

"唉——"他叹道。

"你又'唉'!"怀酽妮不满,"大清早的。"

"我心里恣。"

"你当然恣。"

"我爽性地说出来吧。"狄肇魁说,"我想你想了多少年,我就想跟你睡一张床。现在我能搂你睡,我能不恣?"

"知道你鬼心思!"

"知道?"

"你起来。"怀酽妮推他一把。

"看看,你生气了。"狄肇魁说,"我不过是一个靠拿退休金过日子的老工人。我在压铸厂上了一辈子班,也没剩下几个钱。你有心找,也不要再找压铸厂的。压铸厂毁人!什么人进来,都给压成渣渣。我要还有更多的年限,我一定得出去!我出去混出个人模狗样儿,再来陶然小区接你。你答应了,那时候不要嫌我老。"

"你出去。"

"我有钱,我买仙丹,我不会老。"狄肇魁还要说,"我给你一颗,我们都不会老,都会很年轻。"

"你出去。"

"好吧。"

"关上门。"

狄肇魁走出门外,把门关上。他疑神疑鬼,甚至想怀酽妮会不会寻短见。门内悄无声息。过了一会儿,他忍不住,轻轻走过去推了推,发现门被闩上了,一惊。这就是说,怀酽妮自己走下了床来。

但他马上从门前退开,他坐在沙发上,紧盯着房门,眼里一再出现怀酽妮站立在门口的幻觉。

几乎一个上午,怀酽妮都没动静。他悄悄试了几次,发现房门一直闩着。他已经不再担心了,疲倦袭来,他在沙发上打了一个盹儿。

怀酽妮叫他了。他去推门,门开了。怀酽妮穿戴整齐地坐在床上。"扶我走几步。"怀酽妮说。

狄肇魁扶着怀酽妮下床走了几步。她走得不稳。"不了不了,扶我上床躺着。"她说。

她又躺在了床上。午饭还是在床上吃的。

接下来,他们在床上一起睡到天黑。七十一岁的狄肇魁,没想到自己真的还行。

两个人也都是多年来第一次跟别人睡在一起。他们相互搂抱,睡得很沉,一口气睡到日上三竿。二人醒来,狄肇魁拿手晃晃她的肩膀,小声问:

"知不知道什么叫'鸳鸯浴'?"

她不答。

"你有没有跟别人洗过'鸳鸯浴'?"他又问。

"你当我是什么人?"

"你跟我已经洗过了啊。"狄肇魁说。

"死老狄,你脑子里都装的什么?"怀酽妮脸上热气腾腾,"我看你一天到晚让驴尿淹了。"

"我让驴尿淹了,把我淹成了大明湖,我就长出一朵莲花。"狄肇魁说,"我把莲花给你。"

"信不信?"狄肇魁说,"信不信我心里早就有你?"

"不信。"

"信不信?不是我心里有你,你就躺不到我这张床上。"狄肇魁说,"大桂、玲子能把你塞进来?大军能把你塞进来?你自己躺进来?做梦吧你们。"

怀酽妮瞪起眼来。"你……"她说。

"信不信?"

"不信……你怎么说我都不会信。"她慢慢挪开目光,"可我还是信了,因为你那夜坏了我的清白。你知道,我是个老寡妇。"

"大清早,不要寡妇长寡妇短的啦。晦气。"狄肇魁说,"两个人乐陶陶地睡在一起,不就是在天上吗?"

"就你会说,老风流。"

"没听说过吗?好汉出在嘴上,好马出在腿上!"

玲子带女儿来蹭饭,怀酽妮赶她:

"回去!"

狄肇魁打圆场:

"你看你,不就一顿饭嘛,吃得起,主要是省时间。"

怀酽妮本来在客厅沙发上坐着,人一来就赶忙回到床上。"我拉扯三个孩子也没你这么忙。"她独自嘀咕,"我怀里抱一个,手里牵两个,没像你这样叫苦。"

在狄肇魁家吃完午饭,玲子问他:

"大叔,你要不要胶泥?"

狄肇魁笑笑。"啥时候想糊耳朵眼儿了,大叔再跟你要。"他说。

玲子走了,狄肇魁见怀酽妮还在生气。这是今天第二次有人惹着她了。第一次是老孔。狄肇魁刚刚扶她在沙发上坐下,就听见有人敲门。问谁呀,答是老孔。她摆手示意他快把自己扶回去。他开了门,老孔也不进来,就站在门外说昨天接到陶然居委会通知,要排演个新曲儿,迎接第一届泉水节,问他有没有空。他说有空就去。

接下来的几天也都这样,怀酽妮要么让狄肇魁扶着在屋里走走、坐坐,要么跟狄肇魁一起在床上躺着。只要一来人,她就会急忙躺到自己床上去。狄肇魁心领神会,不问原因,她也不说原因。她还一再地给她的儿女打电话,嘱咐他们不要耽误工作,也不要动不动就叫苦叫累,要识大体、顾大局,眼光放远,理解党中央,理解市政府和才上任的市长,困难都是暂时的,压铸厂、胶泥厂只会越来越兴旺,工人待遇也会越来越高,就差没说跟党走。

大桂、玲子都还听话,就大军不听话。

隔上一两天,大军来一次。不光来,还来得特别早。那天刚过五点,就听有人敲门。狄肇魁心想,这谁啊?怎么像是捉奸的?开了门,见是大军。狄肇魁的心当时就虚了一下,忙说:"大军啊,快进来快进来,外面怪冷的。"大军去看他妈,狄肇魁当然不能跟着,只有回到自己床上。

大军坐上个一二十分钟,走了,狄肇魁立马又转移到怀酽姬身边。看得出怀酽姬老大不高兴,但狄肇魁不问她,她自己说出来:"三更半夜,就不让人睡个安生觉。"狄肇魁说:"也该起来了。"她赌气说:"我不起!我挣了一辈子命,到老了想睡到什么时候就睡到什么时候。"

因为狄肇魁不在眼前,他们母子说什么他都不知道。他听不到他们的声音,就像他们什么也不说。

接着怀酽姬絮絮叨叨抱怨道:"来了就坐着,来了就坐着,魂儿也不知跑哪儿去了。你来看我,你也讲句话。你问问你老妈腿怎么样了,问问你妈要吃什么。没嘴儿的葫芦,不问!你要真孝顺,也把儿媳妇给领回来。就这个儿子,让人操碎多少心。我话说在前头,我的事他们将来敢有个'不'字,我也不是吃素的,我不依!看我不骂出好话儿来。"

狄肇魁听了,心头怦怦直跳。他竟没能继续在怀酽姬面前待住,说声要去买菜,就出了门。出了门却又想不出有什么事,在陶然小区转悠了半天才想起来将近十天没有卫庆的音信了。他拨了卫庆的手机。卫庆正忙着,手机里轰隆隆地响。卫庆问他:"怀大妈腿好了没有?"他脱口说:"没好。"卫庆说一句改天去看怀大妈,就把手机挂了。

卫庆心细,尽管狄肇魁遮掩得很好,怀酽姬的床上也只能看到一只枕头,但她仍旧看出了名堂。临走时,她示意狄肇魁跟自己下去。在楼下,卫庆就说:"爸,我有冲撞你的,你都原谅我吧?"狄肇魁神情不安,连说"这可说哪儿了"。卫庆接着长叹一声,意味深长地说:"我没大能耐,能为您老人家做的最大的事还能是什么呢?"不料大军低头走来,忙住了嘴。

那大军抬头看见他们父女,却又把头低了,也不跟人搭话,就从他们旁边走过去。

狄肇魁见状,就大声对卫庆说:"你大军哥来了,我就不送你了,自己走吧。"

大军在前,狄肇魁在后,两人上了楼,来到家门前。狄肇魁一直在大声说话。他拿出钥匙,半天也插不进锁孔,就又拿到眼前,一边仔细瞅着,一边说:"咦?没错啊,是这把啊,上午还开来着。走错楼层了吧?"

大军突然转过身往楼下走去。

狄肇魁暗松口气,原地站了会儿,脑子里又一闪,他急忙追了下去,可是楼下已经不见了大军。他没停,继续追到小区大门口,朝街两头望望,都没有大军的影子。

回到家里时,怀酽妮问他是大军来了吧。他说是。怀酽妮恨声说:"我就知道他是要监视我。老狄,今晚我偏睡你床上去!"

半夜,怀酽妮从梦中惊醒。她梦见一只巨大的怪物,这只怪物头上长着一只弯角,浑身上下披着坚硬的鳞甲,每个指甲都如同锋利的尖刀。它爬到床上,不可抗拒地把她骑到胯下。她惊悸不安,再也睡不着。狄肇魁安慰她:"不过是梦,忘了就好。"她坐起来,说要回家。

狄肇魁没吭声。

她就那样在黑暗里坐着。过一会儿,她又说要回家。感觉她在摸索着下床,狄肇魁怕她摔着,赶忙开了灯。这老婆子,深更半夜回什么家啊?狄肇魁伸手拉她,她就说:"我不能睡你的床。你的床肯定没换,床有床神。"

她重新睡到次卧,像把回家这档事忘了。狄肇魁跟过去。她说:"好多了。"狄肇魁说:"你再不要胡思乱想了。"她说:"我没胡思乱想,我只是胸口有点憋。"狄肇魁用手抚着她的胸口。

"老怀。"他叫她。

"你说。"

他觉得自己在费很大的气力。"老怀,"他字斟句酌,"老怀,要不,明天,我陪你去医院检查检查。"

怀酽妮不语,但能听到她的喘息声。

狄肇魁竖着耳朵。

"要去你去。"怀酽妮小声说,也刚能让狄肇魁听到。

狄肇魁暗暗判断着。"嗯,也该出去散散心了。"狄肇魁拿着劲儿,一字一句道,"我陪你去大明湖,怎样?"

"不去。"

"逛泉城路?"

"不逛。"

"那去体验馆?"

不吭声。

"免费券在不在?"

"在。"

"说定了。"

"明天早起,悄悄出去。"

"睡吧。"

第二天天蒙蒙亮,他们便神不知鬼不觉地离开陶然小区,一个熟人儿也没碰见。这回他们顺利到达床垫体验馆,路上狄肇魁只是偶尔扶怀酽妮一下,怀酽妮还像不乐意。他们来早了,体验馆门前才有几个人。问他们都怎么了,有说腰腿不好的,有说血压高心慌的,有说胃口差睡不着觉的。看时间还早,狄肇魁让怀酽妮等着,自己跑去窑头路上买了油条和袋装的热豆汁。他很有耐心地看着怀酽妮吃完,自己才吃。

因为来得早,狄肇魁和怀酽妮都分别被安排了床位。一个床位是两个人,戴上耳塞眼罩,怀酽妮也不知道身边的人是男是女。接待人员跟她解释,锂辉石床垫对身体的各种疾病都有特别的疗效,它所发出的某种射线和负离子可以包围身体的任何一处病灶,最终解毒祛病。

接待人员是个少妇,一口一个"妈"地叫着,一会儿问"妈,感觉有什么地方发热了没有",一会儿问"妈,背上是不是麻酥酥的"。怀酽妮心里说,妈叫得再甜,我也不上你们的当。八九千块钱一张床垫,亏你们说得出口。

实际上,怀酽妮在锂辉石床垫上不光发热了、发麻了,而且还悠悠飘浮了起来。更为奇特的是,她在黑暗的眼罩下面,还看到了浩渺的宇宙,四处星光灿烂。尽管她告诉自己,不要相信接待人员的巧舌如簧,但她仍旧无边地快乐着。她几乎感到自己重新变回了纯洁的少女,对整个世界满怀浓浓的爱意。她留恋着那快乐,渐渐蒙蒙眬眬,睡了过去。

两个小时后,她自动醒来,感觉全身有力。

"妈妈这一觉睡得好沉。"接待人员欣慰地说。

她跟同样睡了一觉的狄肇魁交流。

"我后脑勺那块头皮麻得厉害。"狄肇魁说。

"枕头。"怀酽妮提醒他。

"可以配套购买。"接待人员说。

"有优惠吧?"狄肇魁说。怀酽妮偷偷向他递个眼色。

"爸爸妈妈可以终生免费体验。"接待人员说,"无量寿锂辉石特异床垫体验馆欢迎爸爸妈妈再次光临。"

他们离开了体验馆。

"你走得真快!"狄肇魁在怀酽妮背后说。

"我腿有劲儿。"

"体验一下,有作用了?"

"有作用个鬼啊!"怀酽妮走得飞快,边走边说,"你躺两三个小时身上没劲儿? 我可是躺了二十多天。"

"你劲儿没处使? 你腿好了?"狄肇魁停顿一下,"时间还早,咱们顺便去医院做下检查?"

"你就知道'检查'! 好不好我知道。"

"以防万一嘛,谁也没长着锂辉石眼睛。"

锂辉石眼睛?亏他想得出来。怀酽妮就说:"也好。"

他们在中心医院做了检查。最关键的字眼:愈合良好。出了医院,狄肇魁略觉遗憾,就是没碰见刘大夫。不知为什么,他非常想再见见刘大夫。

时间还早,怀酽妮忽然不往前走了。狄肇魁问了半天,她才犹犹豫豫说出口,能不能等到天黑?狄肇魁目光雪亮,一眼就看出她的顾忌。她怕碰到老邻居。

那好,等天黑!狄肇魁有着出奇的耐心。他们沿着解放路往西,过青龙桥,去了黑虎泉看水,然后又去泉城广场,一直在那里磨蹭到华灯初上。坐了车回到陶然小区,果然没碰上任何熟人。

在二楼狄肇魁的家门口,狄肇魁本来以为怀酽妮有可能继续往上走,怀酽妮也像是要往上走。狄肇魁已经暗暗紧张起来。可是,她忽然小声说:"开门。"狄肇魁才把门打开一道缝,她就一侧身挤了进去。

怀酽妮进了门,直奔她养腿的次卧,好像踏遍千山万水终于到家的样子。

第二天,他们没打算去体验馆。正睡着,大军又来了。大军来得比过去早,在怀酽妮跟前待的时间也比过去长。怀酽妮阴沉着脸摔摔打打,他全然不知。他要走了,照旧是那样的动作,站起来,环视一下房间,淡然的眼神,却似乎要把整个房间看进眼里,随身带走。

大军才出门,怀酽妮就一连声地叫:

"老狄!老狄!"

狄肇魁赶忙跑进来。

"我明白了,老狄!"怀酽妮激动地说,"我明白了!"

"你明白什么了?"

"我不能好!我不能好!我不能好!"她说了三次。

狄肇魁倒糊涂起来:"你好不好吧。"

"我好了就不能来了。"她身上颤抖着,无尽的忧伤。

狄肇魁安慰她,搂住她的肩膀。"谁不能来了?"他说,"你在这里嘛。你可以在这里住一辈子,你在这里住到大明湖干。"

"这是卫庆的房间?"

狄肇魁点头:"要不,再睡我床上?"

"报应。"怀酽妮没头没脑地说一句。

狄肇魁云里雾里,但怀酽妮什么也不说了。楼道里传来上下楼的脚步声和老邻居间的招呼声。

吃过早饭,怀酽妮对狄肇魁说:"你出去逛逛,不要管我了。"于是狄肇魁拿了他的小镲,赶到那个几近倾颓的旧厂房。

这天上午一个人也没来。狄肇魁在老厂房里漫无目的地走了一会儿,就找了个三条腿的凳子坐下来。高墙歪斜,阔大的屋顶开裂,透射进来的光影在落满尘土的地上慢慢移动。他看着这一切,就是没想到打镲,一下也没打。恍惚之中,浑然忘了自己是在什么地方。

之后接连三天,他和怀酽妮都是早起去体验馆体验。他的感觉跟怀酽妮一样好。发热,像有一个小火炉煾着,想哪里小火炉就煾在哪里。发麻,麻酥酥的,还有一点痒,痒得惬意,像小时候让大人拿根头发丝在耳朵眼儿轻轻捻动。在热和麻中,神魂飘荡。每一次体验后,也都感到身上有力。

"爸爸妈妈慢走。"接待人员送客。

他们做完了体验,脸色红润。

没有任何预兆,狄肇魁突然向怀酽妮转过脸来。

"你怎么老跟着我?"狄肇魁冷冰冰地说,"你怎么不回自己家?"

怀酽妮呆若木鸡。

"你个老不死的讨嫌鬼!"狄肇魁眼里充满了厌恶。

怀酽妮听清楚,也看清楚了,把什么都看清楚、听清楚了。她哀叫一声。

"你坑我!你装……你,你糟蹋……你把我……你毁了我!"她神情慌乱地说,"我不活了!我要死,哦,我要死!你别走,大骗子,我跟你拼命!"

体验馆大厅挤了近一百号等待床位的人,他们呼啦啦一起拥过来。接待人员在旁劝慰:

"爸爸妈妈冷静。"

狄肇魁朝旁斜睨了一眼,不知是斜睨世界,还是斜睨体验馆那位少妇。"你本来知道嘛,这个世道,坑,就一个字。"他慢条斯理地说。少妇哑然,形神俱像枯草。"世道就是这样,哪管你精明一辈子?该失算还是失算。"他说,像对世界说,"既然自己掉坑里,那就自己爬出来。"

"我要死了!"怀酽妮继续哀叫,"哦,我要倒……"她不禁合目摇晃,"我要倒。"

"那你倒你倒,你倒下来!"狄肇魁说,"大家都看着,是她自己要倒。看着,她自己要倒。"

说着,磨转身,健步如飞,向车流涌动的经十东路走去。他灵活地躲开疾驰的车辆,来到道路中间的护栏旁,抓住护栏,双臂一撑,就轻松跃到护栏上面,但他没有翻下去。他高高骑坐在那里,好像在笑。

令人不解的是,他相向击打起空空的两手。唯他知道,自己手中捏了两只虚拟的小镲。

哐!哐!镲声畅快。哐!哐!哐!哐!是吗?他打镲。

哐哐!一个啷儿,两个啷儿,一个啷儿,两个啷儿,一个啷儿……蓦然就起了盛大的合奏。

神 马 飞 来

1

毕老太回家就掉泪儿。路上还好好的,知道儿子一家要来吃晚饭,不忘从东沟桥头的小菜摊买了些蒜苗儿、西红柿。进了门就不行了,站在门后,泪珠子扑簌簌往下落。一会儿工夫,就落满衣襟,脸上也像水洗过。如何在沙发上坐下的,都不知道。手里当然也还拿着东西,而且攥得死紧。

房门响了,她没听到。

繁琳头一个进来,就把她的样子看在了眼里。她倒记着手里的蒜苗儿、西红柿,扔在地上可不成。繁琳会说,这是吃的,怎么能扔在地上?那就只好任脸湿着,而且随之少了顾忌。她不哭,繁琳也就只当没看见。看她不仅不予收敛,反而好像来了劲儿,繁琳就忍不住说:

"哭啥!再高兴也用不着这么哭啊。"

话音未落,儿子毕庆平和孙子小凯也跟着走了进来。繁琳嗓门大,毕庆平听得一字不漏,却一声不吭,面无表情地走入小卧室,连招呼也没跟毕老太打一个。小凯见状,不知如何是好,繁琳就说声:"坐着去!"

繁琳要把毕老太手里的东西接过来,毕老太躲着不让。繁琳扑哧笑了下:"妈,你还有脾气了!"

毕老太低头去了厨房,繁琳跟上,毕老太就默默含泪用后背挡她。

繁琳出来往客厅门口站了站,看小凯在沙发上窝着,故意将衣领竖起,深深埋了大半个头,没一丁点儿坐相,却也没数落他,转身又去小卧室找毕庆平。

那小卧室也就两米见方,仅能塞下一张双人床。毕庆平背着房门,坐在床沿上。繁琳轻轻咳一声,绕到他身边。

他悄无声息的,繁琳还以为他在看窗外的梧桐。不料凑近了往他脸上仔细一瞅,他却死人样儿地闭着俩眼。

繁琳挨着他坐了,斜了肩膀碰碰他的身子,小声说:

"庆平,不是我要过来哦,是咱妈不让我插手。你看我闲着,比干活还难受,还累。你要是好心体谅媳妇儿,就让我给你捶捶背。"

接着,繁琳就给毕庆平捶起背来。捶了一会儿,繁琳又说:"小凯自从那回吃出白头发,就再不愿吃他奶奶做的饭,这回肯定又要饿肚子了。"毕庆平的身子在她手下只有一丝细微的晃动。她抬头看看窗外。

光线业已黯淡,梧桐枝上的叶子七零八落。繁琳惋惜似的摇摇头。

"咱妈把泪蛋儿掉到了饭菜里,"她继续捶着说,"是咱妈的泪蛋儿,我做儿媳妇的不嫌弃,她孙子吃不下我可没办法。你吃不吃？"

毕庆平如蛰伏的虫儿一般,这时候慢慢苏醒过来,睁开了眼,面对着繁琳。

繁琳马上想到自己说了错话。不管自己说的是不是实情,不管自己的声音是如何低沉婉转,那种话对毕庆平说出来,总归是冒险。当然,毕庆平素很少干涉她随心的表达,但这并不意味着她就对了。她懂这个道理。

谁让她是老孟家的女儿呢？老孟家住在王府池子北的庠门里,紧靠府学文庙。门口道儿窄,但门内规矩大。

毕庆平没张口,繁琳就已经领会了他的意思,诧异的神色立时从她脸上显现出来。

公公去世,繁琳都没见婆婆哭过。到如今儿子已上高二,过去了十七年,她从没见婆婆在人前掉过一次眼泪。说她不哭,繁琳不信,而且繁琳相信她常哭,只是不在人前哭罢了。就像她自己,生活中多少烦难,少不更事的儿子可曾见过她的泪水？即使在丈夫面前,她也总是克制着的。顶多也就偶尔发泄一回。难得！

别人不见她流泪,不证明她不会躲在黑暗里,或软弱,或无助,或崩溃得哭泣。婆婆如若不曾哭泣,那倒更为可疑。

一时间,同为女人的感受紧紧攫住了她,使她几乎要站起来,猛冲到厨房里去。

"你没记错今儿是什么日子吧？"繁琳却仍旧压低了声音,问毕庆平。她没能掩饰住自己一腔的愧疚,皆因为自己在看到毕老太流泪时的迟钝。"你想想,我怕再说出不合适的话来,回去又不得安心。"

毕庆平不作声,繁琳也猜不出他到底想了没有,看他竟重又把眼一闭,像个死人,心里就不大得劲儿,但还是抬起胳膊,接着给他捶背。不过捶了两下,就忽然站起来,火车头一样,向门口冲去,卷起一股风,扑在毕庆平脸上。其实她并不是要去厨房,她是要去客厅亲眼看看儿子。

不知从什么时候起,繁琳发现儿子有了很深的秘密,而且儿子对任何人严守自己的秘密。她总是毫无预兆地突然在儿子身边出现,使儿子坚定地认为她在处心积虑地监视自己。

为此,母子之间已经爆发了多次莫名其妙的争吵。但不论怎么吵,谁都不说破自己的目的,让毕庆平听起来也是一头雾水。

不料刚到门口,繁琳就猛地收了脚步。

厨房和客厅的房门正对着。繁琳要去客厅,厨房里的人肯定能看到她。虽然毕老太只顾在灶台上忙碌,没有觉察到房子里发生的一切,但繁琳还能对儿子怎样呢?过去繁琳的行为引起了儿子的强烈反感,现在也仍旧会引起儿子的反感。总之,一股强大的力量让繁琳止步不前。

繁琳不禁悄悄退缩了,心里还在祈祷毕老太没有看到自己。毕老太你不是要哭吗?那你就索性去哭好了。

毕老太却压根儿没有注意到自己身边的事。人前老泪纵横,对她来说的确是破天荒。这都多大会儿了,泪水还像刹不住闸。而即使她想刹闸,也刹不住,况且她也没想刹住,也没想提防着不把泪水洒落在饭菜里。她在做饭不假,但这些饭既不是做给自己吃的,也不是做给儿子一家吃的。

饭做好了,眼泪也流干了,人就愣在厨房里。繁琳听不到厨房里的动静,忙赶过来,抢着把饭菜一盘子一碗地端上餐桌。毕老太这回没拦她。流了一通眼泪,整个人轻飘飘的,一团棉花一般,不被人挡飞就不错了,拦谁去?实际上这顿饭吃得还好,这要归功于孟门女繁琳。

果不其然,儿子小凯一口没吃。毕庆平吃没吃,繁琳没去管他,反正繁琳吃了很多。吃的时候不住地说这个好那个也好。"小凯你尝尝这个,他爸你尝尝那个!"她口里这么高嗓大气地说,使筷子攥起来,却自己吞吃下去,大双眼皮儿不带眨的。

2

燕子山西麓有个羊头峪,从羊头峪并行下来两股水,一股是西沟,一股就是东沟。

当年还被人叫作通惠街大丫头的毕老太,一朝嫁给留洋博士毕守鹤,就像把自己深藏在了东沟两岸的草木里。

大丫头能藏起来,完全出自自己的意愿。从此偏居城郊,远离了北洋大戏院、中山公园,还有火车站耳熟入心的钟声,但她乐意。她既是一条虫子,也是一只鸟儿、一只小兽。在东沟葳蕤的草木遮蔽下,她得以静静喘息,让时光的流逝,慢慢消除心头的暗伤。她能嫁给毕守鹤,同时也遂了父兄的心愿。

毕家、驰家,还有冯家,俗称通惠街"三大家"。父兄不乐意大丫头嫁到冯家去，其实冯家就在驰家。冯家租了驰家的北院，屈指算来，都租了二十多年，原是要商定买过去，后来计划搁浅，冯家却从此开始住得名正言顺。毕家则栖居在一栋三层的石制小洋楼里，虽然是跟另一户人家合住，但毕竟是住在高楼上，所以驰家就十分乐意大丫头嫁到毕家，况且毕家的儿子毕守鹤还是留过洋的。

驰家父兄不像那些见识短浅之人，父兄即使不认别的，也认这个"洋"字儿。毕守鹤刚回国那会儿，本来还有一个名字，叫毕保罗，但已鲜有人提及。驰家有门远亲，姓纪，家住南门外佛山街柴火市对过，家里也出过留洋博士，也起过洋名字，恰恰也叫保罗。

这纪保罗回国没几天，就惊动了当时的省政府主席王耀武，还被请到王的官邸赴宴。纪保罗是学什么的？驰家父兄也说不太清楚，只知道他除英文、德文外，还会几种小国家的语言，且能把艰深的佛书看懂。

能看懂佛书，又不是和尚，显然毕保罗所学没有如此的尴尬。毕保罗在西洋学的是机械。与小国家的语言相比，机械也显然更为明白实用。

纪保罗在国内受到优待，王耀武主席给老纪家赠送礼品的车队曾经轰动二里佛山街，使老纪家名声大振，一时传为佳话，而毕保罗回国并无此荣耀，那也不过是因为时代已有所不同，不定什么时候毕保罗也会获得同样甚至更高的荣耀。

毕守鹤一回通惠街，就盯上了驰家大丫头。那毕守鹤身材高挑，面皮儿白净，留着洋头，雪白的衬衣领子上扎着条长长的文明带，风度翩翩，礼数周全，通惠街上的人谁不喜欢？大丫头也喜欢。

毕守鹤来叫她去逛中山公园,去东街口的北洋大戏院看戏,她是每叫必应。

毕守鹤跨进她家院门,不说来叫她,父兄也会主动高声指引:

"大丫头在东屋里呢!"

要么就催她快跟了毕守鹤出去:

"紧去吧,戏开演了!"

有时候看完了戏,他们也并不回家,出了戏院大门就信步往北走。

似乎在听到火车站钟声时,大丫头才想到家在自己身后。看看走在自己旁边的毕守鹤,看看站前街那一连片的德式建筑,大丫头不由得感到一丝陌生。"这里就像是在德国。"毕守鹤常会这样发自内心地叹赏。

大丫头就在心里恨恨地说:"我不知道什么叫德国!"

可是,她是知道的。她被毕守鹤一会儿工夫就带离了自己出生成长的极熟稔之地,现在已是远在异国他乡。隐隐的恐惧突然就袭上心头,大丫头再不往前走动一步。事实上,那恐惧并不关乎背井离乡,甚至不关乎眼前的一切,但它在大丫头心里是越来越清楚。

终有一天,他们几乎是沉默地走到了车站广场,对着那幢绿顶钟表楼,定定地看了足足半个时辰。当——当——当——浑厚的钟声倏然传来,他们感到像是漂浮在浩瀚无际的海面上,被有力的海浪向前推送几米远。他们如梦初醒般地放大瞳仁,对望一眼,一言不发地走出了车站广场,竟像是在矜持着逃遁。

过了一夜,挨正午,大丫头从通惠街西头往东走,抬头就看见两个人从毕家走出来。一个是毕守鹤的父亲,活脱脱一个长老了的毕守鹤,却是穿了青布长衫的。另一个人大丫头也认识,不就是南边儿望平街上有名的媒婆刘小春吗?这刘小春每日家穿红戴绿,搽胭脂抹粉,近些年到大丫头家并不止一次两次。

也怪,刘小春到驰家来,从来都不是为了说媒。

大丫头立时就站住了。

刘小春双手捧着一只蒙了红布的木匣,很是小心的样子,自然没能注意到街上的大丫头。临进驰家的黑漆大门,才发现大丫头停在街上。待要笑吟吟地朝她点下头,她已折转了身子。

大丫头独自去了中山公园。

过了很多年,大丫头只要想起中山公园,就会记得自己在注目骷髅上那满口金牙时打起的大寒战,一股直呛鼻子的来苏水的气味也会倏然而至。其实,中山公园里举办的大型"镇反"展览,她早在三天前就参观过。当时中山公园内外人山人海,她没能仔细看,也没怎么敢让自己的眼睛去看摆放在公园北门口一个架子上的这具尸骨。挤在别人的前胸后背之间,她喘不过气来,好像一张被压薄的纸片。顺着人流往前走,就是一个新搭的高台。高台上坐着两个穿了戏装似的女人。四周不断有人指指点点:

这是大皇姑,那是二皇姑!

早在大丫头还小的时候,就听老人们讲"一心天道龙华圣教会"的这俩"皇姑",专吃婴儿心肝。直到亲眼见到,只觉得她们都像是刚从戏院子里押出来的人,不过是脸色惨白罢了。

现在来参观的人稀稀拉拉,看得出有不少乡下人,大丫头不认识几个。在喷洒尸骨的来苏水的气味中,大丫头一眼看到那满口金牙的骷髅在正午的太阳下闪闪发光。猛地一个寒战打来,整个身子骤然收缩成一只秋核桃。可是,她没把自己的视线从那金牙上挪开,她精疲力竭地盯视着,盯视着……出乎意料,"一心天道龙华圣教会"头目的金牙,竟刹那间给了她一股巨大的勇气。

那一刻,她感到自己的胆子大得没了边儿。那看一眼都让她极其恶心的大金牙,俨然被她咬在了自己嘴里。她挺一挺脊背,闭紧嘴唇。每一颗牙都被她死死咬着,别想跑掉。

大丫头又听到了从火车站方向传来的钟声,整十二下。如同含着金牙的大丫头,嘴角泛起一抹淡淡的微笑。她知道,自己此时或者将来,是已经没有什么不敢做的。

高台上的两个"皇姑"了无踪影,是死是活她不在意。高台西侧的树木之间,扯了一根长长的麻绳子,上面挂着一些照片,都是前些时候被枪毙的恶霸反革命。大丫头一一看过。看得那个仔细,像是要在脑子中刻下似的。

两天后,通惠街大丫头失踪的消息,就被疯传得不成样子了。有说大丫头跟人私奔了的,有说大丫头被会道门残余收了做新皇姑的,也有说给人暗暗弄到了台湾的……至于缘故,不就是因她貌美吗?但她不抛头露面,自然就没有这些事。关键是驰家虽也有规矩,但还算新派,就少了些管束。

不管究竟如何,人确实是不见了。

驰家发现人不见了,先也慌,不然也不会将风声透露出来。其后不见其报案,大门也开始整日闭着,院里静悄悄,就知其以为大丑。再看那毕守鹤,常常急急地在街上一趟趟走,铁青着脸,胸前长舌头样儿的文明带虽还在,却松松垮垮,而那毕父,也是把自己关在了家里。当时毕、驰两家结亲的事情,已广为人知。通惠街的人由此很快坐实大丫头是与人私奔去了。

那么,这个勾引她为私情不惜抛爹舍娘辱没家门的人是谁?人们想疼了脑子,也想不出附近哪个人会比得上留洋博士毕守鹤。

嫁给毕守鹤,不说一辈子了,半辈子也够。

大丫头归来那一天,恰是霜降。

秋枫染丹,杨柳透黄。大丫头手提一只深褐色小皮箱,微微笑着,踩着落叶,从东街口北洋大戏院前面慢慢移来,宛如漂行在一片澄澈的秋水之上。

通惠街上的人都不由得屏住了呼吸。瞧这大丫头,十天不见,脸色倒显红润。她不看人,神态慵懒,好像仅是路过。

后来大丫头就走到自家大门前举手敲了两下。过一会儿,大门开了一道窄缝儿,从里面露出老周老婆的黑红脸庞。

那老周原来跟驰家合作生意,一直住在驰家。生意散了,也没搬走。老周老婆一惊,大丫头就对老周老婆说:

"周大娘,我回来了。"

老周老婆转惊为喜,正要开门,大丫头的父亲就怒气冲冲地奔过来,咣当一声把门关了,隔门丢下狠话:

"你给我走——走得远远的!"

大丫头提着小皮箱往街上后退两步,就定住了。她看着紧闭的大门,久久没有回转身子,但她知道,形容枯槁的毕守鹤正向自己走来。

除了大丫头,也没人注意到在向她无声走来的还有一人。那个人的样子也跟毕守鹤差不多,只是胡子更长些,不知几天没刮了。

大丫头一旦朝街上的人转过脸去,就会让人发现她从未展露过的惊人的妖娆。

"细莲。"毕守鹤轻轻叫她的名字。

她目不斜视、不紧不慢地从毕守鹤身边走过去,走到另一个人跟前,马上塞给他一样东西,却只说了两个字:

"你的!"

即使毕守鹤距离她这么近,也没看清那是什么,更遑论他人。她显然已在自己手里攥了很久。毕守鹤还要试图看个明白,但她顺手又把那小皮箱朝他一递,他也就非常乐意地接过来帮她提着了。

那一年雪下得很迟。通惠街大丫头结婚了两个半月,才下第一场冬雪。雪小,一落到沟底,就化没了。干涸的沟底看不到水,但能听到泠泠的水声。猜不出水声是从哪里传来。

3

毕老太打从在东沟住下,几乎就没回过通惠街。原先从城区到这里就没条正经路,过去几十年,南北两条街早已从西边修过来,但距离毕老太住的地方都得有个二三百米。那些陆续冒出的单位及宿舍,彻底改变了荒郊模样。它们占据了东沟两岸的空地,把东沟挤得像根饥饿的肠子,处处打着结。通往北街的路紧傍沟沿,倒是走得通。要往南去就不大容易。这样,毕老太也就如同住在了死胡同里,但毕老太并不觉得有什么不好。

事实上,东沟街的人直到毕守鹤去世都不大熟识毕老太。大约在1993年吧,市政府决定拆除老火车站,社会上众多专家学者呼吁保留。毕守鹤一改往日不问世事的作风,为此事积极奔走,尤为活跃。老火车站拆除之日,众多市民蜂拥而至,争与老火车站留下最后一张合影。毕老太跟随西装革履的毕守鹤一同前往,站在那幢绿顶钟表楼前,由大观园照相馆的摄像师拍照,头一次,也是唯一一次双双入镜头。然后他们再没有回头看一眼这座由德国人设计建造的老火车站,就离开喧嚣的人群,一言不发地去了通惠街,而且也只是在通惠街口略站了站,就又掉头而去。

入夜,毕守鹤开始剧烈咳嗽,怎么也睡不着。怕影响家人睡觉,就说自己到外面咳去。当时东沟就已经变得很臭。毕老太拦他,没拦住。

他出去了,迟迟不归。毕老太出去找他,没找着,就回来,也不敢去睡。等到天色蒙蒙亮,就听楼下有人叫嚷看见东沟里死了个人。

死的就是毕守鹤。

是在石头上摔死的,头没挨着乌黑的水。

血都流水里了,脸色白得如同抹了厚厚一层干石灰。

此后有段时间,毕老太常在沟边独自转悠,或者坐在沟边出神。问她在做什么,她说东沟的水怎么就臭了呢?

是啊,东沟的水何时就臭了!

毕老太已经是东沟的老住户,都说不出来,怎能奢求别人?就因为东沟之臭,那么多的人不断搬离这里。

这一转眼就是许多年,毕老太已是一个真正的老太太。毕守鹤去世前,东沟街的人从没见她出门买过菜,都认为毕守鹤疼老婆。每周,毕守鹤至少三次去黑虎泉打水家用。人们认为这也是毕守鹤疼老婆的表现。女人喝黑虎泉水养颜。如果看到他们夫妇站在一起,不认识他们的人肯定不会把他们当成夫妇。毕守鹤不到四十岁就白了头,毕老太过了五十头发还是乌黑的。婚后毕守鹤得过甲亢,医好了也不大长肉,就更显老,四十岁就像人家六十岁。

毕守鹤一死,毕老太就得自己出来买菜,看上去手脚也还麻利,脸上也很有光泽。可也像是说老就老,甚至好像一直就是这个样子,头发白了不说,还又稀又薄,步履也似乎不大踏实了,随时都有摔倒的危险。没等她走近,人就觉得必得马上止步让路。既为礼貌,也为避祸。还要下意识打量一下周围是否另有他人,以为必要时的见证。

毕老太早就不像过去那样常年蜗居在家,但她的活动范围又实在有限,大体是在北街与东沟街中段的文东小学之间。在这有限的范围内,她认识的人也算不少。文东小学的老门卫、春鑫电焊铺的关师傅、馍馍房老唐的娘、修摩托车的大老韩,都是她的朋友。

大老韩从南部山区新娶了女人,还专门领到她家让她看。这就有点亲戚的意思了。事后,毕老太确实备了份厚礼给她。

近些年羊头峪东沟整治过多次,都不彻底。眼前这一次采用雨污分流,把污水全盖在了石板下面,街上路面重铺了厚厚的沥青。关键是,把整条路都从南到北打通了。文东小学原有两个校门,家住北边的走北门,家住南边的走南门,现在只重建一个朝东的大校门就够用。

东沟街的人熬到今日,眼前才总算晴了天。唉!东沟臭了多少年,东沟街难走了多少年,毕老太已经觉不出臭,而且并不打算再走出多远,偏偏又都好了。街景美观,走过的人多,附近的闲房子也变得好租起来,这就得以让毕老太认识了一个名叫钱冈的晚报记者。

毕老太住的老砖楼是一梯三户。毕老太住东户。中户空了四五年,不知是不是户主不上心,还是不好租,一直没能租出去。

这天,毕老太找老唐的娘说话,一抬头,看见一个穿运动服的年轻人从北街口骑自行车过来,后面载着一个小孩。她本不认识人家,也没太在意。等回了家,她刚把钥匙插进锁孔就听到中户门里有声音,不由得耽搁了一下。

中户的房门打开,蹦跶出一个小孩,张口就对毕老太叫姥姥。毕老太竟一下子认出来这正是自己在外面碰到的那个孩子。他的父亲走来拉他回去,笑着对她点点头,说这孩子挺淘的,净乱跑。

原来钱冈为了方便孩子在文东小学上学,特意租了这所房子。不过是在钱冈一家搬来后的一个星期,钱冈就给她带来了一个让她揪心的消息：

那个人，那个她即使死了也难以忘怀的人，他的名字，就又这样地飞入她的耳朵！

报纸之类，她平时也是看一看的。她知道啥叫化名。

她问钱冈："这报道是你写的？他真就叫这名字？"

钱冈眼圈儿红红的，回答她："他就叫这名字，没错。"

她问："你写的都是真的？"

他说绝对是真的。他还要继续做深度报道，一直做到肇事逃逸者良心发现，投案自首："毕大娘，您认识这个人？"

毕老太没对钱冈说自己认识。她只说小钱你再说一遍，他住在哪儿？钱冈知道不适合再多问。看她身子硬挺挺地走到街上，钱冈想要去送她，欲言又止了几次，终究没说出口。

来了辆出租车，方停，毕老太就坐了进去。出租车不用掉头，直接向前方的文化东路开过去了。

按照钱冈提供的地址，毕老太赶到郎茂山工联小区的一扇房门前。因为没有充足的准备，一旦被人拒之门外，毕老太除了向人展露自己一脸焦急悲伤的神情，别无他法。

拒绝毕老太的人她也认识，是当年纬五路上聚源酱菜店朱大炮的二闺女朱桂贞。能在这里见到朱桂贞，她一点也不感到惊讶。

两人早都不是旧时模样，朱桂贞竟也能一眼把她认出来，就像有人事先给她们下了通知。

房门一开，毕老太看到了一张眼神飘忽的苍老的面孔，但那目光随即就汇聚起来，简直如同一把利刃，猛地戳中了她的胸口。

"你这丢死人的妖精,你还有脸来!"朱桂贞压低声音,咬牙说,"你怕下辈人儿不知道你做下的丑事,是吧?"

毕老太不觉得自己有脸或没脸,她也没想去掩饰自己脸上的神情。她站在那里,好像秋天旷野上一棵孤零零的掉光了叶子的老树。她有树干、根须,但没有脚。她在朱桂贞跟前寸步难行。

朱桂贞头发蓬乱,目光的犀利也只维持了那么一会儿,就背转身子,一边往屋里走,一边呜咽着说:

"唉,趁小辈儿都不在家,过来看一眼就快走吧……人都不中用了。"

4

重阳节刚过,南山里的柿子上市。二环西路外的大庙屯集市上,平时卖柿子的大小摊位就连成了片。今年柿子丰收,一到集日,整个大庙屯就如黄金匝地,耀得人睁不开眼睛。来赶集的人似乎不是来买柿子,而是专门来享受这份金黄的热闹。

铁路局退休职工冯聿宝一朝心痒,忽然也想来看这热闹了。他记起遥远的往日,在他还是一个少年的时候,他的父亲曾从辅仁车行雇下一辆敞篷马车,带领全家老小来赶大庙屯的柿子集。秋高气爽,父亲兴致高昂,对每个家人都有求必应。小聿宝在这一天得到了一匹自己梦寐以求的枣红色的小马驹。傍晚回城的路上,小马驹奔跑在马车旁边。夕阳的余晖里,小马驹好像身披一匹华贵的锦缎,眼看就要飞起来……丰润的少年,转瞬间已成老朽。

冯聿宝想到这儿,心头苍凉如水。

这天,大庙屯集市上照例人来车往,没人注意到有个叫冯聿宝的老人混在其中。市罢,人流退散,唯有冯聿宝长时间坐在地上,一动不动。

有人倍觉怪异,就上前询问:

"老大爷,天要黑了,怎么不走?"

老人冯聿宝笑笑,不说话。

那些被丢弃在地的柿子汁水横流,犹在散发着美好的清甜气味。看冯聿宝的样子,像是闻这气味闻醉了呢!

果然,又一个人过来,笑道:

"老大爷,你醉了吧?柿子好闻,也不至于闻醉呀。要不就是吃撑了。我敢说这是吃撑了走不动了。"

最先过来的人忍不住斥责道:

"你胡说啥嘛!我看这大爷是被车撞了。大爷,你怎么被撞的?撞哪儿了?哪辆车撞的?"

冯聿宝摇头不答,只说:

"有劳哪位好心人送我回家吧。"

冯聿宝回到联工小区的家里,就再没说一句话。大庙屯送冯聿宝回家的人告诉冯老太朱桂贞,冯聿宝可能在集上被车撞了。可是,在冯聿宝身上看不到创伤,从他脸上也看不到痛苦的神情,真是奇怪。谢了好心人,打电话让儿女们过来。陪在冯聿宝旁边,继续盘问:

"老头子,你到底是不是被车撞了?"

冯聿宝躺在床上,双目微闭。

"你又不傻,又不是木头,车撞没撞你你自己还不知道?你要是真被车撞了咱快去医院。你哪里疼?你哪里疼?我给你揉揉。"

冯聿宝置若罔闻。

"你说句话啊!我知道世上有叫车撞瘸、撞瘫的,不知道还有叫车撞哑巴的。哦,我知道了,你打心底就不想跟我说话。老朱家是卖酱菜的,朱家人身上有酱菜味儿……你不吃酱菜……你不说话,你就点点头。聿宝,你看我一眼也行。你看都不肯看我吗?"

冯聿宝没有声音。

冯老太将头一低,语气里就忍不住含了抱怨:"才过几天好日子,送走他奶奶也才几天,这房子里的汤药味儿还都没散呢,快十七年的老汤药味儿,你闻闻……"停了停,又说,"才刚轻省了这一年半,你就……你不好好在家待着,去啥大庙屯?你要瘫了,看谁伺候你……我没那劲儿了。我心脏不好,不定哪天也完了。孩子们都忙,二丫头下岗八年了,一家人就吃女婿那点儿工资。你好意思……你去大庙屯逛啥呀?你要吃柿子,吱一声儿,我成筐成筐地给你买来,给你一个个洗干净了,送到你嘴边边儿上,好不?我拿小勺儿一口一口地喂你……"说着,冯老太抬起头来。

楼道里响起急促的脚步声。

"老头子,"在房门没被打开之前,冯老太竭力放稳了声音,"我那些不好听的话,你别放心里去。你就当朱家闺女没家教,不计较吧。不怕,只要我能晃得动,就能伺候你。"

头一个进来的是大儿子。四个子女中,这大儿子的工作是最好的,也是在铁路部门上班。当初赶上铁路部门对本系统职工还有照顾,就给安排了,以后就再没有这样的方便。

这大儿子如今也快到了退休年龄,说话的口气却挺冲,进门就嚷:"大庙屯的人呢?怎么让他们走了?"冯老太忙告诉他,人家是好心把他爸送来的,他才暂且不提。老大是主心骨,随后提出立马送父亲去铁路医院。看得出冯聿宝并不情愿,但已由不得他。

医院检查结果出来,冯聿宝的确遭遇过车祸,而且造成了较为严重的腰椎损伤,目前最好的治疗方法是及时手术,营养神经治疗,并配合针灸等物理治疗。但伤情恶化得很快,二丫头最后一个匆匆赶来时,他的双腿已经完全没了知觉。最让人无奈的是,自从进了医院,他就没把眼睛开过一次,而且不管谁来问,他也只当没听见,又像个哑巴一样,一言不发。

冯老太预感到了不妙,见儿女们都来齐了,就全由他们去商议行事,自己只顾低泣。到半夜,她眼睛干干的,嘴里还有微弱的声音,像在疲惫地呻吟。一直没人劝慰她,也没人干涉她,就像她并不存在。有时候儿女们也问她话,可甚至没等她弄懂意思,他们就转过了头去。一而再,再而三,就让她觉得自己没了用处。既知没了用处,也就只让自己沉浸在一种说不清是悲哀,也说不清是淡然的情绪里。偶尔,才被惊一次,也多由老大的责怪而起。

"怎么让大庙屯的人走了呢?"同样的一句话,老大说过多次。可能老大也知说这话的无益,所以,并不求母亲给予解释,说过也就说过了。他绝没想到,冯老太已经对此耿耿于怀。

你老大是什么意思?好心人送你爹来家,还有错了?你还想

277

赖着人家不成？她放人家走，也错了？在你眼里，你妈不能帮你赖，真就是废物了！

冯聿宝在医院做了手术，腰椎上了钢板。冯老太都不记得自己怎样在手术通知书上签的字，反正冯聿宝手术做过了，下肢的知觉也没恢复。最让人难过的还不是这个，而是冯聿宝仍旧不睁眼，不叫疼，不说话，且坚决拒绝饮食。这事自然惊动了院方，就有人过来询问伤者家属，伤者之前是不是受过什么严重打击？只问过两次，冯老太就觉得浑身发冷。

即使没有任何人予以回答，答案也极为明确。

冯聿宝是在速求一死！一家人特意聚在一起，却面面相觑。空气压抑得厉害，痛哭即将爆发。出乎意料，每个人又都不知不觉平静了下来。他们理智地商定了陪护老人的计划。然后，有的人留在医院，有的人离开。

他们随之开始了对冯聿宝老人的劝慰。院方也加入进来，而且免费给他请来了著名的心理学专家。没有用。

不管怎样动听精妙的语言，都如新雨洒落在青葱的荷叶上；不管怎样温暖的亲情，也都如云烟之于生冷的铁石。甚至使人怀疑冯聿宝老人已悄然从病床起身，走到了遥远的天际，人们面对的不过是病床和一床的被褥、病号服。

眼看老人日渐枯瘦下去，一家人再次齐聚，跪倒在老人的病床前……病房里的哀求声、哭声把很多人吸引到了走廊上来，人人动容唏嘘。

此后，冯家人却重又显得平静了。一旦听人说起老人绝食自残,脸上就开始有种很不耐烦的样子。此种谈论也显然让他们很不自在。而在别人看来,他们也似乎不再担心老人未曾进食。人瘦了,但通过强迫性的鼻饲,能够活下去,不需担忧。他们继续按照既定计划,轮番陪护老人。

不久前,一场儿女之间不该发生的争吵,让冯老太果断地做出了一个重要的决定。自感无用的冯老太一直没有像儿女们一样为丈夫操心,不过是每天心神恍惚一些罢了。

尽管医院做了各种努力,但诊断表明,冯津宝的生命已接近枯竭。这样的消息,似乎还不能打乱冯家人的心境。

但这天下午,老大和二丫守着父亲的病床,各不相让,几乎大打出手。原来这天该着老大陪护,二丫在家默默念想着父亲的各种好处,一时动情,就忍不住离家再来看一眼父亲。不料,病房里竟寻不到大哥的人影。去外面找也没找到,问谁谁不知。这二丫心头已经怒了,就打他手机。他说"就来了",还扯了两句闲话。

过了一会儿,果然见他笑嘻嘻地从外面走过来,对二丫说:"这回换的手机肯定好用了,刚才接你的电话,没听到杂音。"

二丫说:"你干啥去了?你新买的手机?"

他大大咧咧地说:"说新买的也是新买的,说不是新买的,的确是在前些日子咱爸没出事的时候买的。便宜!你看好看吧,显高档吧,手写屏的呢,才三百多块。"

"你去洛口通讯城了?"二丫强压怒火。

"不在通讯城买能这么便宜?"他颇不以为然。

"还是有钱的人呢!要买还不买个好的?"二丫说。

他喷一声:"我有钱?大半辈子了,就挣那点破工资!"

"哥,你真去通讯城了?"二丫说。

他这才有了觉察,忙解释:"我买来后发现不好用,信号不好,杂音大,好说歹说他们也不给换,气死我了!拿回来这些天几乎就打不出去,我怕耽搁太久,他们更不给换了,今天才……"

"哼。"二丫冷笑一声,打断他,"你这是去了两次!"

他额头上不由得渗出了汗珠,却还要为自己辩解:"上次去是在买回来一星期之内,这次他们根本拿不出不给换的借口,但拖太久……"

二丫痛心地说:"老大,你还这么小气,省下几个小钱,来来回回浪费多少工夫,很值当吗?"

他忽然就为自己找到了理由,提高了声音。

"我倒想不小气,"他说,"可我不小气得了吗?我要是比尔·盖茨,不说地上有十块钱不捡,有十万块,我也不哈一下腰,照走不误。要是有个五十万、一百万嘛,我倒不走了,我守着,等失主回来找钱。我道德高尚,我学雷锋做好事儿。关键是,我不是比尔·盖茨,我是冯家的儿子,冯继兴。我还要攒钱给儿子买房娶媳妇!"

他这里振振有词,不妨二丫猛一低头就向他直撞了过去。他倒机灵,及时躲过了。

"你还记得自己有儿子!"二丫气咻咻地说。

他看二丫发怒,也知理亏,就说:"妹妹,我也没耽误事啊,看你瞎激动什么?爸爸不在床上好好躺着吗?我就是去换手机了,还该死罪?"

"你这是当哥的！"二丫说，"就为咱爹，这些日子我晚上摆地摊都摆不下去，窝在家里光难受，你还有心情去换手机。"说着，顿时发疯地大叫起来，"吝啬鬼！吝啬鬼！铁路局的吝啬鬼！看我给你摔了！我给你摔了！"

冯老太稍后得知他们兄妹的争吵，没有责怪任何人，而是静静转身走到冯聿宝病床前，轻声说了句：

"他爸，对不起你，是我错了。"

5

冯老太坚持要将冯聿宝移回家中，院方表示反对，但在做过全面诊断后，也就只得开下"自动出院同意书"，遂了冯老太的心愿。冯聿宝躺在床上，形同死人，鼻端只有微微的一丝气息出入，脸色倒还不至于像死人一样蜡黄。冯老太将儿女们全部打发出去，让自己一个人陪伴丈夫。

关上房门，拉上窗帘，冯老太在黑暗里首先向丈夫诉说了自己内心的愧疚。

丈夫是铁了心要将自己饿死的，她却害他临死前在身上动了回刀子。连他的这点心思还不能参透，这一世夫妻白做了不是？动刀子，能不疼吗？如果她事先拦着，谁也没办法。如今，丈夫不仅要带着身上的伤口，还将带着体内的钢板一起去了。

"你都听到了吗？"冯老太絮絮地问丈夫，"你肯原谅我吗？你还知道我是谁吗？告诉你，我是朱桂贞。"

冯聿宝仍旧不回答她的话,好像仍旧不在眼前。冯老太握着他的手,那手冰凉,但并不砭人肌骨,也还是一个活人的手。

冯老太又开始小声责怪他,说他想不开,说他太好,太顾别人。他一心求速死,还不是怕给人添麻烦?

"咱不拖累孩子们,咱就拖累咱自己,行不行?"冯老太说,"就是拖累了他们,也是应该的。他们本是你生的,你养的。老头子,我求你来拖累我。你拖累了我,我心里也喜欢哩。你能拖累我到死,我觉得自己这辈子活得值。老头子,你是真怕了呀。你看我伺候完了公公,又伺候婆婆,你就怕了。婆婆卧床十七年,我给她擦屎把尿又怎么了?换来的,是那个亲。不瞒你说,前些年我跟婆婆,可比跟你亲。让我再伺候你,那谁也比不上咱俩亲!老头子,我还不怕,你就怕了。老来难,老来难,你听着,老头子,你没种!你冯家人,没种!你要是真没了这口气儿,你等着,我立马给你两大巴掌!我把你脸打肿了,让你见不得阎王!"

冯老太说累了,就把头伏在冯聿宝身边,打算休息一会儿。没想到一伏下就睡了过去。昏昏沉沉的,一直睡到自然醒。忽觉家里有些异样,攥了一下手。丈夫的手还在自己手里,已被她暖热了。

正要站起来,一道雪亮的闪电从她脑中掣过。她忙定住。这时候齐腰以下,她一点儿感觉也没有。原来趴伏久了,已使双腿麻木。幸亏她的反应还算迅速,不然必跌倒无疑。当年七十多岁的婆婆也是这样的,坐在门口簸粮食,不知不觉睡着了,身子连同簸箕压着双腿,乍一醒来就要站起,结果一头栽到台阶上,造成股骨头折裂瘫痪……

无声齐聚在家的儿女们围过来扶起她,走到沙发边坐下。

"没事儿。"冯老太幽幽地说。

十数天来,冯老太满是皱纹的脸上,第一次泛出一丝恬淡的笑容。以后的每时每刻,冯老太都是神情淡然,宛如时光已悄然停滞。冯聿宝静卧室中的情景,将会永远保持,而这所并不宽敞的房子,也将是他们老夫妻不朽的水晶棺。她实在不想再走出去了。

冯老太没想到这一天迎来了毕老太这位不速之客。潜伏已久的敌意,从她心底最深处陡然蹿起,使她根本想不到做一下掩饰,但她最终还是将毕老太放了进来。

毕老太两手空空,哪里像个探望病人的样子?而且还没走到病人床前,就又站住了,枯树一样的。

冯老太身上在微微颤抖。过了一会儿,冯老太就催促毕老太:"你看过了,走吧。"

冯老太声音不高不低,毕老太听到了,顺从地扭转身子,慢慢向门外走去。

毕老太在冯聿宝家里,就如同再次看到了许多年前中山公园展览的那具恐怖的骷髅。她的胆子没了,早就消磨掉了,甚至从一开始就没有。当年的所谓大胆,不过是一种虚妄。她像怕极了似的,匆匆离开工联小区。在路上,也像是在庆幸自己的及时离开。

回到羊头峪东沟,毕老太还能记起这本是儿子要带孙子来跟自己一起吃晚饭的日子。她买了西红柿和蒜苗,因为孙子爱吃。她还可以买更多,但买下这两样对现在的她来说,也可以了。她继续往家里走,听到老唐的娘在路边欢欢喜喜地说:"大姊妹儿,过节。"老唐的娘总是把这个日子说成过节。她也就回一句:"嗯,过节。"但进了家门,就再也忍不住。

眼泪蓄了一辈子,再不流出来,就像东沟的水,也行将恶臭了。

吃过晚饭,儿子一家只停留了一会儿,就走了。儿媳繁琳说,高二,不同于高一,晚上还得回家复习。毕老太不觉得她解释这个会有什么用。她根本不用解释的,毕老太的心不在这上面,哪里都不在。

那心没了。

人一走,房子里空落落的,只剩下毕老太。毕老太的心又回来了。毕老太想一想工联小区的那个人,又想哭,但眼泪已干。毕老太眼睛很疼,看看桌子上没刷的碗筷,就脚步蹒跚着走回卧室,侧身躺到床上。

毕老太眼前重又现出中山公园的骷髅,来苏水的气味也随之溢满全室。她竟然想不起那个人的样子了!

那时候她的眼不像现在,既没红,又没肿。她怎会没有看清他?那时候她失明了?肯定没有。

毕老太不停地颤声骂着冯老太。

不知何时,儿子毕庆平出现在了卧室门口。毕老太突然发觉,倒没慌,只是不作声了。毕庆平转身去收拾碗筷。毕老太仍旧没动。不是不想动,是浑身绵软无力,是真的没有一点力气。想必将来弥留之际的卧床不起,也就是这样。

往日儿子一家来吃饭,繁琳向来很勤快,饭后的碗筷洗刷基本用不着毕老太。这一回她竟没顾上刷锅洗碗就带小凯走了,实在是因为怕饿了小凯。眼里有了儿子,自然就没有了别的。这不怪她。

毕庆平笨手笨脚弄出来的声音持续了半天之后,房子里终归安静了。他又走到毕老太身后,坐下来。他因担心毕老太,才又返回来的。可是,他又不问毕老太到底怎么回事,就只是那样默默坐着。

有人敲门。毕庆平迟疑了一下,就听门外的人喊道:"大娘在家吧?"毕老太在床上动了动,毕庆平走过去开了门。

门外站着钱冈,他还不认识。钱冈告诉他,自己是毕老太新搬来的邻居,他就请钱冈进来。钱冈并不客气,看来已跟他母亲很熟。

毕老太忙挣扎着从床上下来,调整了下情绪,对儿子说这是"小钱",很照顾自己。儿子又忙对钱冈说谢谢。钱冈说大娘客气了,自己照顾什么了?刚想问毕老太白天去探望冯聿宝的事情,瞭一眼毕庆平,不由得生了顾忌,不问了。毕庆平还要请他去客厅里坐,并解释自己住得太远,不能陪伴老太太,给大家添了麻烦。他说不坐了,自己还要赶稿。

这时候毕老太神情正常多了,就说:"小钱是记者。"

毕庆平说:"您是记者啊!那您知道的事多。"

钱冈边走边说:"混饭呗。"

毕庆平说:"有本事的人就这样,没诳话。"

将钱冈送出门去,毕庆平转身看到毕老太端坐在了沙发上。

毕庆平感到毕老太要对自己说什么,将那前因后果娓娓道来。但他不祈求更多,毕老太只讲一句自己白天出门干什么去了,就已足够。

毕老太的出行竟惊动了邻居,这还不值得对亲生儿子一讲吗?事实上等了十多分钟,毕老太一个字也没吐出口,毕庆平就起身说:

"妈,看您好好的,我就放心了。早点歇着,我也回吧,再晚怕不好坐车。"

嗓子沙着。

6

钱冈岁数不大,但也算颇有些经历,这要归功于他所从事的工作。大学毕业后,他连考了两年公务员,都在面试这一关给刷下来。要说他面相不好、口才不好,打死他都不信。好像就为了做一下验证,他重新选择了媒体,甚至要壮胆去考电视台的节目主持人。最后,他落脚在了本省的晚报,负责社会生活新闻采访。

工作几年下来,与同学聚会时,他常常大发感慨:

"这才是生活!"

工作让他得以看到生活的每个侧面和角落,无不超出他在这之前的所有想象:火车脱轨、飞机失事、高速公路车辆连环相撞、残杀谋害等等,各种天灾人祸。但场面再凄惨,也没有影响他的心情达四五天过,而且似乎连使他潸然泪下的时候都不算太多。这次却不同。当他在铁路医院一眼看到静静躺卧在病床上任亲人千呼万唤依然如置身事外的冯聿宝老人时,男子汉的泪水唰地涌出眼眶,就差号啕大哭。从医院回来后,他连夜写了稿子发排。写时,几度凝噎。

只隔一天,钱冈再次来到医院,正赶上医院出了"同意书",老人一家也正一声不响地忙着把老人转移到家中。他又要掉泪,却忍住了。因为老人自己的家人竟没有一个面露悲戚。他很自觉地躲到了人们背后,没有打搅他们。两天后,他去了工联小区……

报道在社会上引起了不小的反响,钱冈却请了一天事假,把自己关在房间里,像头疗伤的野兽。但到底还是年轻,只在家里待了一上午,就怎么也坐不住了。中午,妻子上班不能回来,他去学校门口接了放学的孩子,又给孩子做了午饭。这些杂事打断了他有意的闭关思考。孩子过午上学后,他就觉得实在没事可干,这才下楼来转悠。看门口有卖晚报的,就买了一份自己看。

不料,一将报纸拿在手,心情又不行了。站在房门口,连锁也打不开,被上楼来的毕老太看见了,问他:"你病了吗?"

这时候,钱冈急切地需要找个人讲讲自己的感受。毕老太也是个风烛残年的老人,肯定更能理解这个惊世骇俗的事件。

有谁见过心劲儿如此之大的老人?自始至终,都没人听他发出过一声哀唤。饥渴、创痛、活着和亲情的巨大诱惑,于他皆若浮云。即使他的亲人,也未必全都领会老人所做的牺牲……随着他的讲述,毕老太渐渐变了神色。

毕老太在他的重重疑虑中不顾跌倒的危险,一阵风似的冲下楼去……可以肯定,毕老太是去了工联小区。

职业的敏感,使钱冈断定此事大有文章。今晚毕庆平一家人走后,透过隔音效果不太好的墙壁,隐约听到一种非常可疑的声音,但怎么也猜不出来那是毕老太的咒骂。终于拿定主意要去看个究竟,就遇上了她的儿子。此前两人并没有碰过面。因为有他人在场,他也没好意思多问。出来后回到自己家,他继续侧起耳朵,仔细捕捉隔壁的动静,却再也没听到什么。

凌晨三四点钟,钱冈猛一激灵就醒了。

有人在下楼。

是那种很轻很轻的脚步声,连楼道里的声控灯都没被吵亮。

钱冈马上想到这是毕老太,也便迅速穿衣,躲到门后。估摸毕老太已经下去,才开了门蹑手蹑脚地出来。

街上的路灯好像睡着了一样,灯光昏昏然。

钱冈隐蔽在暗处,看着毕老太在路灯下站了站,就慢慢向南走去。猜想这是要去南边文东路上打出租。过了十多分钟,钱冈才朝相反的方向走到和平路上,在聚福林酒店对过坐进出租车,告诉司机自己的目的地,司机却转头问他一句:"急吗?"他愣了一下,鬼使神差地说:"不急。"但司机仍旧开得飞快。

在工联小区附近,钱冈下了车。

工联小区的大门还没开,迎面吹来的晨风冷意逼人,钱冈耸起肩膀,避到路边长长的花墙根下,一转眼就看到了不远处的毕老太。

并不宽阔的街头空荡荡的,毕老太踯躅不已,却好像根本没意识到自己是在哪里,在做什么。

天空一点一点地褪去灰暗,街上开始出现行人,毕老太也像钱冈一样,走避到花墙下面。

一辆收取垃圾的环卫车辆驶过不久,工联小区大门旁的小门嘎吱一声打开,从里面出来一个早起锻炼的高个儿中年人。

钱冈目瞪口呆地看到,毕老太突然一溜小跑,直奔小门而来。中年人也不由得愣住了,毕老太从他身后猛一闪,就闪进门内。

等那中年人走开,钱冈也要走过去,又想到自己对工联小区不熟,万一碰见毕老太,来不及回避,难免尴尬,也就站着没动。过了一会儿,他妻子打来电话,问他早起去干什么了,他只说这就回去。

掉头沿着花墙往前走了百十步,指望去东边郎茂山路上打出租,忽听花墙内由远及近地传来一阵脚踩在落叶上的沙沙声,遂又站住。

正应了隔墙有耳这话,只听花墙内的人停了下来,一个人说:

"你别求我,今早上是我求你。求你行行好,别再来了,别再乱我的心了成不成?"

钱冈马上听出来这是冯老太,而且断定她是在跟毕老太说话。

因为离得很近,钱冈能听到冯老太微微的喘息,但没听到毕老太吭声。小心翼翼拨开一簇纷披在墙外的连翘枝叶,从墙格中看到冯老太果然是跟毕老太在一起。那冯老太背对着毕老太,面容悲哀而坚毅,是钱冈过去从没看到过的。毕老太站在她的背后,人佝偻着,可能因为站的位置较低,竟比冯老太矮了一大截儿,完全是一副低声下气的样子。

"不是您的心乱不乱……不是您求我,是……"毕老太自言自语似的说,好像被什么阻挡着,她怎么也说不下去。

冯老太站着不动,目光直直的,显然是在朝花墙看来,却根本没发现隔墙有人。

"是救人要紧!"毕老太终于说出口来,并随之向冯老太伸出了手,但又因畏惧,收了回去,"或许我还能救他,让我去劝……"声音越来越低,整个人又慢慢萎靡下来,且将软瘫在地,难再扶起。

钱冈的心已经抽成一团,却听冯老太自长久的沉默中轻嘘一口气,低低地说:"你能救他,是不是?"声音那么小,却意外得纯净,宛如出自少女,"你不是乱我心,是在捅我心呀!你是谁,你能救他?哦,大丫头,他听你的……你捅得我要死呀!"

毕老太没说话,过了好一阵,才看她微微动了动身子。钱冈猜她可能死了心,要主动离开这里,而她确实接着向后退了两步。

路上有人骑着自行车匆匆而过,钱冈忙直起腰来,装成随意停留在花墙外的样子。那人疑心地瞥了他一眼,骑了过去。

再往花墙里看,毕老太却已绕到了冯老太的面前。只听扑通一声,毕老太跪在了冯老太的脚下。

令钱冈惊异的是,冯老太好像早就意料到了,并没有一丝出奇的表现。

"姐姐,您要是啐我一口能好受些,那您就啐吧。"毕老太恳切地说道,"我也是个老太太了,一个老不死、老废物,啐就啐了。这不是脸。要不,您不怕脏了手,就扇我!狠狠扇我!……踹我,踩我,拧我,掐我,都行。您杀了我吧,只给我留上一口气儿,能让我去把要说的话儿说完……您怎么着对我,都行!"

说着,就向冯老太探长了脖子,仰平了面孔。

冯老太依旧无动于衷,钱冈在花墙外却听得心头直跳。

怦,怦,怦!那颗心,就要跳出胸口来了。

轻盈逾过花墙的晨光,含着温暖的蔷薇色,蝴蝶样儿的,悄然飞落在毕老太的脸上,竟使这张苍老的脸刹那间闪烁起年轻动人的神采,但她显然不是在祈求那美丽虚幻的光芒。她万分渴望地等待着,等待冯老太的无情斥骂、口水、耳光、拳脚……冯老太却仍旧只有微微的喘息。

毕老太就又说:"姐姐,您不是狠心的人,我知道。您今儿能从家里出来,就已经是让了我一步。老姐姐,您就再让我一步吧。我来戳了您的心,要是能让一个人活下去,也值得吧?就放我进去劝劝他,万一他听了我的,肯喝口水儿,吃口饭,活过来,怎么着也是一条命,您再难受,再屈辱,也该忍忍。我跪着,就听您一句话,让我……"

她停住了。冯老太身子猝然一矮,也向她跪了下来。

钱冈在花墙外看得真切。冯老太声细如蚊,却可辨认:

"你傻不,大丫头……我要是宝儿啊,那我也饿死自己。"

钱冈浑不知不觉间从花墙下走开了,他连回头一望的勇气都已失去,因为哪怕再回望一眼,他就将成为古往今来苍穹之下最为卑劣的人。现年刚刚三十一岁的晚报记者,还不想就此崩溃。

7

住上大房子,是繁琳的人生理想。她曾对毕庆平说过,这个世界上有两个地方自己不愿去,一个是庠门里,一个就是东沟街。她从来不想一辈子就住在耳朵眼儿里。

繁琳能够如此坦诚,也是首先摸清了毕庆平的心理。

毕庆平就像那些从小就生活在东沟街的年轻人一样,渴望有朝一日永远搬离了这里。结婚后倒是搬了,是繁琳单位的房子,一室一厅,比母亲住的还小。

看看城区的房价,和自己不见起色的工作,毕庆平感到自己已绝无能力帮助繁琳梦想成真,但仍旧暗暗留心着房产信息。于是,他发现了远在东部邢村立交附近的一处山景楼盘,一套一百五十平米的,既有车库,又有储藏室的房子,仅售二十万,单价一千冒头,但由于五证不全,近期办不了房产证。

说给繁琳听,繁琳问:"办不下房产证,就把人赶出来吗?"

毕庆平答:"不会吧……只是这房子也远了些。"

繁琳说:"只要房子大,就不怕远!"

结果,只花二十万,轻轻松松,繁琳就把大房子住上了。才住五年,公交车通到小区门口,小区的房价也嗖嗖涨到高位。同样的房子,在二手房市场上,最少能卖一百二十万。

繁琳是那样地爱着自己的家。若不是因为还要去上班,繁琳才不舍得离开半步。唯一的遗憾是,家里的车库还空着。

毕庆平不会开车。毕庆平说自己坐车行,一想到开车就心慌。在朋友的车上试过,往驾驶座上一坐就呕吐。繁琳说:

"哼,我说你命好吧。"

谈论买车,已经成为夫妻二人经常的话题。这天,繁琳叫毕庆平起来吃早饭。她站在床下,一边给他拿衣服,一边说:"你要是有车,再晚上个一二十分钟,也还来得及。"毕庆平动作慢腾腾的,她倒不在意。昨晚毕庆平回来得迟,睡得也迟。她接着说:"你还是得去考驾驶证,争取五一前把车买回来。"不料毕庆平脱口说了句:

"买车买车,买你个蘑菇!"

话里显然带着怨气,繁琳一愣,但马上扑哧笑了。把车和蘑菇并列在一起的景象,十分滑稽,难为毕庆平说得出来。

"你是不是吃枪药啦?"繁琳笑着问他。他拉长个脸,不作声儿,繁琳就说:"那你就磨蹭吧,我先去吃了赶车。"还说,"不管你乐不乐意,我还要说一句,你再不学车,我可要去学啦。我当你司机。"

毕庆平上班途中突然决定下车,又去了羊头峪东沟。妈妈的表现绝对事出有因,绝对不像自己当初想象的那样简单。因为习惯性的不耐烦,他曾忽略过去,但后来越想越觉得不对头。昨夜,当他实在忍不住,重又返回妈妈身边时,恍惚听到了一两句妈妈的咒语。妈妈爆粗口,他还不记得有过。他首先想到妈妈是在咒骂繁琳……骂自己儿媳,也太毒了些……繁琳惹了妈妈。不过,想想繁琳说的那些话,确实放肆了,虽然他相信繁琳有口无心。

公正地说,繁琳也算是个少有的贤妻良母。

那么,繁琳从何时起在妈妈面前变成这个样子的?就好像理所应当。毕庆平可说不出来,而且要他不迁怒于繁琳,显然也是做不到的。事实上,他对繁琳的怨怼在家时已经显露,没等繁琳出门,就又在不断地悄悄酝酿。

眼前变得通畅的东沟街,略略减轻了毕庆平内心的郁闷,不至于让他的脸色很难看。往日碰到认识的人,都是边走边打招呼,今天则是不光打招呼,还会停留一下。

沟边的健身场地上,有抖空竹的,有踢毽子的,有摇呼啦圈的,还有个拧着脖子拉弦儿的,拉的那调儿像丢了八百万,那个纠结!他一路走过,发现也认不得几个,都不过是见过而已。

从省杂技团家属院走出个拎马扎的瘦小老头儿,看见毕庆平就说:"你是军区机械厂老毕的儿子吧?"毕庆平随便一打量,脑中并没印象,但也忙回道:"是啊。"那老头儿就说:"唉,你爸都走十来年了。当年他爱看杂技,我们就认识了。跟我说,很想跟我学走钢丝。我说你这么高的个儿,高粱秆儿似的,不是开玩笑吧?他说不开玩笑,他就想在一根钢丝上走遍世界。"

毕庆平镇定地说:"这倒是我爸的怪想法。"

"那时候他说这话,就是你这个年岁。"老头儿说,"东沟街谁不知道机械厂的毕守鹤,毕高工呢?如今啊,他早不在人世,我老刘也还在东沟。一根钢丝能让人走遍世界?你爸爸可不就是说了笑话!"

告别了杂技团的老刘,毕庆平不禁心绪翻飞。这许多年来,他在东沟都是来去匆匆,以致生疏了这里,而一旦放慢脚步,那些沉潜在岁月深处生活表象之下的秘密就会这样不失时机地浮出水面。杂技团老头儿的一席话,不过是轻轻掀开了蒙蔽生活的幕布一角。

谁知道这块幕布下面究竟还隐藏着多少未知的爱恨情仇,毕庆平现在就是在向这样一个未知的深渊一步步迈进,他不由得感到了冷,也感到了怕。归根结底,他一直缺少足够的勇气。

哦,每次回到东沟时的不耐烦,不就是对自己犹疑懦弱的一种遮掩?所幸,今天毕庆平仍旧没有就此掉头。老唐的娘叫住他时,他脸上的笑容,既谦卑礼貌,又落落大方。

老唐的娘没有疑心毕庆平今天能再来东沟,反而告诉他,毕老太昨晚见到孙子,简直高兴坏了。老唐的娘感慨地说:"都说隔辈亲,隔辈亲,可我还没见过这么疼孙子的,平时拉个呱儿,三句话离不开你家小凯。"

毕庆平就说:"等孩子高考完,就可以天天住在奶奶家。"

老唐的娘笑说:"那就好。"说着,忽然想起一件事,"上星期听你妈说,家里有把折叠椅的腿断了,要请关师傅给焊焊,没见她拿过来呢?"

毕庆平说:"你看,我来得巧了吧!"

走进家门,却发现妈妈不在,毕庆平心里猛地咯噔一下。"毕庆平,你来干什么?"他问自己。他心头发紧。他是来盘问自己的妈妈……不,是威逼!毕庆平,你要威逼自己的妈妈?

毕庆平的脸色都变了,身上一阵虚脱。他扶住了墙壁,又向门口退去。忽听门外有人说话,是楼上的张大嫂。张大嫂对人说:

"割了块肉!"声音里有压抑不住的得意呢。毕庆平竭力定定心神。张大嫂上楼去了。楼道里寂静下来,门外却还有人。他马上意识到,他妈回来了,他妈在慢慢开门。

毕庆平飞快地躲避到阳台上。他妈进了门,原地站了一会儿,就走到客厅里坐着。毕庆平几乎是下意识地躲起来的,现在简直无法判断自己这样做的对错,但他显然不能够这就从阳台上向他妈走过去……

他僵直地站着,这才发现阳台上的木头门窗绿漆斑驳,已经破旧不堪。一丝一丝的风透过缝隙,吹到他身上,冷飕飕的。阳台上除了一些杂物,并不像别人家里一样,摆些花草。

毕庆平不由得感到一阵凄凉,目光就有些模糊。

模糊的视线里,是一把断了腿的折叠椅。

衣兜里的手机铃声突然不合时宜地响起来,毕庆平猛一惊,接着就带了一脸苦相。刚要把手伸进衣兜,又垂了下来,任那铃声响着。

铃声息了,毕庆平慢慢拎起那把折叠椅,走到客厅。他妈蜷缩着躺在沙发里,好像已睡着。他脱了自己的外衣,给她轻轻披上,就走了出去。

在街头,老唐的娘问他有没有看到他妈,他不假思索地说:"没有。"

老唐的娘说:"刚才见她走过去,我叫她,她也没应。"

他说:"可能又去哪里溜达了。"

毕庆平把折叠椅放到春鑫电焊铺,请关师傅给焊一焊,又特意叮嘱:"焊好了等我来拿,挺重的呢。"

毕庆平沿原路返回,远远看到东沟街与文化东路交叉口聚了不少人,走过去才知道,一个小时之前,这里刚刚发生过一幕惨剧。一名从西沟菜市场买菜回家的妇女,被一辆疾驰而过的大吊车碾过当场死亡,交警已将现场清理完毕,现在路面上还有暗红的血迹。

8

中午,一阵杂乱的脚步声惊动了整栋楼,连毕老太都被惊动了。

毕老太打开房门一看,楼上张大一家人,一个个像疯了一样地噔噔噔跑下楼去。他们家本只有三口人,张大、张大家的、张大的儿子,但跑下去的有五个。跑在最后的,毕老太认识,是张大他爸。这房子就是张大他爸分的,但他爸早不在这儿住了,时常对儿子扬言要把房子收回去。他们边跑,边捏着自己的脖子,呃呃地叫。毕老太正想跟上去看看发生了什么事,又觉得自己有些衣冠不整,就忙转回房间,换了件衣服,梳了下头。

下了楼,发现整栋楼的住户几乎全部出动,闹嚷嚷地拥到了街上。

那张大一家,连同他老爸,都在东沟边上弓着腰,向沟里大口呕吐。

张大他爸一边呕,一边喊:"呕!呕!给我呕!呕干净!"

一股股说不清是什么颜色的液体,喷到了东沟里。一股股说不清是什么味道的气味,从他们身上飘散出去。

东沟街的人被这奇怪的景象吸引着,站满了沟沿,纷纷相互打听缘故,因为不知底细,以为他们误食了毒蘑菇之类的东西而乱出主意,一再地建议他们快去医院。

很快,他们呕光了自己肚子里的汤汤水水,一个个脸色痛苦苍白,继续弓着腰,无力地大口喘息。相比之下,张大嫂表情更为痛苦,并且隐隐含着羞惭。

正要从东沟边离开,张大他爸就一瞪眼:"你急啥?让风多吹吹!把邪气儿都吹走!"

原来这天张大他爸带一个外甥女来张大家做客,张大嫂做菜用了她在血淋淋的车祸现场捡回的一块肉。本来张大嫂不说,谁也不知道这是从死人手里捡来的。为了显示自己很会过日子,她就主动说这块肉没有花钱。张大他爸用筷子慢慢翻动着肉片,说:"又不是肉渣,又不是豆猪肉,正宗里脊,还不跟你要钱?你是皇帝的女儿?"她就接着声明,自己少说洗了有五遍……三说两说就把自己从东沟街和文化东路交叉口捡死人的猪肉的事给说漏了。张大第一个要呕,他姑表妹第二个要呕。张大嫂就也呕起来。张大他爸大叫:"出去呕,沟里冲走!邪气儿留在家,这房子我还要不要!"结果就让人看到了刚才那滑稽的一幕。

得知详情,人们觉得又可笑,又瘆得慌,不由得从沟边退了几步,但没马上散去。钱冈也在看热闹的人群中。毕老太走到他身后,叫了他一声。他有些不自在,但忙克制住了。

毕老太神情自若地说："小钱,平时你们小两口儿挺忙,中午就让我来替你们接送孩子吧,都是邻居,你再不要客气了。"

钱冈不知怎么回答,支支吾吾,竟把脸憋得红了。

电焊铺的关师傅拎着把折叠椅走过来,说："毕大娘,椅子焊好了,我顺便给你拿上去。"

毕老太略愣了一下,赶忙致谢。钱冈要关师傅交给自己,关师傅就没再多话。钱冈的另一只手还牵着儿子呢,看看张大一家人也都离开了沟沿,就跟毕老太一同走回去。

到了毕老太家里,把折叠椅放下,钱冈才对毕老太说谢谢,还让儿子也说一遍。"毕大娘,您都这么大年纪了,怎么好再烦劳您?"他又说,"我和他妈商量过,下周开始让孩子去吃六号院的'小饭桌'。"

毕老太就说："那也好。"

钱冈要走。

"小钱。"毕老太又叫他。

钱冈停下来。

毕老太欲言又止。

钱冈的儿子向她睁着黑溜溜的眼睛。

"小钱,"毕老太说,"我不能放弃对不对?我想过了,我不能放弃。"

"你……你放弃什么?"钱冈结巴了一下。

毕老太重重地点点头,像在首肯自己的决定。"我的机会不多了。"她说,"我老了,七十七了,没大用了,还不是说走就走?这次放弃,就再没有安心的日子。"

"姥姥,你喜不喜欢吃爆米花?"钱冈的儿子忽然问道。

毕老太伸手在孩子脸上轻轻抚摸了一下,含笑说:"姥姥喜欢。"

"你喜欢吃麦当劳还是肯德基?"孩子又问。

"嗯,都喜欢。"

"丁丁。"

"爆米花有灵魂吗?"

"丁丁,你胡说什么?"

"灵魂?……你这么小点儿的孩子,怎么……有吧。"

"丁丁你先出去。"

"那么,人应该就有灵魂喽?"

"怎么又扯到了人身上!"

"人没了灵魂……"毕老太说,"小钱……你爸该知道的。"

"没了灵魂,人就死了。"丁丁说。

"我带你回家!"钱冈说。

"我不!"丁丁说,"姥姥,你看见过灵魂吗?"

"这不是小孩子该问的问题!"钱冈说。

"我看到过。"毕老太说。

"灵魂是什么样的?"

"灵魂嘛,"毕老太想象着,"活着的人是看不到的。"

"姥姥死了!"丁丁朝毕老太猛一指。

"快走!"钱冈拉扯着丁丁的胳膊。

300

"姥姥死了……"毕老太笑了,"是啊是啊,丁丁说得对。"

"你多吃猪肉就能活过来。"丁丁奋力挣脱着,"猪肉的灵魂在驮着很多人快跑。"

钱冈挡在了丁丁和毕老太中间,回头对毕老太说:"大娘,您歇着。"

"猪肉也有灵魂!"丁丁叫着,"马也有!"

钱冈把丁丁往门口拖去。"好好,马也有。"他说。

"人类杀死了马,是你说的,爸爸。"

钱冈说:"人类用不着马了。人类进入了现代化科技时代,人类使用火车、汽车、轮船,还有飞机、火箭、各种机械……"

"可是人类杀不死马。"丁丁说,"马的灵魂还活着,马的灵魂在天上!"

毕老太叫:"小钱!"

钱冈把儿子抱到门口。

"你要帮我。"毕老太说,"你要答应帮我。我要走也走得安心。"

"你可以骑马,姥姥!"丁丁又忽然从钱冈的身体一侧探出他那白里透红的小脸蛋儿,兴奋地对毕老太说,"你可以安心骑在马上,吃着爆米花。"

钱冈默默回看一眼毕老太,然后,父子俩出门去了。

9

每隔一周,繁琳就会去一趟庠门里。搬家之前,他们一家住在自己单位的一套小房子,一年半载才去上一两次,惹得她老妈说:"俺这闺女到底还是白养了。"等住上大房子,忽然觉得娘家还是得常去。娘家跟婆家不同。婆家一周去一次,娘家是两周去一次。她是老孟家的闺女嘛。老孟家的闺女得讲究,婆家跟娘家就是不能等同。

繁琳的单位在泉城路上,离庠门里算挺近,依次经过省府前街、东街、芙蓉街、东花墙子街。上午下班提前半个小时,下午上班晚半个小时,就能在娘家待上两个小时。省府前街周一至周五热闹,周六冷清,道儿更显宽敞。繁琳的单位跟毕庆平的单位一样,只周日休息,一般情况下她也就周六回趟娘家。省府东街、芙蓉街、东花墙子街,窄,都不大好走。一到省府东街,繁琳就下意识把眼眯成一道缝儿,像在目测车能否开得进来,就这样一直眯着走到庠门里街口。庠门里很短,西边是府学文庙,东边是辘轳把子街,繁琳把这一条路走成了一条蚯蚓。

在街口,繁琳睁开了眼。她的三个兄弟恋家,还都住在庠门里。遇上嫂子、弟媳,她都会笑着说:"俺这个乡下人又来啦!"嫂子、弟媳会说:"不知道的人听见,还以为俺们不愿你来似的。"她就说:"不是怕你们不愿俺来,是怕嫌俺住在乡下。"嫂子、弟媳会说:"哟,真是住上大房子的人的口气!"

繁琳几年来每次来庠门里都欢欢喜喜。不管是爸妈、哥弟、嫂子、弟媳说了什么话,她都不在意。她妈说:"你住大老远,哪天我和你爸不行了,你赶得到吗?"她笑说:"赶到赶不到,都得赶。你要疼我,怎么着也得等我回来!"她妈哼一声。有一次吃饭晚了,她一推饭碗就忙去上班,她弟媳说:"姐,快紧去吧,挣钱要紧。"她回头笑说:"对啊,妹妹,谁说挣钱不要紧我不信。"

饶是这样,她妈还在背后调教她,说她不让着弟媳。她就说:"妈,你叫我让我就让,可我买来的鸡腿她可没少吃一口。你再问她爱吃什么,我还给她买了来,只要不是吃燕喜堂的。燕喜堂先公私合营,后又散了摊子,我也没办法。"她妈说:"不过说你一句,你就有这些话。想想我真不能动了,你们兄妹能消停吗?"她笑说:"妈,您就爱操那些千年以后不中用的闲心。"

今天繁琳回庠门里,含笑对她妈说起早上毕庆平"买车买车买个蘑菇"这话,让她妈突然想起什么来,说:"你来了,我倒想跟你商量一件事。燕喜堂的老宋家不是跟老通惠街冯家有亲戚吗?老宋家又跟咱家是世交。如今冯家人出了车祸,老宋家也去看了,我想着,也让你哥去看一眼。"

繁琳说:"你说谁出了车祸?"她妈说:"唉,不想提这个名字。当年你婆婆闹出来的丑事,城里城外的,哪个不知道?你要嫁给庆平,我本要拦你,看你那个死心塌地的样儿,又想着东沟离通惠街也有十里八里,周边又都是新人家,也就罢了。"繁琳问:"你是说冯家的那个……"她弟媳进来了,说:"可不就是他!报上都登了,你没看见?"繁琳说:"我不看报。"

她弟媳说:"那个冯大爷出了车祸,就要寻死。"繁琳说:"还有这样的事?"她弟媳说:"这老城的住户,有不少知道了,都去看他。"繁琳转头发现她妈脸沉下来,就说:"妈,您要看也不用问我,看就是了。"

她妈说:"没有你婆婆那段儿,早去看了。古年礼数上,孟家何曾落在人后?"

下午上班期间,繁琳一直都在考虑要不要把听到的消息告诉毕庆平,临下班才决定,要让那消息烂在肚子里。回到家,照常做了晚饭。一家三口一起吃了,儿子主动去楼上房间学习,毕庆平懒懒地坐在客厅看电视。她要洗毕庆平穿了一星期的衣服,发现少了件外套。过来问毕庆平,毕庆平支吾两声,没说出什么来,她也没在意。一夜无话。

黎明时分,毕庆平睡梦中往旁边一摸,发现是空的,随即醒来。繁琳不在床上,毕庆平正猜她是不是去了卫生间,就听楼上传来一声歇斯底里的尖叫。他一骨碌爬起来,冲上楼去。

儿子小凯的房间亮着灯,繁琳一边狂怒地往地上摔打儿子的东西,一边高声叫骂:"你个畜生,你气死我了!你气死我了!"一见毕庆平,火气更大,"这就是你养的儿子!"

毕庆平忙问:"怎么了?"

繁琳指着坐在床上赤身裸体的小凯说:"你去问他!你以为他会在楼上用功……你问他做了什么!"

小凯垂着头,脊背上通红的巴掌印,赫然在目,一只耳朵里的耳机还没有拿下来。毕庆平再看看地上散落的东西,就明白了。要弯腰拾起被子,以给他遮羞。繁琳见状,更恼怒了,猛地把毕庆平推开,继续大声质问小凯:"你不嫌丢人吗?你不嫌丢人吗?大半夜的你不好好睡觉……"又要上前打他。

毕庆平踉跄着抱住她,压低声儿,责备她:"你干啥!你这是干啥!"她又猛甩头冲他嚷道:"你养的好儿子!你毕家的好儿子!你儿子不这样,就不是老毕家的人!"毕庆平似乎听出来话里有话,但不计较,硬把她往外拉。她哭了起来,口里说着:"我吃苦受累地伺候你们爷俩儿……你就这样!"

下了楼,毕庆平把她按坐在沙发上,小声儿劝慰她:"年轻人嘛……"

她不由得迁怒于他:"你就是这样过来的,对吧?"

毕庆平说:"别乱扯。"

"我怎么乱扯了?"她的情绪依旧激动着,"上辈儿人怎样,小辈儿人还不是照着样子来吗?大家都别揣着明白装糊涂。你要真不知道,怎么不去问?事主在呢,还不止一个。"

毕庆平刚要生气,又强忍了。

"你冷静一下……"他说,"不是大不了的事儿。"

"这还小?"繁琳说,"当然在你眼里不算啥,有做得比这更厉害的……"

"你说清楚!"毕庆平骤然变了脸色,但仍旧压着声音,"你咋咋呼呼,是想害死孩子吗?"

繁琳一下子被他吓住了,过了半天,才委屈地说:"我冷静得了?"

毕庆平站起来,从她身旁离开,回到卧室。在床沿上坐了坐,把身子往后一躺,却又坐起来。想了想,随便穿上几件衣服,出门去了。

这个小区里,住的也多是为图清静的有钱人,因为有车,就不怕路远,而毕庆平在这里买房,实属误撞。小区的空地很大,环境相当不错。

毕庆平漫无目的地走了一会儿,天还没亮,也没别人早起。繁琳追了下来,小声求他回去。他说自己再走走,回去也睡不着。

繁琳已知道自己刚才太过冲动,就说,自己实在想不出来,儿子小小年纪脑子里装的什么。毕庆平说:"你总把他当小孩子,不知道小孩子也会长大。"她说:"长大就这样吗?"他反问:"你说呢?"她才不吭声了。

东方的天空持续发红。

夫妻二人像是滞留在了原地,半天也没走几步。

繁琳心头充满了忧伤,就又对毕庆平说做父母的多难啊!毕庆平点点头,嘘口长气。繁琳觉得又有点忍不住。

"庆平,"她说,"你家上辈儿的事儿,你也是知道一些的,我要多说了你可别恼。"

毕庆平没吭声。

"通惠街的冯家老头儿前些时日被车撞了。"她小心翼翼地试探着说,"你看有这样硬的老人家没有?自从回到家,一口饭没吃,一口水没喝,铁了心等死……"

"你听谁说的?"

"嗯,报上登了。"

"哦。"

毕庆平没说什么。远处绕城高速上车辆疾驶的声音传来。毕庆平向小区门口走去。繁琳问他去干什么,他淡淡地说自己只是走走。这时候,不知哪里响起一声鸡鸣,天空隐隐透出鱼肚白。

10

掐指算来,毕庆平疑了多少年?人言四十不惑,年过四十的毕庆平不想再疑下去了!从小区出来,毕庆平就不再是四十多岁的毕庆平。他回到了自己的少年,身上充满青春期的躁动,叛逆而又委屈。他在机械厂宿舍外的沟边下了出租车,瞧都没瞧周围的人,就急匆匆往里走,好像一棵会走的蒺藜。照这个架势,见了毕老太,肯定没好气,可是一旦到了房门前,闷在肚子里的火竟突然又泄了,整个人就像一个皮球,能听到咝咝作响的泄气声。四十多岁的人了,再怎么着也是四十多岁的人,永远不会再是个容易冲动的孩子。不过想了一下自己是怎么来的,就觉得身上汗涔涔的。

若非听到有人上楼,毕庆平也许接着就会转身走开。他进了房门,又是一惊。房里静悄悄的,就像空无一人。即使他看见了毕老太端坐在沙发上,也不相信房里有人。

毕老太挺直了身子,不知已在那里坐了多久。令毕庆平不敢相信自己的眼睛的是,毕老太一头的黑发!

那些乌黑的发丝,跟还不甚明亮的光线融合在一起,衬得毕老太的面容更加白皙。

出现在毕庆平视野里的,无疑是一位年轻妈妈。

不,不,哪里是他老妈妈?是一位恰在豆蔻年华的少女!

毕庆平真想揉揉眼睛,但他仍旧看清了,他的老妈妈是精心打扮过的。她身穿一件金丝绒的外套,前襟上有着一团团红晕,他从没见她穿过。她的脖子上还系着一条纱巾,比繁琳平时用的都艳丽。如果是在街上遇到他妈,他肯定不敢认她。

不知怎么回事,毕庆平忽觉得很不好意思,他把目光移开了。

毕老太气定神闲,儿子的到来对她没有丝毫影响。

毕庆平支吾了一声,说:"我来找我的衣服。"但毕老太仍像没有听见。他向卧室走去,又转过头来,就看见毕老太脚下黑黑的,落着一件东西。他立时屏住了呼吸,过了好一会儿,才开始喘息起来。

"妈。"他低低地叫。

毕老太宛如一尊雕塑,在半明半暗的房间里,静静散发宝石一样的光泽。

"妈。"毕庆平禁不住踉跄了一下。

毕老太头上戴着一只银色的发卡,发卡上镶着一颗小小的翡翠呢。

毕庆平站住。他的心痛起来,是钻心的剧痛。

"妈。"他叫。

毕老太是在微笑着呢,人间的眼睛却看不到这个。

"妈。"毕庆平无力地慢慢地蹲在地上。

毕老太心里荡漾着蜜汁,像晶莹的涟漪一样一圈一圈地荡着呢。

"妈……"毕庆平颤抖着把手往毕老太脚下伸去,"妈,我的衣服。"

毕老太好像一尊雕塑忽然被赋予了生命,她站起来。她站在那里,挺直地站着。站在一个男人的上方,公主一样高贵。那男人仿佛也并不是她亲生的儿子,跟她的血肉、她的子宫,没有丝毫的联系。他不过是一个卑微的替她捡拾裙裾的宫廷小童。虽然每当看到他,她无不以怜惜的目光,但她不轻易去看他。

此时,她的目光平视。在俗世和天堂之间,上约两丈,下约丈二,清明之气暗涌不息,一尘不染,就像那里有一条唯有血统最为纯正的公主才配踏上的通道。驰细莲就要往那里去了,驰细莲不再是尘世之人了……

毕庆平的手摸到了自己那件冰凉的衣服。那衣服真凉啊,满是尖刺,刺着他的手。他忍痛轻轻拽了一下,没拽动。

毕老太抬起脚来,向门口走去。

毕庆平把衣服拉到自己面前。

"丢丑!"毕庆平头也不抬地说。

一步、两步、三步……毕老太继续向前走去。毕老太已经等不及了。

"你还嫌丢人丢得不够咋的?"毕庆平说着,把衣服蒙在自己头上,"你就不嫌丢人?"他说,声音隔着衣服传出来,闷闷的,根本不像是他的声音。他不想再把衣服拿下来。"妈。"他说。这时候,他不觉得是自己在说话。衣服之下的,是另一个人。"妈,你就不想生我!"衣服下面的人代替毕庆平说出了窝在心头快一辈子的疑团。这个沉重的疑团,让他自打懂事起就没有真正快乐过。

毕老太不由得愣了愣,停了下来。

外面有人敲门。

"你说实话,你是不是不想生我?"衣服下面的人说,"我是多余的……"

繁琳在外面叫:"妈,是我。"

"妈,你自己说,我是来这世上干什么的?"衣服下面的人说,"我来干什么?我不姓毕,不姓驰,我就是一空气……妈,你不想生我,就把我当空气对不对?要真是这样,您就行行好,就跟我明说了,别让我再猜下去。妈,我脑子都猜疼了,你知道吗?我都猜出病来了,你知道吗?我都不觉得自己还活着,我算什么?妈,您说说,我算什么?我就不如空气,空气还有用,我是一点用没有。"

"妈,开门,我没带钥匙。"

毕老太已猛地被惊雷击中。她摇摇晃晃的,满眼恐惧,须竭力站着,才不至于倒下。她又重新变为一个老态龙钟的老人。

一具近乎枯朽的躯体,包裹在一身簇新的衣物中间。

乌黑的头发,与她衰老的容颜是如此不相称。

渐渐地,那恐惧已在她眼中转化为深重的悲痛。

"庆平……"她低声哀唤,"庆平,你……"

"你让我说,妈。"衣服下面的人狠狠抽了下鼻子,"你不回答我,我也得出来。"是的,他想出来了。父母结婚十几年,才生下他,因此,他回忆不起自己父母充满朝气的形象。每当看到年轻父母带着孩子一起玩耍,都会勾起他的某种不愉快的联想:母亲当初并不想跟父亲生下一个孩子。据他所知,那些年父亲曾在社会上遭受不公正待遇,差点被人整死。在这段经历之后,他出生了。

"你是被逼的,是吧?父亲逼了你。"他带着哭腔说,"哦,不,你是可怜我的父亲……但我现在求你也可怜一下我,告诉我就是这么回事,也好让我不再憋着。妈,你知不知道,这些年,我快憋死了……"

"我没想到……你会……"毕老太悲痛欲绝地喃喃着。

"你应该想到的!"衣服下面的人说。

"天!我真没想到……"毕老太自顾自地说,声音在颤抖,眼睛要流泪,却没有泪水。

"庆平在里面吗?"繁琳又在门外说,"庆平你开下门,我没带钥匙。"

"造孽啊……"毕老太说,"我造孽……"

毕庆平把衣服从头上拉下来,顺手丢在地上,他面无表情。

"你快走吧。"他意外地镇定了,"快去看那个人吧。"

此时他的心肠铁硬。

"你去晚了他就死掉了,"他说,不知不觉,语气冷酷到了极点,"你就再也见不着他了!"

毕老太看着他,向他伸一下手,要拉他到怀里似的。她慢慢摇头。"造孽……"她又说。

"不管怎样,你还是我妈。"毕庆平说,"我叫你'妈'一叫就得一辈子。过去我们孝顺你,将来还要继续孝顺你。"

"庆平,你在吗?"

毕庆平站起来,脚下却猛地一虚。他腿蹲麻了,他踢了下腿。他向门口走去。"你还会很高兴的,"他边走边说,"放心,我们还会

311

带小凯来看你。哦,你真心喜欢孙子,这倒让我想不到。你一见孙子就要高兴好几天,是吧?你不是每个星期都能见上一次吗?我们做得还行吧?"

毕老太突然喘息着叫道:"你在逼我,是吧?好吧,你逼我,你逼我……你……你要我怎么着?我都老了,老成这样,快挪不动了,可我下辈子,也还要你来管着,是吧……是吧……是吧……"她激动得说不下去了,也几乎喘成了一团。她摇摇欲坠,像一栋破旧颓败的老屋,隐约发出稀里哗啦的响声,而毕庆平从她跟前走过的时候,也没想到伸手扶她一把。"你不是人。"她意外地说出口来,声音极度清晰。

毕庆平听见了,竟然咧嘴一笑。"妈,好了。"他说,"下周五我还按时带小凯来看你。我们一家子都来……"

"快滚!"毕老太咬牙说,"你以为,人老了,就一定要稀罕见你们,是不是?我可要告诉你,毕庆平,你们来不来的,也都随你们!没你们,我还活不成了是吧?"

毕庆平不禁听得一呆,简直不敢相信自己的两耳,但毕老太分明就在他的眼前,那石破天惊的声音,也还在他的耳中回荡。他极力判断着,判断着,只觉得身体不可抵挡地急速虚弱下来。瞬息之间,整个人变得比毕老太还要苍老。

"妈,你说了……"他气若游丝,断断续续地,"哦,你说了,实话……你终于……说了实话。怎么会……哦,是这样。"

"你让我心烦。"毕老太说,"你们都让我心烦!"说罢,再不要理他,一甩头,就疾步朝门口走去。她打开了门。门外的繁琳下意识地躲闪了一下。她看也不看繁琳一眼,就在繁琳惊异的目光中,匆匆下楼去了。

11

东沟街上的人都认不出迎面走来的毕老太了,等毕老太走过去半天才缓过神来。馍馍房老唐的娘,向旁边的人问了几次,刚走过去的那个人是谁。人家告诉她,是毕老太,毕庆平他妈!她就说:"怎么会是毕庆平他妈?这老婆子吃了太上老君的仙丹不成?"人家说:"赶明儿也让老唐给你弄几颗仙丹吃吃!"老唐的娘说:"他舍得?有了钱还不先买给媳妇吃?我算什么!"

毕老太只顾走,一直走到北边和平路上,才想起打车。她很突然地收了脚步,背后一个骑车子的不提防,蹭着她的身子飞蹿过去。那人慌忙回头看,疑惑地眨巴了几下眼,差点儿就刮了一辆行驶中的汽车。一个女的从车窗里探出脑袋,狠狠骂了他一句,他竟没还嘴。

来到工联小区门口,毕老太一下车就直奔冯老太的家门而去。这是她第三次站到冯老太家门外。她没有一点迟疑地举起手来。敲了几下。在没人来开门之前,她观察到门框上安着门铃,就摁了摁,好像是坏的。

门扇开了一半,露出冯老太家二丫的脸。"您是……"二丫问道。

"让我进去,闺女。"毕老太说,"我来看看你家老人。"

二丫还没弄明白，门里就传出冯老太激动的声音："撵她走！撵她走！"

"您就是……"二丫恍然醒悟过来，"您……您还是走吧。"二丫的神情显得犹豫不决。"可是您来了……"她上下打量着毕老太。

"撵她走！——她怎么又来了？"

"不要听你妈的，闺女。"毕老太恳求道，"放我进去，好闺女。哪怕让我跟你爸说上一句话……我要对你爸说……"

二丫还是没有拿定主意，毕老太就要硬往门里挤。这时候，二丫看到了她大哥和那位年轻的报社记者出现在了楼梯口。她轻轻叫了声："哥。"她用求助的目光看着老大。"哥。"她说。

"毕大娘。"钱冈说，"冯大哥，这就是毕大娘。"

老大对毕老太看看，没说什么。老大目示二丫放她进去。

冯老太无声地挪动到二丫身后。"走开。"她低低地说，"让她走开。"

"妈！"老大叫。

冯老太不看他，她只对二丫说："你要是我闺女就赶她走。"

二丫为难地看看她，再看看老大。

毕老太就要往里闯了。冯老太身子一软，二丫一把没拉住，她就顺着门框，像稀泥一样地瘫倒在了地上。她再次无力地说道："让她走……"

"妈。"二丫难过地叫她。

"我不是你妈……"冯老太说。

"妈！"老大又叫。

"你不是我儿子……"冯老太说,她哆嗦着抚着自己的胸口,眼里充满了绝望。

毕老太像一股小旋风似的,猛地冲进了门内。

"天哪……"冯老太的嘴唇也在哆嗦,她浑身哆嗦起来。

毕老太立在了冯聿宝床前。他还是她前天见过的那个样子,瘦得像个刚出土的骷髅,比骷髅还瘦。他紧紧合着眼,一合就不再张开。他没有听觉,没有呼吸,没有心跳,甚至身上也没有一丝温暖。但是毕老太相信奇迹,只消她轻轻一唤,失去的都将再回来。一个明眸皓齿的年轻人,马上就要从床上翻身坐起,生机勃勃。

"我是大丫头。"毕老太轻声细语,"我是通惠街的大丫头。"

"天哪……"冯老太气息微弱。

"我是驰家的大丫头。"毕老太继续说,"你听到了吗?"她向冯聿宝走近了一步。"我回来了,"她说,"我在这儿。"

"让我死……"

"我没走远,"毕老太说,"我到了黄台车站就下车。我在黄台的小旅店里住了十天……你白让我买了车票。知道你找不到我,我还在那里等你。你个坏家伙,你怎么不来呢?你让我白等十天。你心真狠啊,我不想再理你了!可我又回来了,我在这儿,你睁眼看看。"说着,顺手抻抻衣角,又抬手捋了捋鬓边的头发。

那么黑的头发!乌黑如墨。极致的黑。蕴含着世上所有的夜之黑,也是时间最终的墓穴,且还在静静地吸收着销蚀着古往今来的所有光线。这一切,孕育出黑的精华。黑像钉子,死死钉在她的头发上。那是毕老太昨晚去山师东路的逆时针染下的。

逆时针,山师东路最好的一家发廊。毕老太为之花去了一百五十元。这也是毕老太有生以来第一次染发。在发廊小伙子充满疑虑的目光中,毕老太的满头银发走进了时光的极深处。毕老太一出发廊门,立时就与无边的幽暗完全融合在一起。街上的灯光不见了,行人不见了,连街旁的建筑也都不见了。回到家里略坐一会儿,毕老太就开始动手打扮自己。

多年不用的梳妆匣子,被她从角落里拿了出来。她又特意选了身上的这身衣服。她在沙发上坐等了一夜,直到她的儿子贸然闯入……其实,她几乎没有看到儿子。只有她自己知道,自己在以一个老女人剩余的全部心智静候钱冈即将带来的佳讯。

现在,毕老太站在这里,满心希望床上的人能看她一眼。

只消一眼,奇迹就将倏然而至。

可是,床上的人依旧没有一丁点儿声息。毕老太接着说:"我不怪你了,你知道吧?"

"妈!你怎么啦!"二丫惊慌叫道。

"你要不嫌弃我,这就娶我吧。"

"妈!"二丫叫。

"妈!"老大叫。

"冯大娘!"钱冈叫。

"你胡说什么!"老大转头呵斥毕老太。

"妈,你醒醒!"二丫哭着叫。

"你快走!"老大生气地朝毕老太挥舞着胳膊,"越说越不像话啦!"

冯老太的其他子女也走了进来，家里一时间挤满了人。"怎么回事，怎么回事？"他们神色慌乱地连声询问。

"你都听到了，他们在赶我。"毕老太依旧不紧不慢地说，"你快起来帮帮我。把我赶走，你可就再也见不到我了。"

冯老太猛地哀号一声，接着就万分难受地用手扒着自己的胸口，像一个垂死的人一样，大口大口地往外吐气。她的儿女们一见，一个个心如刀绞："妈，妈，妈！"呼唤声响成一片。

"你装听不见，是吧？"毕老太又说，"越扶越醉，哼！你就不要装了。你什么都听到了，那就睁开眼看看我。我还是老样子。你看我老吗？我不老！我还爱穿个新，还爱扮个俏。只要你活着，我就还能再活上个十年二十年。你要没了，那就啥都说不准。你要害我死吗，老头子？"

"你疯了！"老大厉声叫道。他忍不住上前拉了毕老太一把，"在别人家里，你这是干啥？你真的不怕人笑话吗？"

毕老太又站稳了，她的两眼紧盯着床上的冯聿宝。

"当年你没去车站，让我在车站白等一场，但我说过，今天不怪你了。"她说，"我本是来原谅你的，你要再不吭声，好，那你等着！"她的眼睛快速地扫视着房间，但她好像什么也没看到。

"拖出去，"冯老太无力地发出命令，"快拖她出去……"

"大姑，求您出去吧。"老大耐着性子说。

毕老太眼里的神情，已经不可遏制地热烈起来，如同烧着了的熊熊的火。她的身子突然往前一冲。在场的所有人，都以为她是要扑到冯聿宝身上。老大及时地抱住了她的腰。她挣扎着把手从老大肩头伸出来,高声叫道:"我要给你一巴掌!哼,我一巴掌把你打醒了,你信不信?"

钱冈见状,也来拦她,劝她不要这样。她哪里听得下,只顾奋力攒动着单薄的身体,口里不停地叫着要去打醒冯聿宝。不知她哪来的一股劲儿,钱冈和老大两个人竟一时没能将她拦住,就让她一巴掌抡过去,啪的一声打在了冯聿宝枯瘦的脸上。

耳光如此响亮,所有人都呆住了。

"冯聿宝!冯聿宝!你信不信冯聿宝?"

她依旧尽可能地向前伸着树枝一样的胳膊。

那样的树枝,已落光了每一片叶子。

"真疯了。"老大摇头说。

床上的人毫无意识,悄无声息。

毕老太又猛地回转身体,两只手分别把钱冈和老大一推,就快步向门口走去。几乎没有看路,跌跌撞撞地走出了冯家的房门,而且,好像是在忽然之间,她就在街上了。她分辨不出这是哪条街。

大街南高北低,车辆穿梭如飞,令人目眩。

她站下,茫然四顾着。她也是忽然之间就想到自己是怎样地呵斥着亲生儿子。尽管儿子已经四十多岁了,但他不仍旧是个孩子吗?一个母亲,怎么能那样狠心地伤害一个孩子的心?她想不起更多,偏偏想到自己怎样对儿子说出那些无情无义的话。

心头一酸,毕老太就要在街上哭出声来。

眼泪也并没有哭干,眼泪好像脚下地层深处的泉水,在源源不断地暗暗涌动,即将喷薄而出。毕老太将头一低,匆匆向前走去。

马上！马上！她要马上见到儿子！接着，一声尖利的刹车声，刺破了她老朽的耳膜。

眼睛还睁着，看到的却是一抹儿黑。

12

从窗子里，毕庆平目睹了梧桐树上最后一片叶子凋落。那好像是被他的目光击落的。他的目光投过去，叶子随即脱离了树枝，荡悠悠，凋落无痕。

毕庆平无来由地一阵怅惘。

其实，这怅惘应该是由他几天来的过度疲乏所致。陪他妈出院回到东沟，他感觉自己整个人都像被什么抽空了，只剩一张秋叶一样枯薄的皮。他妈住院期间，全由他一人陪护。不光坚决不让繁琳替他，还不说理由。他想要更多地跟他妈待在一起。

那天早上，繁琳暴怒的举止深深地刺激了他的神经。印象中，他妈从未像繁琳那样对待过自己，甚至从未骂过自己一句……一个真正的母亲，似乎应该就是繁琳那样的，时不时地狂暴，也时常有失章法。他直奔东沟，终于把内心郁积多年的猜忌一股脑儿向他妈倾吐出来……他妈弃他而去，他却不知道以后到底该如何面对他妈。中午，他接到了他妈在郎茂山路摔伤后被一好心的过路司机送进附近医院的电话……几天下来，母子二人对那天的不快缄口不言。他更瘦了，更像他那去世的父亲。他妈在病床上看他的眼神，使他感到既像看儿子，又像看他父亲，也使他心里有着说不出的温暖。

他妈在床上刚能自己坐起来,就不想在医院多住。今天回到家里,毕庆平安置好他妈,又与繁琳一起走进小卧室收拾床铺。看他的样子很劳累,繁琳就让他坐下歇息。

这时候,钱冈从外面领进一个人来,竟是冯老太。他不认识,以为肯定是来看望他妈的,虽疑心她穿戴素净,像是戴了孝的,也仍旧去客气地招呼。钱冈晓得内情,跟他和繁琳使个眼色,就都主动退到一边。

冯老太神情平淡,问了毕老太一句:"你摔着了?"

毕老太也淡淡的。她点点头。"不长眼,摔着了,"她说,"还不要紧。你坐。"

冯老太不坐,眼睛看着别处。"我来这里,你就明白了吧?"她从容地说。

"我明白,他该死。"

"该死。"

"好了。"

"好了。不给人添麻烦了。老吃货,也就这点子用处。"

"啥时走的?"

"走五天了。"

"走五天才来告诉我?"

"本不想告诉你,"冯老太眼圈一红,"本想只让俺家老大来说一声儿,又想,还是我来一趟吧。"她慢慢坐下去,身体刚刚触到椅子,就又站起来。她擦擦眼睛,盯着毕老太。

毕老太头上戴着一顶毛线帽子,浅灰色的。帽子完全遮住了她尚未褪色的黑发。她迎着冯老太的目光,没有躲开。

"你打了我男人,"冯老太静静地说,"我男人不能让你打,我得打过来。"

毕老太略微一愣,就恢复了正常。她向冯老太探过脸。

"打吧。"她说。

冯老太慢慢举起了一只手掌。她举得很高。手指,张着。那手掌,树叶一样落下来,落在毕老太脸上,没有声音。

毕老太眼睛一闭。两个老女人的皮肤紧挨着。冯老太的手掌如此宽大,好像一片原野,无边无际,苍老得如同残秋。手掌已那么宽,却还向四下里延展。宽大的手掌包裹着毕老太的脸。她本来可以把眼睁开,从指缝里看一眼冯老太,但她紧闭着眼。一时间觉得两张皮肤,吸成了一张。

过了一阵,冯老太把手掌拿开。毕老太觉得那皮肤还在自己脸上。她的脸被包裹着,整个人都被包裹着。她在宽大的老女人的皮肤下面。她闭着眼,没有看冯老太怎样从她身边走开。她听到冯老太说:"你收下吧。"接着,她的手里就多了一样东西,凉丝丝的。

钱冈和毕庆平夫妇都默默地站在了卧室门口。冯老太微微笑着,朝他们点了下头,自己开房门走了。他们都没想到送她。

毕老太手里是一块旧手绢,她竟还认得。手绢打开,看到一张车票,一张小小的旧车票。既发黄,又发黑。字迹都已模糊不清。

车票是她买的,手绢也是她的,丝绸的,是她当年送给那位刚刚去世的老人的。毕老太双手捧着它们,她止不住地颤抖起来。人一走,就带走了所有的秘密。她极力地快速地回想着那些陈年往事……她先去火车站订了两张车票。那一夜,她熬到半夜也没睡。夜深人静,她悄悄走出闺房,趁夜色悄悄来到她家北院那人的窗前,小心地将一封信塞进窗缝儿……火车站钟表楼的钟声乍然响起,惊心动魄。一列夜车到站。等她上床,夜色中又传来列车驶离的鸣笛。在对一列火车的无尽的想象中,通惠街大丫头极度疲乏地入睡。

哦,不。那不是火车。

是一匹马!

一匹枣红色的马。一匹神马!

神马窜动着疾驰而至,又将驮着她疾驰而去。她要快马加鞭,追上那个人。几天前,她从工联小区出来,在郎茂山路上,那一刻,她就曾看到了这样的一匹神马。神马朝她冲过来,可惜她错过了。她没能上去,就躺在了医院里。

此时,毕老太一声哀唤,身子往后倒在床头上,嘴里只有出的气儿,没有进的气儿。毕庆平他们忙跑过来。刚才,老唐他娘和大老韩他女人也上门来看她,都带了礼物。他们围着她,都慌了神。

"我要说,我要说……"毕老太大口喘息着,眼神迷离。

"快说吧,老姊妹儿,咱不憋着。"老唐的娘温言相劝。

"你们都听着,"毕老太说,"我要骑马,我要走了……"

"唉,"老唐的娘叹息一声,回身对毕庆平说,"你妈脑子乱了,还是去医院吧。"

"我是让车撞的。"毕老太的眼睛半睁半合,"小徐开车把我撞了。"

房子里顿时鸦雀无声,连一丝的呼吸声都听不到。

"妈,你说什么?"毕庆平像是在责怪毕老太。

繁琳沉思着开口:"是小徐扶的你,小徐报的警,陪着去的医院,还是小徐给垫的押金,他来医院看过你两次。妈,咱可不能冤枉人家小徐。"

"瞧你说的!"老唐的娘愤愤不平起来,"你妈是什么人,东沟街上的老邻居,谁不清楚?你妈会碰瓷儿?没的一个这么老的人,会平白诬赖一个好人!钱记者你给评评理!"

"他撞了我,他装好人……"

"看看,你妈不是心眼儿好,早揭发他了!钱记者,看在邻居的分上,你可得帮着告他。"

"妈,你敢凭着良心说,这都是真的?"毕庆平谨慎地问道。

毕老太神灵附体一般,两手嗵嗵嗵捶着床帮,连连恨声骂道。"驰家大闺女白生了你!姓毕的白养了你!我啥心都操不动了,你还要气我。你个畜生、鳖羔子、废才,顶着骷髅头,去死吧!"

毕庆平一时无语,暗暗享受着心底莫名的快意。目光扫视一下,那块旧手绢和那张旧车票都不见了。

0

……开庭那日,钱冈以记者身份和东沟街的不少人一同赶去旁听。法庭内外人山人海,争议不休。原告毕老太因病缺席。

毕老太依旧躺在她家床上,眼望窗外的燕子山,神思悠然地回到往昔。

明媚阳光下,一群乱兵在朝一匹枣红马发射子弹。那马昂首嘶叫,左奔右突,把肆意喷涌的鲜血甩成了无数晶莹透亮的血珠。蜷缩在街角的大丫头拼死捂住耳朵,却忘了遮挡眼睛。马的尸体被拖走。大丫头站在血迹斑斑的地上,任谁叫也不去。最后,她蹲下身子,伸出手来,一寸一寸地、细细抚摸着凹凸粗砾的地面,感觉不到丝毫惧怕。

此刻,毕老太也同样不恐惧,捋捋她那半截儿黑半截儿白的头发,不觉向空莞尔。